KB274820

쉽게 읽는
중국 고전 16선

안길환 지음

쉽게 읽는
중국 고전 16선

초판 1쇄 — 1997년 6월 17일
지은이 — 안길환
펴낸이 — 김영재
펴낸곳 — 책만드는집
주소 — 서울 마포구 대흥동 252 - 1 미림빌딩 3층 ㉾ 121 - 080
전화 — 3272 - 8967 · 8
팩시밀리 — 3272 - 8969
등록 — 1994. 1. 13. 제10 - 927호
값 — 7,000원

※ 지은이와의 협약에 의해 인지를 따로 붙이지 않음.
※ 잘못된 책은 구입하신 서점에서 바꾸어 드립니다.

ISBN 89 - 7944 - 067 - 7(03820)

쉽게 읽는 중국 고전 16선

쉽게 읽는
중국 고전 16선

안길환 지음

책만드는집

머리말

중국 고전의 특징을 한마디로 말한다면 실천적인 인간학(人間學)이란 점이다.

인생은 어떻게 살아가야 하는가? 사회인의 조건은 무엇인가? 인간관계에는 어떻게 대처해 나가야 하는가? 리더에게는 어떠한 조건이 필요한가? 등등의 테마가 구체적으로 설명되어 있는 것이 중국 고전이다. 읽으면 그 속에는 반드시 참고될 내용이 적지 않을 것이다.

우리 조상들에게 있어 이 중국 고전은 기본적인 교양 도서였다. 특히 조선조 5백 년 동안은 더욱 그러하였으며, 과거에 응시하기 위한 수험준비 도서이기도 했다.

그러나 서구문명이 들어오면서부터 중국 고전은 마치 낡은 학문인양 취급받아 왔다. 그래서 서구의 교양 도서, 특히 사상·문학·과학 등의 도서에게 권좌를 빼앗기고 만 것 또한 사실이다.

그런 중국 고전이 작금에 이르러 다시 각광을 받게 되었다. 특히 관리직이라든가 경영자들을 중심으로 하여 많이 읽히는 추세에 있다.

이것은 어떤 의미에서는 당연한 일이다. 왜냐 하면 우리의 교양이 서구문명에만 치우치게 되면 전통이 사라질 뿐 아니라 전승(傳承)의 가치관·인생관 등이 무너지고 말겠기 때문이다. 그런 것을 방지하기 위해서는 동양사상, 특히 중국 고전에 의해 밸런스를 회복해 나가야 한다.

　그런데 우리는 너무 장기간 동안 중국 고전과 떠나 있었다. 공백기간이 너무 길었다는 말이다. 따라서 요즈음 독자들이 중국 고전을 손쉽게 대하기란 쉽지 않아졌다. 실제로 '읽고 싶기는 한데 어느 책, 어디서부터 읽어야 할지 가닥을 잡기가 어렵다'며 고개를 갸우뚱하는 독자가 많을 것으로 생각한다.
　그래서 쓴 책이 이 <쉽게 읽는 중국 고전 16선>이다. 이 책은 중국 고전들의 단순한 개설서(槪說書)가 아니라 각 고전 속의 에센스들을 발췌하는 데 힘을 기울였다. 이 책만 읽더라도 중국 고전 16권의 내용을 어느 정도 파악할 수 있을 것이다.
　독자 제현들이 이 책을 접한 것을 계기로 하여 중국 고전들과 더욱 친근해진다면 필자로서는 더이상의 영광이 없겠다.

안길환

차 례

노자(老子)

《노자(老子)》란 책은 '노(老)'라는 글자가 붙어 있어서인지 노인네들이 읽는 책인 것으로 잘못 생각하는 사람이 있는 것 같다. 그것은 터무니없는 오해다.

《노자》는 세상이라든가 인생의 근본원리를 설명하고 있다는 점에서는 사상서요, 철학책이다. 또 정치 이론을 설파한 점에서는 정치서라고 해도 좋다. 그리고 이처럼 경쟁이 심한 현실을 어떻게 살아갈 것인지를 가르쳐 준 점에서는 처세의 책이자 인생의 책이기도 하다.

이와 같이 《노자》의 내용은 아주 다면적(多面的)이다. 읽는 이의 입장에 따라 여러 가지로 얻는 것이 있겠는데, 이 점이 《노자》의 매력이라고 해도 좋다.

5년 만에 중국을 다시 여행하고 온 사람의 이야기를 들으니, 그동안 변한 것도 있지만 변하지 않은 것도 있더라고 했다. 먼저, 변한 면은 사람들의 복장이 눈에 띨 만큼 세련되었더란다. 그리고 그 변화는 북경·상해 등 대도시일수록 두드러지더라고 했다. 또 상해 등지에서는 텔레비전이 각 가정마다 거의 보급되어 있고 사람들의 구매의욕은 전기세탁기 쪽으로 쏠려 있다는 것이다. 근대화 계획도 착착 진행중인데 이 모든 것이 5년 전에 비하면 많이 변한 것들이라고 그는 말했다.

그러나 조금도 변하지 않은 것도 있었다.

예컨대 강가 언덕 위에 오두막을 짓고 살아가는 사람들의 생활태도——차창을 통해서 내다보니 수천 년 전, 그들의 조상들이 살던 생활상과 조금도 변한 게 없다는 생각이 들더라는 것이다. 3천 년 전 그 옛날 '고복격양(鼓腹擊壤)'의 세상과 비교해도 거의 변한 것이 없을 것이란 느낌을 받았다고 그는 말했다.

그리고 근대화가 진행되고 있는 상해와 북경 같은 대도시에서도 사람들의 생활태도는 그다지 바뀐 게 없었다고도 했다. 어디를 가든 사람들은 느긋한 표정으로 각각 현재의 생활에 만족하며 유유히 인생을 즐기더라는 것이다. 우리나라 사람들처럼 종종걸음을 걷는 사람은 한 사람도 없더라고 했다.

어떤 의미에서는 이것이 바로 중국적 생활태도라고 해도 좋을 것 같다. 그런 생활태도에서 도출된 것이 '노장사상(老莊思想)'이며 그 원전이 되었던 것이 《노자》이다. 중국인의 사고방식과 생활태도를 아는 데 필요한 책을 권하라면 나는 다음 두 가지 책을 권하고 싶다.

 1. 《손자(孫子)》

 2. 《노자(老子)》

물론 이 책에서 소개한 16권의 책을 모두 읽으면 더 좋겠지만 그럴 시간적 여유가 없는 사람이라면 위의 두 권이라도 읽기를 권한다. 많은 시사가 있을 것으로 생각한다.

《노자》는 중국인의 사고방식과 생활태도를 아는 데 귀중한 책일 뿐 아니라, 혼미한 현대를 살아가는 데 있어서도 중국식의 만 만치 않은 지혜를 가르쳐 주는 책이기도 하다.

── 지족(知足)

《노자》는 처세의 요체로서 먼저 '무위자연(無爲自然)'을 든다. 그러나 《노자》가 말하는 '무위자연'이란 흔히들 오해하고 있는 것처럼 아무 일도 하지 않고 있는 태도를 가리키는 것은 아니다. 또 자신의 주체성을 포기하고 되어가는 대로 맡기는 생활태도를 가리키는 것도 아니다.

《노자》는 자연계, 인간계의 오저(奧底)에 보편적인 원리가 작용하고 있음을 인정하고 이것을 '도(道)'라고 이름 붙였다. 《노자》에서 말하는 '무위자연'이란 이 '도'의 존재를 인정하고 '도'의 작용과 일체화하는 것을 뜻한다. 바꾸어 말하면 법칙을 파악하고 그 법칙을 끝까지 이용하는 것이라고 해도 좋다.

"키가 큰 것처럼 보이기 위해 발가락 끝으로 서게 되면 도리 어 바로 설 수가 없다. 멀리 가려고 발걸음을 크게 떼어 걸으 면 도리어 다리가 아프다. 부자연한 작위는 오히려 오래 지속 되지 못하는 법이다.

자연을 떠나 작위하는 자는 사물의 법칙 중 그 일면밖에 알 지 못한다. 이런 것들은 모두 '도'에서 볼 때 아무 가치도 없는 것이다. '도'를 체득(體得)한 자는 그러한 일면적 입장을 취하 지 아니한다."

"민심을 귀복(歸服)시키어 천하를 다스리려면 무위에 의해야 한다. 왜 무위에 의해야 하는가?

　원래 금령이 늘어나면 늘어날수록 백성은 빈곤해지며, 백성의 지혜가 늘어나면 늘어날수록 사회는 혼란해지지 않는가. 기술이 진보되면 진보될수록 불행한 사건이 발생하고 법령이 갖추어지면 갖추어질수록 범죄자는 증가되어 가지 않던가.”
그리고 다시 《노자》는 이렇게 말하고 있다.
“군주가 이 ‘도’에 따라서 다스리면 만물은 스스로 생생하게 발전한다. 그러나 생생하게 발전하면서도 사람은 작위적으로 행동하고 싶어하는 욕망을 일으키는 법이다. 그런 욕망을 무심(無心)의 덕(德)에 의해 진정시키라. 아니, 진정시키려는 의식까지도 버리라. 무심으로 자연의 기능에 맡기면 천하는 저절로 다스려진다.”
이러한 ‘무위자연’의 주장에서 ‘지족’ 즉 ‘족한 줄을 안다’는 유명한 처세의 지혜가 생겨난다.
“ ‘도’에 의해 정치가 행해지면 천하는 태평하게 다스려지며 군마(軍馬)는 돌아와서 밭 가는 일에 종사한다. 그러나 일단 ‘도’를 잃고 세상이 문란해지면 일하던 말도 밭에서 징발되어 군마가 된다. 큰 재액(災厄)이 일어나는 이유는 무엇일까? 큰 죄악이 횡행하는 이유는 또 무엇일까? 족한 줄을 모르는 마음과 채워지지 않는 욕망이 그 원인이다. 족한 줄 안다는 것은 무엇을 얻고 그것에 만족하는 일이 아니다. 지금 처해 있는 현실에 만족하는 것을 이름이다.”
중국 사람들의 생활태도는 실로 이런 사고방식에서 도출된 것이다. 물론 이런 사고방식에도 마이너스 면이 없는 것은 아니다. 첫째 현상에 자족하는 나머지 모든 일에 소극적인 자세를 취하기

쉽다. 일반적으로 볼 때 현대의 중국인도 그런 경향이 있다고 보
아야겠다.

한편 우리나라 사람들은 어떠한가? 최근 30년 동안 우리는 오
로지 경제성장을 추구하면서 남보다 조금이라도 많은 이익을 내
기 위해 눈에 불을 켜고 살아 왔다. 그 결과 이제 세계 속의 한
국이라며 자랑할 만큼 경제성장을 이룬 점은 높이 평가해야겠지
만, 그 반면 그것으로 인하여 잃은 것도 적지 않다. 거리를 지나
가는 사람들의 얼굴을 보면 어딘지 모르게 초조한 표정들이다.
우리 사회가 어느덧 느긋한 여유를 잃고 말았다는 느낌이 든다.

그것은 곧 《노자》가 말하는 '지족'의 마음을 잃고 말았다는 이
야기밖에 안 된다.

《노자》의 '무위자연'에서 배워야 할 사람은 오히려 현대를 살
아가는 우리들인지 모르겠다.

── 상선약수(上善若水)

"중국 남성들은 어딘지 모르게 약한 느낌이 들어요. 여성적이
라는 인상을 주거든요."

이런 말을 흔히 듣는데 어떤 면에서는 맞는 말일 것으로 생각
된다. 중국에서는 남성보다 여성이 더 발랄하고 씩씩한 바이탈리
티를 지니고 있다. 특히 가정에서는 아내가 지배권을 쥐고 있는
집안이 많다고 한다. 여성에 비하면 남성들의 그림자는 아무래도
흐리다는 인상을 준다.

그러나 중국의 남성들은 다음과 같이 반론을 제기할는지도 모
른다.

"강한 것이 사나이는 아니요, 씩씩한 것이 바람직한 남자는 아니외다. 그런 사나이는 우리 눈으로 볼 때 야만인에 지나지 않소이다."

이 반론에도 일리가 없는 것은 아니다. 그야 어쨌든 중국의 남성들은 어딘가 모르게 여성적으로 보인다는 것은 사실이다. 왜 그렇게 보이는 것일까? 두 가지 이유를 들 수 있다.

중국은 3천 년 전부터 문화를 꽃피웠고 고도의 문명을 가지고 있던 사회이다. 오랜 문명 속에 몸을 맡기고 있으면 사람들의 생활태도는 세련되어지지만, 그와 동시에 씩씩한 면을 잃게 되며 문약(文弱)에 흐르지 않을 수 없다. 또 한 가지 이유는 '유약겸하(柔弱謙下)'를 설파한 《노자》의 영향을 받았다는 점이다.

《노자》는 처세의 요체로서 '무위자연'과 함께 '유약겸하'를 설파했다. 이것이 중국 사회에 뿌리를 내리고 남성의 여성화를 촉진하는 원인이 되었던 것이다. 그럼 '유약겸하'란 어떤 것인가? 《노자》는,

"상선(上善)은 물과 같다."

고 말하고 이상적인 처세를 물의 모습에서 찾는다.

"최고의 선은 물과 같다. 물은 만물을 도와주어 자라나게 하면서도 자기를 주장하지 않는다. 누구나 싫어하는, 낮은 곳으로 낮은 곳으로 흘러간다. 그러므로 '도'와 비슷하다고 말할 수 있다. 물은 낮은 곳에서 머물러 있다. 그러나 그 마음은 깊고 조용하다. 주는 데 차별이 없다. 언동에 거짓이 없다. 머물러야 할 때는 반드시 머문다. 움직여야 할 때는 무리가 없이 움직인다. 때에 따라 변전유동하며, 막히는 일이 없다. 물처럼 자기

주장을 하지 않는 자만이 자재의 능력을 얻게 되는 것이다.”

또 이런 말도 하고 있다.

“이 세상에서 무엇이 부드러우니 약하니 해도 물만큼 부드럽고 약한 것은 없다. 그런데도 딱딱하고 강한 것에 이기기는 물만한 것도 없다. 그것은 물이 철두철미하게 약하기 때문이다.

약(弱)은 강(强)에게 이기고 유(柔)는 강(剛)에게 이긴다. 이런 도리는 누구나 다 알고 있지만 그것을 실행하는 사람은 없다.”

이와 같은 물의 성질에서 다음과 같은 처세의 요체를 도출해 낼 수 있다.

“지위와 생명은 어느 쪽이 중요한가? 재산과 생명은 어느 쪽이 더 고마운 것일까? 득과 실은 어느 쪽이 더 괴로운 것일까? 욕심이 지나치면 심한 손해를 본다. 모아들이기를 지나치게 하면 큰 것을 잃는다. 조심을 하면 치욕을 당하는 일이 없다. 한도를 지키고 있으면 위험한 일을 당하지 않는다. 그러므로 몸은 언제나 안태하다.”

“훌륭한 인물은 강하지 않은 법이다. 전쟁을 잘하는 사람은 유도에 넘어가지 않는다. 승리를 잘하는 사람은 함부로 싸움을 하지 않는다. 사람을 잘 부리는 사람은 상대방을 존경한다. 이것이 부쟁(不爭)의 덕이다. 부쟁의 덕은 사람의 힘을 최대한으로 이용한다.”

그리고 다시 《노자》는 처세상 빼놓을 수 없는 세 가지의 요소가 있다며 이렇게 말하고 있다.

“첫째는 사람을 긍휼히 여기는 마음이다. 둘째는 사물에 조심하는 태도이다. 셋째는 행동에 있어 남의 앞에 서지 않는 것이다.

남을 긍휼히 여기기에 용기가 생긴다. 사물에 조심을 하기에 궁해지는 일이 없다. 남의 앞에 서지 않기 때문에 사람을 지도할 수가 있다.

만약 긍휼히 여기는 마음도 없이 그저 용기만 앞세우고, 조심하는 태도도 없이 다만 무궁하기만을 원하고, 물러설 줄도 모르면서 오로지 남의 앞에 서려고만 한다면 그 결과는 파멸이 있을 뿐이다.

긍휼히 여기는 마음을 가지는 자는 싸우면 반드시 승리하고, 지키면 난공불락이 된다. 긍휼히 여기는 마음, 그것은 실로 하늘이 만물을 보호 육성하는 마음이다.”

사람을 밀어내고 남의 앞에 서는 사람, 인간관계 속에서 벽에 부딪히기만 하는 사람은 《노자》의 말이 뜻하는 바를 깊이 생각해 볼 일이다.

—— 얻으려거든 먼저 주라

‘무위자연’과 ‘유약겸하’의 두 가지 주장을 들어 《노자》의 내용을 소개했는데 이것만 보더라도 《노자》가 노인네에게만 참고가 되는 책이 아님을 알게 되었을 것으로 생각한다.

실은 《노자》를 읽고 무엇보다도 인상에 남는 것은 사고의 유연성이다. 그 일단을 다음에 소개해 본다.

“모자라기 때문에 완전하게 된다. 구부러져 있기에 똑바르게 된다. 이지러져 있으므로 가득 차게 된다. 낡았으므로 새롭게 된다. 적으면 얻을 수 있고 많으면 잃게 된다. 이것이 자연의 법칙이다.

자신을 지자(知者)로 보지 않기 때문에 도리어 남들로부터 지자의 대접을 받게 된다. 자신을 시(是)라 하지 않기에 남들이 시라고 한다. 자신의 공(功)을 자랑하지 않으므로 도리어 그 공을 인정받는다. 자신을 유능하다고 생각하지 않기 때문에 도리어 능력을 찬양받게 된다. 자신을 부정하며 남과 싸우려 하지 않는 사람에게 싸움을 걸어 오는 자는 결코 없다."
이것은 역설처럼 보이지만 결코 역설이 아니다.

《노자》는 또 받으려면 먼저 주라. 줄이려면 먼저 늘여주라고 설파한다.

"천하를 얻으려는 계책을 세우는 자에게 천하가 돌아간 예는 없다. 천하란 실로 다루기 어려운 것이다. 한데 모으려면 산산이 흐트러지고 쫓으려면 도망친다. 마음대로 조종하려고 해도 작위로써 움직여지는 것이 아니다.

앞이 있으면 뒤가 있다. 완(緩)이 있으면 급(急)이 있다. 강(强)이 있으면 약(弱)이 있다. 위가 있으면 아래가 있다. 무릇 사물에는 반드시 대립하는 양면이 있어서, 그 한쪽으로 치우치게 되면 반드시 다른 한편으로 전화된다. 그러므로 성인은 사물의 일면에 집착하지 않았고 작위를 배제했으며 자연에 따랐던 것이다."

"줄이고 싶으면 먼저 늘여 준다. 약하게 만들고 싶으면 우선 강하게 해주라. 멸망시키고 싶으면 먼저 융성하게 해준다. 뺏고 싶으면 우선 주도록 하라. 이것이 자연의 미묘한 섭리이다. 이 섭리가 있기에 유(柔)는 흔히 강(剛)에게 이기는 것이다.

18

물에서 튀어나오면 물고기는 죽는다. 무력을 과시하면 나라는
멸망한다.”

이상과 같은 구절은 그저 유연할 뿐만 아니라 변증법적인 사
고방식까지 배우게 해주는 것이 아니겠는가.《노자》는 다시 이런
말도 하고 있다.

“술을 가득 따른 잔은 손에 들면 술이 엎질러진다. 날카로운
칼은 날이 빠지기 쉽다. 재물을 많이 쌓으면 반드시 노리는 자
가 생긴다. 부귀해지고 만심(慢心)하는 것은 재액을 부르는 원
인이다. 성공하면 물러나는 것이 하늘의 도이다.”

“군대가 지나가는 곳은 토지가 황폐해지고 억새가 난다. 큰 전
쟁이 있은 후에는 반드시 기근이 찾아온다. 그러므로 전쟁을
정말로 잘하는 사람은 전쟁의 목적을 이루면 그 즉시로 창을
거두어들여서 함부로 용명을 떨치지 못하도록 한다. 목적을 달
성하고도 자부하지 않고, 공을 자랑하지 않으며 교만해지지 않
는다. 전쟁은 부득이해서 싸울 뿐, 승리하더라도 강하다는 생
각을 하지 않는다. 강한 것은 반드시 쇠퇴해진다. 이런 도리를
알지 못하고 강한 것에 집착하는 태도는 ‘도’에 어긋나는 행위
이다. ‘도’에 어긋난 행위는 오래 가지 못한다.”

그런 유연한 사고가 만만찮은 처세의 지혜로 숨쉬고 있는 것
이《노자》라고 하는 책이다.

우리나라 사람은 직선적인 사고와 행동을 잘하며, 그것을 자랑
으로 삼아 왔다. 일이 잘 풀릴 때는 기가 올라서 좌충우돌한다.
그것까지는 그래도 괜찮다고 하자. 그러나 벽에 부닥치면 그 자
리에서 좌절하고 만다.《노자》를 숙독함으로써 그런 결점을 보완

한다면 얼마나 좋겠는가.

《노자》에 대하여

수수께끼 인물, 노자

《노자》의 저자인 노자는 수수께끼 같은 인물이다. 단 하나의 믿을 만한 자료인 《사기(史記)》에는 다음과 같이 기록되어 있다.

"노자는 초(楚)나라 고현(苦縣)의 여향(厲鄕) 곡인리(曲仁里) 사람이다. 성은 이(李), 이름은 이(耳), 자는 백양(伯陽), 담(聃)이라고 했으며, 주(周)나라 수장실(守藏室)의 관리였다."

공자는 일찍이 노자와 만났고 예에 대해서 가르침을 청했는데, 노자는 학문을 배우는 방법과 태도에 대해서 엄한 충고를 주었다. 공자는 고향에 돌아간 다음 노자를 용에 비하면서 그 인물 됨됨이를 극찬했었다.

노자의 학문은, 재능을 숨기고 무명이기를 주지(主旨)로 삼았다. 오랫동안 주나라에서 살았는데, 주나라의 덕이 쇠해진 것을 보고 그곳을 떠나 함곡관(函谷關)에 이르렀다. 그곳에서 관령(關令)인 윤희(尹喜)의 부탁을 받고 상·하 두 편의 책을 썼는데, 그는 자설(自說)을 5천여 언(言)의 문장으로 기록해 놓고 떠났다. 그의 최후를 아는 사람은 아무도 없다고 한다.

일설에 의하면, 초나라 출신으로서 15편의 책을 써서 도가(道家)의 효용을 논한, 노래자(老萊子)란 사람이 있었는데 공자와 같은 시대의 사람이었다고 한다. 이 사람이 노자일는지도 모르겠다.

또 공자가 세상을 떠난 후 129년 때 사관(史官)의 기록에 의하면 '주(周)나라 태사(太史 : 史官)인 담(儋)이 진(秦)나라 헌공(獻公)을 알현하고 진나라가 패자(覇者)가 될 것을 예언했다'는 내용이 있다. 사람에 따라서는 이 담이야말로 노자일 것이라고 보는 자도 있다. 그 진위에 대해서는 아무도 알지 못한다.

《사기》의 기록에 의하면, 노자는 사마천(司馬遷 : 《사기》의 저자)의 시대부터 이미 수수께끼와 같은 존재였음을 알 수 있다.

'도(道)' —— 노자 철학의 기본 개념

노자는 만물의 근원이며 자연계와 인간계를 지배하고 있는 보편적 원리를 '도'라고 했다. 《노자》는 여러 각도에서 이 '도'에 대하여 말하고 있다.

"모든 존재에는 그렇게 된 근원이 있다. 그 근원이 '도'이다. '도'야말로 모든 존재의 근원이다."

"'도'는 만물을 낳고 만물을 기른다. '도'는 만물을 현상시키면서도 고정화시키지 않고, 존재시키면서도 그 공을 자랑하지 않으며, 완성시키면서도 지배하지 않는다."

"'도'는 우리의 감각을 초월하여 존재한다. 단, 만물을 그대로 발전시키는 근원으로서 그 존재를 의심할 수는 없다. '도'는 노자 철학의 근본 개념이라고 해도 좋다."

《노자》의 어록(語錄)

- 도가도비상도(道可道非常道) —— '도'라고 할 수 있는 도라면 그것은 절대 불변의 도가 아니다 (제1장).
- 화기광동기진(和其光同其塵) —— 그 중 빛나는 것을 조화시키고 그 중의 먼지 같은 것과 함께 한다 (제4장).

- 상선약수(上善若水) —— 최상의 선은 물과 같은 것이다 (제8장).
- 대도폐유인의(大道廢有仁義) —— 위대한 도가 없어지자 인의(仁義)가 생겨났다 (제18장).
- 절학무우(絶學無憂) —— 학문을 끊어 버리면 걱정이 없어진다 (제20장).
- 지인자지(知人者智), 자지자명(自知者明) —— 남을 아는 사람은 지혜로운 사람이요, 자신을 아는 사람은 총명한 사람이다 (제33장).
- 대기만성(大器晚成) —— 큰 그릇은 더디 이루어진다 (제41장).
- 지족불욕(知足不辱) 지지불태(知止不殆) —— 만족한 줄 알면 욕을 당하지 않고, 멈출 줄을 알면 위태롭지 아니하다 (제44장).
- 치대국약팽소선(治大國若烹小鮮) —— 큰 나라를 다스리는 것은 작은 생선을 굽는 것과 같다 (제60장).
- 경락필과신(輕諾必寡信) —— 일을 쉽게 떠맡으면 반드시 어려움을 많이 당하게 된다 (제62장).
- 천망회회(天網恢恢) 소이불실(疏而不失) —— 하늘의 그물은 광대(廣大)하여 성긴 듯하나 아무것도 빠뜨리는 법이 없다 (제73장).
- 천도무친(天道無親) 상여선인(常與善人) —— 하늘의 도(道)는 특히 친한 사람이 없어, 언제나 선(善)한 사람의 편을 든다 (제79장).

장자(莊子)

'무섭고 괴로운 것은 벼슬살이'라고 장자는 말했다. 그렇다 하더라도 장자가 아닌 범인들로서는 벼슬살이에 매력을 느끼지 않을 수 없다. 어디 그뿐인가. 편차치(偏着値) 교육으로 종아리를 맞아 가며 공부하다가 사회에 나오면 컴퓨터에 관리를 당한다. 이제는 벼슬살이로 상감을 섬기는 것이 아니라 기계를 섬겨야 하는 것이 우리의 현실이다. 사람이 로봇 취급을 당하게 된 것이다.

그 결과는 어떠한가? '심신증(心身症)' 등 들어 보지도 못했던 병명이 생겨나고, 마음의 건강상태에 불안감을 갖는 사람이 늘어만 가고 있다. 그러자 조깅을 한다, 자연식품을 먹는다 하면서 육체면의 건강에 힘쓰는 사람이 많아졌다. 그러나 문제삼아야 할 것은 오히려 정신건강 쪽이 아닐까?

《장자》란 책은 '마음이 괴롭고 피로해졌을 때 읽도록' 권하고 싶은 책이다. 《장자》 속에서 펼쳐지는 매력에 가득 찬 세계에서 노니노라면, 그만큼 세속의 때를 벗을 수 있고 큰 마음을 가질 수 있어서 인간의 스케일까지도 한층 커지는 느낌이 든다.

《장자》를 펼치면 그 서두부터 다음과 같이 큼직한 스케일의 우화가 전개된다.

북해(北海) 끝에 곤(鯤)이라는 물고기가 있다. 머리에서 꼬리까지 몇천 리나 될까. 헤아릴 수조차 없을 만큼 큰 물고기이다. 이 곤이 변신을 하면 붕(鵬)이란 새가 된다.

몇천 리가 될지 모르는 큰 새가 날개를 펴고 날면 하늘은 먹구름에 뒤덮인 것 같다.

바람이 불어 바다가 거칠어진 계절에 붕은 남쪽 바다 끝을 목표로 하여 날아오른다. 남해로 향할 때, 붕은 해면(海面) 3천 리에 날개를 펴덕이며 날아올라, 바람을 타고 9만 리쯤 높이까지 오른다. 그리고 6개월 동안 쉬는 일 없이 계속해서 날아간다.

지상에는 아지랑이가 끼고 먼지가 일어서 생물들은 숨이 막힌다. 그러나 하늘은 파랗다. 파란 것은 하늘 그 자체가 아니고, 끝이 없는 거리가 하늘을 그처럼 파랗게 보이도록 하는 것이다. 9만 리 상공을 나는 붕의 눈에는 이 지상이 온통 파란색 일색이다.

물이 깊지 않으면 큰 배를 띄울 수 없는 법——. 패인 땅에 한 컵의 물을 부으면, 거기에는 볏짚이나 띄울 수 있을까, 술잔을 놓으면 그 바닥이 닿는다. 물은 얕고 띄우는 것은 너무 크다는 말이다.

하늘을 나는 것도 이와 같다. 큰 날개를 띄우려면 많은 바람이 필요하다. 9만 리 높이에 날아올라야만 붕의 날개는 강한 바람의 힘으로 지탱된다. 바람을 타고 창공을 등에 지고 나는 붕의 앞길을 방해하는 것은 아무것도 없다.

그래서 붕은 단번에 남해를 향해 갈 수가 있다.

매미와 비둘기는 이 붕을 보고 비웃는다.

"느릅나무, 다목나무 가지에 날아오르기도 힘이 드는데…… 그래서 날아오르지 못하고 땅바닥에 떨어지는 수가 있건만……
남쪽으로 9만 리나 날아오르다니 그놈의 뜻을 이해할 수가
없군.”

매미와 비둘기 따위가 무엇을 안단 말이냐? 좁은 세계에 사는
자에게는 상상도 되지 않는 큰 세계가 있는 것이다. 시간에 있어
서도 같은 말을 할 수 있다. ‘소년(小年)’은 ‘대년(大年)’에 미치
지 못한다.

조균(朝菌 : 버섯의 일종. 아침에 생겼다가 저녁에 스러진다고
한다)으로서는 하루의 길이밖에 알 수가 없다. 매미로서는 1년의
길이밖에 모른다. 인간은 이런 것들을 ‘소년(小年)’이라고 한다.

그러나 초(楚)나라 남쪽에는 명령(冥靈)이라는 나무가 있는데,
이 나무는 1천 년에 나이테를 하나씩 더해 간다고 한다. 그리고
태고(太古)에는 대춘(大椿)이라고 하는 나무가 있었다. 이 나무
는 1만 6천 년이 되어야 나이테 하나를 더해 갔다고 한다.

이런 것들에 비하면 팽조(彭祖 : 7백 살을 살았다고 하는 전설
상의 인물)의 장수를 부러워한다거나, 덕을 보려고 하는 인간들
의 모습이 그 얼마나 가련한 것이란 말인가. 〈逍遙遊篇〉

장자는 이와 같이 우리를 과감하게 무궁의 세계로 초대하고,
먼저 사로잡혀 있는 마음에서 해방되기를 권유한다.

—— 출사(出仕) 따위는 질색
장자란 인물은 생몰년대도 그리고 그 생애에 대해서도 알려진
바가 없다. 《사기》에는,

"장자는 몽현(蒙縣 : 오늘날의 하남성 상구현) 사람으로, 이름은 주(周)이다. 일찍이 몽현의 칠원(漆園)에서 관리로 있었다. 위(魏)나라 혜왕(惠王), 제(齊)나라 선왕(宣王) 등과 같은 시대의 사람이다."

라고 기록되어 있다. 위나라 혜왕의 재위는 기원전 369~319년, 그리고 제나라 선왕의 재위는 기원전 319~301년이다. 이것에 의해 장자가 살았던 시대는 기원전 4세기 후반이었음을 짐작할 수 있다.

그 시대, 즉 전국시대는 여러 나라에서 유능한 인재를 찾고 있었던 때이다. 집안과 친분 등에 관계없이 능력 있고 또 그럴 뜻만 있으면 출세할 수 있었던 것이다. 그런데 장자는 그런 세속적인 것에는 조금도 개의치 않았다. 《장자》〈추수편(秋水篇)〉에는 다음과 같은 이야기가 실려 있다.

장자가 여느 때처럼 복수(濮水)에서 낚시를 즐기고 있는데, 초나라 중신 두 명이 초나라 왕의 명령을 받고 찾아왔다.

그 사자가 말했다.

"바라건대 우리나라 재상이 되어 주십시오. 우리 상감께서 원하십니다."

장자는 낚시를 드리운 채, 뒤도 돌아보지 않으며 대답했다.

"당신네 나라에는 죽은 지 3천 년이나 된 귀갑(龜甲)이 있다면서요? 그 귀갑이 아주 영험하다 하여 당신네 나라 임금은 그것을 비단으로 싸고 상자에 담아 소중히 받들며 제사를 지낸다고 들었소이다. 그래서 말인데, 그 거북의 경우 죽어서 그처럼 호강하는 것과, 살아 있으면서 진흙탕 속에 있는 상태를 비교해 볼 때 어느 편이 나으리라고 생각을 하시오?”
“그야 살아 있는 편이 낫겠지요.”
그러자 장자는 이렇게 대답했다.
“그럼 어서들 돌아가시오. 나도 진흙탕 속에서 꼬리를 흔들며
살고 싶소이다.”

또 한 가지 장자의 진면모를 보여 주는 이야기가 있다.

송(宋)나라에 조상(曹商)이라는 사나이가 있었다. 그는 송왕
(宋王)의 명령을 받고 진(秦)나라에 사신으로 간 일이 있었는데,
갈 때는 몇 승(乘)의 수레만 이끌고 갔으나, 진왕에게 잘 보였던
지 올 때는 백승(百乘)이나 되는 수레를 이끌고 왔다. 조상은 돌
아온 후 장자를 찾아가서 자랑했다.
“가난하여 오두막에 살며 창백한 안색으로 짚신이나 삼는 것
은 어찌할 수 없는 일이지만, 만승(萬乘)의 군주를 설득하여
금방 백승의 수레에 따르는 자를 거느릴 수 있음은 보통 일이
아니외다.”
그러자 장자는 이렇게 대꾸했다.
“듣자하니 병으로 고생하는 진왕은 여러 나라에서 명의를 불
러들인다고 합디다. 종기를 낫게 해주는 자에게는 수레 1승,
치질을 고쳐 주는 자에게는 수레 5승을 준다는데, 환부가 아래
쪽일수록 수레의 숫자가 늘어난다면서요? 그렇다면 그대는 많
은 수레를 얻어 가지고 돌아왔다 하니 치질이라도 고쳐 준 게
로구려. 어서 돌아가시오!” 〈列禦寇篇〉

이런 이야기들을 통하여 장자의 사람 됨됨이와 사고방식을 짐작할 수 있다. 지위·권력·부(富) 등, 세속의 욕망에 급급한 인간을 그는 몹시 멸시했던 것 같다.

그러나 장자의 경지는 보통사람들로서는 도저히 이해할 수가 없다. 어디 그뿐인가? 자신의 지위라든가 권력을 뺏기지 않을까 하여, 장자 같은 인물까지도 의심의 눈초리로 바라본 인간까지 있었던 것이다.

혜자(惠子)가 양(梁)나라 재상으로 취임했을 때의 일이다. 장자는 친구인 혜자가 어떻게 지내고 있는지 구경도 할 겸 양나라 도읍을 찾았다. 그런데 이 소문을 들은 사나이가 재빨리 혜자에게 고했다.

"장자가 오는 것 같습니다. 그는 틀림없이 대감의 자리를 넘보고 있을 것입니다."

그 말을 곧이들은 혜자는 사흘 동안 밤낮을 가리지 않으며 장자를 찾으라고 했다. 그런 때에 혜자를 찾아온 장자는 이렇게 말했다.

"남쪽 나라에 원추(鵷鶵)라고 하는 새가 있다네. 그게 어떤 새인지 알고 있나? 남해에서 멀리 북해까지 날아가는데, 가는 도중 청동(靑桐)이라는 나무에서만 깃을 드리우고 쉰다네. 그리고 연실(練實)만 먹지. 또 예천(醴泉) 물밖에 마시지 않는다는군. 이런 새란 말일세. 그런데 썩은 쥐를 물고 가던 솔개가 마침 그 머리 위를 날고 있는 원추를 보고, 애써 구한 먹이를 뺏기지 않을까 걱정하던 나머지 소리를 지르다가 입에 물고 있던 쥐를 떨어뜨렸다나……. 흐음…… 자네도 말일세, 이 솔개처럼 양나라라는 먹이를 뺏기는 게 아닌가 하여 걱정하고 있는 것 같군.”〈秋水篇〉

연실(練實)은 대나무 열매, 예천(醴泉)은 단물이 나오는 샘이다. 모두 이 세상에서는 아주 드물고 고귀한 먹이라고 한다. 혜자란 사람은 장자와 친한 친구이자 논적(論敵)으로 《장자》 속에 자주 등장하는 인물이다.

—— 무용지용(無用之用) — 가치관의 역전

우리의 마음은 상식적인 가치 기준 위에 세워진 세계에서 떠나지를 못한다. 그것이 마음을 피로하게 만든다. 피로해진 몸에 휴양과 수면이 필요한 것처럼 피로해진 마음에도 휴양이 필요하다. 때로는 기존 가치관을 모조리 역전시킬 수 있는 마음의 놀이를 해보는 것도 효험이 있을 것이다.

장자는 ‘무용지용’이란 것을 교묘한 비유를 들어 이야기했다. ‘무용이기에 도움이 된다’고 했는데 이것은 대체 무슨 뜻인가? 먼저 우화를 보자.

목공인 석(石)이 제(齊)나라로 떠났다. 그는 가던 도중 마침 곡원(曲轅)이란 땅을 지나가게 되었는데, 그곳에는 거대한 상수리나무가 신목(神木)으로 떠받듦을 받으며 제사지내지고 있었다. 그 나무의 크기는 굉장했다. 나무 그늘에 수천 마리의 소가 앉아서 쉴 수 있을 정도였으니 말이다.

  그리고 그 나무의 굵기는 백 아름이요, 높이는 산을 내려다볼 정도로서 지상, 7, 80척 위에 가지가 뻗어 있었다. 말이 나뭇가지이지, 그 가지도 얼마나 크던지 나뭇가지 하나로 열 척의 배를 만들 수 있었다.

  그렇게 큰 나뭇가지가 수십 개나 뻗어 있다. 이 나무를 구경하기 위해 모여든 사람은 그 일대에 장이라도 선 듯 웅성거리고 있었다. 목공 석의 제자들도 침을 삼키며 큰 나무를 올려다보았다.

  그런데 석은 그 나무에 눈길도 주지 않고 지나쳐 간다. 헐레벌떡 그를 뒤따라온 제자들이 물었다.

  "어르신네, 우리는 어르신네 댁에 들어온 후로 저처럼 크고 쓸모가 있는 나무는 처음 보았습니다. 그런데도 어르신네께서는 눈길도 안 주고 그대로 지나치셨습니다. 대체 어찌 된 일입니까?"

  "모르는 말 하지 마라. 저 나무는 아무 쓸모도 없는 나무야. 배를 만들면 가라앉을 것이고 관(棺)을 짜면 금방 썩어 버려. 가구를 만들면 곧 부서지고 부채를 만들면 망가지지. 기둥감으로 쓰면 금방 벌레먹게 될 것이니 아무 데도 쓸모가 없는 무용의 대목(大木)이다. 저 나무가 그처럼 큰 나무로 성장한 것도 실은 무용의 나무이기 때문이니라."

  그런데 이 목공 석이 여행을 끝내고 돌아온 뒤의 어느 날, 꿈속에 상수리나무가 나타나서 말했다.

  "그대는 대체 나를 무엇으로 보기에 무용이라고 했나? 인간에게 유용한 나무에 비유했겠지? 그 배나무나 유자나무 따위 과실이 열리는 나무는 그대들 인간에게 유용한 나무일 것이야.

그러나 과실이 열리기에 그 나무들은 과실을 뺏기고 인간들의
때가 묻게 돼. 가지가 꺾이고 흔들리다가 천수를 누리지 못하
고 죽어야 하거든…….

　그 자신의 장점이 그의 생명을 좀먹게 하는 것이지. 다시 말
해서 자청하여 세속에 더럽혀지고 있는 것이야. 대저 이 세상
사람들도 모두 유용해지려고 애쓰지만, 그것은 그들 과실나무
와 똑같은 어리석음을 범하고 있는 것이네.

　그러나 나는 다르지. 나는 오늘날까지 무용한 것이 되기를
시종 힘썼네. 천수를 다하려고 하는 지금, 무용한 나무가 얼마
나 좋은 것인지를 알 수 있게 되었어. 그대들에게 무용한 것이
나에게는 실로 유용한 것이라네. 가령 내가 유용했더라면 벌써
베어졌을 것이 아닌가.

　한 마디 더 덧붙여 두겠는데, 그대든 나든 모두 자연의 일물
(一物)에 지나지 않아. 물(物)이 물(物)의 가치를 평가하다니
그것은 말도 안 돼. 가치를 부여하자면, 유용하다며 스스로의
생명을 깎고 있는 자들이야말로 실은 무용한 인간일세. 무용의
인간이 내가 무용한 나무인지 아닌지를 어찌 꿰뚫어볼 수 있
단 말인가?”〈人間世篇〉

유용이냐 무용이냐, 혹은 시(是)냐 비(非)냐, 선이냐 악이냐라
며 인간은 사물을 대비하고 구별하려 한다. 그것이 인간의 허점
이라고 장자는 말한다. 무궁한 우주, 그 우주 속의 조그마한 점
에 지나지 않는 인간이, 만물의 영장이라고 지껄이며 으스대고,
자신들의 가치관을 멋대로 설정하여 있는 그대로의 자연을 해치

고 있다. 그것이 원인이 되어 인간은 자신들을 멸망시키고 마는 것이다.

원래 인간의 판단은 항상 상대적인 것이어서 절대적으로 올바르다는 것은 그 어디에도 존재하지 않는다. 그런데도 불구하고 인간은 '지(知)'만 믿고 자신의 판단을 절대시하며 대립하고 싸움을 한다. 여기에 지적 동물인 인간의 숙명적 비극의 뿌리가 있다고 장자는 말한다.

—— 자연의 흐름을 따르는 생활

장자 자신은 벼슬도 마다며, 이른바 세속 밖에서 산 사람인데, 세속 밖에서 살지 않으면 참자유를 얻을 수 없다고 말한 것은 아니다. 세속에 살고 있으면서도 세속을 초월할 수 있다고 그는 말하고 있다.

그럼 그것은 어떤 생활방법일까?

어떤 일에도 목에 힘을 주지 말고 자연의 흐름에 몸을 맡기는 것이라고 한다. 몸을 맡긴다고 해서 자기 자신을 버리는 것은 아니다. 주체성은 분명하게 가지고 있으면서도 자연의 흐름에 거역하지 말라고 했다. 그러면 어디에든 무리가 없기 때문에 평안하고 충실한 인생을 보낼 수 있다는 것이다.

그런 장자의 주장을 전형적으로 나타내고 있는 것이 '포정(庖丁)'의 에피소드이다.

옛날 명요리사인 포정이 위(魏)나라 혜왕(惠王) 앞에서 소의 각을 뜨고 있었다.

포정이 소의 몸통에 손을 대고 어깨에 힘을 주며, 다리로 위치를 잡고 무릎으로 소를 누르는가 했더니 순식간에 쇠뼈에서 고기가 발라진다. 재빠른 칼놀림으로 각을 뜨는 그의 솜씨는 마치 무용수가 리듬에 맞춰 춤을 추고 있는 것 같았다.

"실로 잘하는도다. 신기(神技)야, 신기."

혜왕은 자신도 모르는 사이에 감탄의 말을 쏟아 놓았다. 그러자 포정은 이렇게 말했다고 한다.

"전하, 황송하오나 지금 어람하시는 것은 기(技)가 아니옵니다. 기를 능가한 것으로서 도라고나 할까요.

옛날 이 일을 처음으로 할 때는 신의 눈에 띄는 것은 소의 외형뿐이었나이다. 그 후 3년이 지나자 소의 외형은 보이지 않고 뼈와 힘줄만 보이게 되었습지요. 그리고 지금은 육안에 의존하지 않나이다. 소와 마주하는 순간 마음이 움직입지요. 이미 감각의 작용은 멈추고 마음만이 활발하게 작용하옵니다. 그 뒤는 자연의 섭리에 따를 뿐, 소의 몸에 자연적으로 붙어 있는 조각조각을 떼어 나갈 뿐이니이다. 그러므로 큰 뼈는 말할 것도 없사옵고, 힘줄과 고기가 엉겨붙어 있는 부분이더라도 헛칼질을 하는 일이 없사옵니다.

보통 요리사는 한 달에 한 번 칼을 바꾸고, 솜씨가 있다는 요리사도 1년에 한 번쯤은 칼을 바꾸어야 하옵지요. 칼이 뼈에 닿아서 부러지거나 사용하는 사이에 날이 무디어지기 때문이니이다.

전하, 하온데 신이 쓰고 있는 이 칼을 보시옵소서. 19년 동안이나 쓴 칼이니이다. 그 동안 수천 마리의 소를 잡아 각을 떴지만 새 칼이나 진배없지 않사오니이까. 그것은 골절(骨節)에는 틈이 있고 이 칼날은 두께가 없으므로, 두께가 없는 것을 골절의 틈에 넣는다는 것은 여유가 있으므로 그다지 어려운 일이 아니옵니다. 그러기에 아무리 사용해도 날이 망가지는 일이 없는 법입지요.

하오나 힘줄과 뼈가 엉겨 있는 마지막 난소(難所)를 발라낼 때에는 신도 긴장하옵니다. 눈은 한 곳으로 집중되고 동작은 점점 더디어져서 칼을 움직이고 있는지 어떤지 본인도 분간하기 어려울 정도이옵니다.

이윽고 바삭 소리를 냈는가 생각하면 쇠고기 전체가 흙더미처럼 쇠뼈에서 떨어져 나오게 되나이다. 그러면 긴장이 확 풀어지옵지요. 신은 그때서야 칼을 들고 일어서서 자신도 모르는 사이에 주변을 살피게 되옵는데, 무엇이라고 표현할 수 없는 충실감이 아랫배로부터 용솟음쳐 올라오고 잠시 동안은 그곳을 떠나지 못하옵니다. 이윽고 냉정을 되찾게 되면 그제야 칼을 정성껏 닦아서 칼집에 넣습지요."

이 이야기를 들은 혜왕이 말했다.

"인생을 어떻게 살아야 할지를 깨닫게 되었도다."

포정과 같은 명인이 과연 실재했는지의 여부는 그다지 문제가 될 것이 없다. 그가 보여 준, 입신(入神)의 경지에 가까운 칼잡이의 생활방법, 어디에도 무리가 없고 자연의 흐름에 따르는 생활이야말로 최고의 생활방법이라고 장자는 말하고 있다.

분명 이렇게 살아갈 수만 있다면, 그런 사람은 인생의 달인이라고 해도 좋을 것이다.

—— 인생은 꿈인가 현실인가

장자는 75, 6세까지 살았던 듯하다. 그의 생애에 대해서는 자세한 것이 알려진 바 없지만 아주 빈곤한 생활을 했던 것은 사실인 것 같다. 감하후(監河侯)에게 돈을 꾸러 갔던 이야기라든가, 넝마 같은 옷을 걸치고 삼끈으로 신발을 동여맨 채 위나라 혜왕을 만나러 갔던 이야기 등이 그것을 뒷받침해 주고 있다. 어쨌든 빈곤하다는 것도 장자로서는 긍정적인 가치관으로 보였겠지만……

장자가 위독하게 되었을 때, 임종을 지켜보기 위해 모여든 제자들은 화려한 장례식을 치러야겠다고 의논한 후 스승에게 그런 뜻을 말했다. 그러나 장자는 이를 완강히 거절했다.

"천지가 내 관곽(棺槨)이고, 일월성신은 나의 보기(寶器 : 매장품)이며, 만물은 내 회장인(會葬人)들이다. 그 위에 무엇이 더 필요하겠는가? 그대로 시체를 가져다 버려라."

그러나 제자들은 막무가내였다.

"그러면 선생님의 시체를 새들이 날아와 모조리 쪼아먹을 것입니다."

"땅위에 놓아 두면 새들이 쪼아먹겠지. 그러나 땅속 깊이 묻으면 어차피 벌레들의 먹이가 될 게 아니겠느냐. 한쪽에서 빼앗아 가지고 다른 한쪽에게 준다는 것은 불공평한 것이야. 그렇다고 공평하게 한다면서 작위를 가한다면, 참된 공평을 얻을 수 없는 것이며, 자연에 순응하기 위하여 작위를 가하는 것도 참된 순응이 아니지.

자신의 현(賢)을 믿는 자는 지(知)를 앞세움으로써 도리어 사물에 지배당하게 마련이지만, 성지(聖知)의 소유자는 다만 무심으로 사물에 순응할 뿐이니라. 현지(賢知)는 이 성지(聖知)에 이르지 못하는 법이야. 그러나 이 도리를 모르는 사람들은 자신의 판단을 고집하여 작위로 우롱하고 언제까지나 속박에서 해방되지 못해. 이 얼마나 가련한 일이냐.”〈列禦寇篇〉

인간이 산다는 것은 무엇이냐? 죽는 것은 또 무엇이냐? 그리고 그 일생(一生)이란 도대체 무엇이란 말이냐? 장자는 호접(胡蝶)에 비유하며 다음과 같이 말하고 있다.

“언제든가 장주(莊周), 곧 나는 꿈 속에서 호접이 되었다. 훨훨 나는 나비였다. 마음껏 하늘을 날며 노닐다 보니, 이미 장주임을 잊고 말았다. 그런데 문득 눈을 떠보니 틀림없는 인간 장주였다. 그렇다면 장주가 꿈 속에서 나비가 되었던 것인가? 아니면 나비가 꿈 속에서 장주가 되었다는 것인가?

현재의 형태로 본다면 장주와 나비는 분명 별개의 물체일 것이다. 그러나 그것은 사물의 무궁한 변화 속에 있어서의 한 양상에 지나지 않는다.”

꿈이 현실이냐, 현실이 꿈이냐——캐고 들어가면 인생 그 자체가 하나의 꿈에 지나지 않는다. 자기 자신이 꿈을 꾸고 있다는

36

사실을 깨닫지 못한다. 인생이란 꿈에서 깼을 때, 사람은 인생 그 자체가 꿈이라는 것을 비로소 깨닫게 된다고 장자는 말했던 것이다.

《장자》에 대하여

《장자》는 전문 6만 5천여 자 —— 내편(內篇) 7편, 외편(外篇) 15편, 잡편(雜篇) 11편으로 이루어져 있는데, 장주(莊周) 자신의 손에 의해 쓰여진 것은 내편뿐이며, 외편과 잡편은 후세의 가탁(假託)으로 보는 설이 유력하다.

《노자》와 《장자》를 합쳐 노장사상(老莊思想)이란 말 한마디로 통틀어서 부르기는 하지만 그 설명하는 방향은 다르다. 물론 양자의 차이는 그것뿐만이 아니다.

《노자》는 처음부터 끝까지 과묵한 편이다. 전편이 잠언집(箴言集)이라고 할 수 있으며 도처에 독백과 같은 말들이 나열되어 있다. 그것은 마치 광막한 대륙의, 또는 대지의 바닥 깊숙한 곳에서 솟아오르는 고독한 외침과도 같다.

이에 비하여 《장자》는 대단한 요설(饒舌)이다. 우화를 교묘하게 인용하면서, 이렇게 해도 이해가 안 가느냐는 식으로 다그치는 인상이다. 그 유연하고 분방한 어구의 구사력은 실로 대단한 문학이라고 할 수도 있겠다.

《장자》의 어록(語錄)
• 망지사목계의(望之似木鷄矣), 기덕전의(其德全矣) —— 멀리서 바라보면 마치 나무로 만든 닭 같습니다. 그 덕(德)이 온전해진 것

입지요.〈遠生篇〉

　이 말은 다음과 같은 예화 속에 나오는 구절이다. 목계란 나무로 조각한 닭이란 뜻——.

　기성자(紀渻子)라고 하는 투계용(鬪鷄用) 닭의 사육사가 있었다. 왕이 이 기성자에게 닭을 한 마리 내주면서 훈련을 시켜 달라고 부탁했다. 그리고 열흘이 지난 후 왕이 닭의 상태를 물었다.

　"어떤가? 이제 투계를 시킬 만큼 훈련이 되었나?"

　"아니옵니다. 아직 멀었나이다. 지금도 살기가 등등하여 적을 찾고 있삽는 걸요."

　다시 열흘이 지났다. 왕이 또 묻자 기성자가 대답한다.

　"아직도 멀었나이다. 다른 닭이 우는 소리를 내거나 떠드는 시늉을 하면 금방 투지를 보이는 걸요."

　다시 열흘이 지났다. 왕이 묻자 기성자는 역시 더 있어야 한다고 대답했다.

　"아직도 안 되겠사옵니다. 다른 닭을 보면 즉시로 달려들어 싸우려고 하나이다."

　그리고 다시 열흘이 지나서 왕이 물었을 때 그는 이렇게 대답했다.

　"예, 이제야 겨우 투계로 쓸 수 있을 것 같나이다. 옆에서 다른 닭이 아무리 싸움을 걸어 와도 가만히 있을 뿐, 마치 목계와 같사옵니다. 실로 덕을 충분히 갖추었다는 증거일 것이니이다. 이렇게 된 이상 어떤 닭도 덤비지 못할 것이며 이 닭만 보아도 모두 도망칠 것이 분명하옵니다."

큰 인물은 이 목계와 같은 것이 아닐까.

• 조삼모사(朝三暮四) —— 아침에는 세 개, 저녁에는 네 개를 주겠
  다.〈齊物論篇〉

이 '조삼모사'는 우리가 흔히 쓰는 말로서 그 출전은 바로《장
자》인데, 실질적으로는 아무런 차이도 없으면서 눈앞에서는 차이가
있는 것처럼 우롱한다는 비유의 이야기이다.
원숭이를 사육하는 사람이 어느 날, 원숭이들에게 도토리를 주면
서 말했다.
"앞으로는 저녁 때 네 개, 그리고 아침에 세 개씩을 주겠다."
그러자 원숭이들은 일제히 항의했다. 사육사가 다시 말했다.
"미안, 미안, 그럼 아침에 네 개, 저녁에 세 개씩을 주마."
이렇게 한즉 원숭이들이 좋아하더란다.
오늘날 임금교섭이라든가 세금문제 등에서 이 원숭이들의 흉내를
내고 있는 것은 아닐는지…….

• 유소위와자(有所謂蝸者) 군지지호(君知之乎) —— 임금께서는 달
  팽이라는 것을 아시겠지요?〈則陽篇〉

쓸데없는 일로 크게 떠벌리는 어리석음을 조소하는 말로서 '와우
각상지쟁(蝸牛角上之爭)'이란 말이 있는데, 이 말도《장자》가 그
출전이다.
우호조약을 일방적으로 파기한 제(齊)나라에 대해 크게 분노한

위왕(魏王)이 무력으로 제나라를 치려고 했을 때, 대진인(戴晉人)이
란 현인이 나서서 이런 이야기를 했다.

"전하, 전하께서는 달팽이란 것을 아시나이까? 그 왼쪽 더듬이에
촉씨(觸氏)란 나라가 있었고, 오른쪽 더듬이에도 만씨(蠻氏)라는
나라가 있었는데 서로 영토 분쟁을 계속하고 있었나이다. 어느 때
는 격전하기를 15일간, 양측의 사상자 수는 수만 명에 이르렀습
지요."

"이보오, 농담을 하는 것도 정도가 있는 법이오."

"아니올시다. 결코 농담이 아니옵니다. 그 증거로서 지금부터 아
뢰는 말씀을 잘 들어 주소서. 전하께서는 이 우주 사방에 끝이 있
다고 생각하시니이까?"

"그야 끝이 없지."

"그러시다면 마음을 그 끝없는 세계로 무한히 펼치시고 그 위에
서 지상을 내려다보실 경우 나라들의 존재란 아주 보잘것 없는
것이란 생각이 아니드시는지요?"

"그런 생각이 들겠지."

"전하, 그 나라들 안에 위나라가 있는 것이며, 위나라 속에 도읍
이 있고, 그 도읍 안에 전하께서는 살고 계시옵니다. 그렇다면 전
하와 그 달팽이 더듬이 위에 있는 국왕과 무슨 차이가 있겠삽나
이까?"

이런 말을 남기고 물러가는 대진인의 뒷모습을 물끄러미 바라보
던 위왕은 제정신이 아닌 것 같았다.

당사자에게는 큰 문제이더라도, 제삼자가 볼 때는 하찮은 일임을
우리 사회에서도 흔히 본다. 때로는 시각을 바꾸어서 사물을 바라보

는 것도 인생에 있어서는 아주 필요한 일이다.

- 당랑노기비이당거철(螳螂怒其臂以當車轍) 부지기불승임야(不知其不勝任也) —— 사마귀가 팔뚝을 휘두르며 수레에 맞선다. 제 힘으로 감당할 수 없다는 것을 모르는 것이다. 〈人間世篇〉
- 신지불능치(身之不能治) 이하가치천하호(而何暇治天下乎) —제 몸조차도 다스리지 못하는데 어찌 천하를 다스릴 겨를이 있단 말인가. 〈天地篇〉
- 지부지론극묘지언(知不知論極妙之言) 이자적일시지리자(而自適一時之利者) 시비함정지와여(是非埳井之蛙與) —— 지극히 오묘한 말을 논(論)할 줄 모르면서 일시적인 명성에 스스로 만족하는 자는, 저 무너진 우물 속의 개구리나 다름없지 아니한가. 〈秋水篇〉
- 충간불청(忠諫不聽) 준둔물쟁(蹲循勿爭) —— 충직한 간언(諫言)을 들어 주지 않더라도 물러나서 다투지 마라. 〈至樂篇〉
- 교자노이지자우(巧者勞而知者憂) —— 일솜씨가 교묘한 사람은 애써 수고하고, 아는 것이 많은 사람은 걱정이 많다. 〈列禦寇篇〉

관자(管子)

《관자》라는 고전은 몰라도, 명재상 관중(管仲)의 이름은 어디서 들은 적이 있다는 생각이 날는지도 모른다. 관중은 지금으로부터 2천6백 년쯤 전, 춘추시대에 활약했던 재상인데, 중국의 긴 역사 속에서도 명재상이라고 하면 반드시 그 이름이 거론되는 사람이 관중이다.

탁월한 정치가였던 관중의 소론(所論)을 정리해 놓은 것이 《관자》라는 고전이다.

관중이 활약했던 춘추시대는 주왕조(周王朝)의 권위가 차츰 떨어지고 그 대신 실력이 있는 제후가 차례로 대두하여 천하의 정치를 좌지우지하던 때였다. 이런 제후를 '패자(霸者)'라고 한다. 춘추시대에 처음으로 '패자'가 된 사람은 제나라의 환공(桓公)이며 이 환공을 섬겼던 사람이 다름 아닌 관중이었다.

제나라는 오늘날의 산동반도에 뿌리를 두고 그 일대를 다스리던 나라인데, 환공이 즉위할 당시는 그다지 강한 나라가 아니었다. 또 톱(Top)인 환공도 범용한 인물이었다. 그러던 것이 관중을 재상으로 맞이하고 나서부터 힘을 길러 나갔고, 일약 '패자'로서 천하를 호령하기에 이른 것이다. 그 공적 모두가 재상 관중

의 활동에 기인한 것이니 그의 빼어난 역량을 가히 짐작할 수
있겠다.

중국 속담에 '관포지교'란 말이 있다. 이것은 관중과 그의 죽
마고우였던 포숙아(鮑叔牙)란 인물과의 우정을 가리키는 말인
데, 이 속담이 생겨나게 된 배경에는 다음과 같은 에피소드가
있다.

관중은 원래부터 환공을 섬겼던 브레인이 아니었다. 오늘날의
말로 표현한다면 중도에서 스카우트된 인재였다.

이야기는 거슬러 올라가서 환공이 즉위한 기원전 685년——.
왕위 계승권을 둘러싸고 환공과 규(糾)라고 하는 형 사이에 골육
상쟁이 벌어졌다. 결국 환공이 규를 죽이고 즉위했는데 이 싸움
에서 관중은 공자(公子 : 왕자) 규의 참모역을 맡았었다.

당연한 일이지만 환공에게 활까지 쏘았던 관중은 붙잡힌 몸이
되었는데, 그 관중을 구해 낸 사람이 환공의 참모역이자 관중과
는 죽마고우인 포숙아였던 것이다. 이때 포숙아는 환공에게 다음
과 같이 말했다.

"신은 다행히도 전하를 섬길 수 있게 되었고 전하께서는 제나
라의 군왕으로 즉위하셨나이다. 하오나 앞으로 할 일을 생각할
때 신은 어깨가 무겁사옵니다. 전하께오서 제나라의 군주로서
만족하시겠다면 신의 보필만 받으셔도 충분하실 것이옵니다.
하오나 천하의 패자가 되시려면 관중을 빼고는 달리 적임자가
없나이다. 관중을 높이 쓰는 나라는 반드시 천하를 장악하게
될 것이옵니다. 정히 관중을 쓰실 생각이 없으시다면 차라리

그를 없애소서. 그가 다른 나라에 가면 우리나라의 후환이 될 것이옵니다. 그렇지 않으실 바에는 관중을 꼭 높이 쓰도록 하시오소서.”

이렇게 해서 관중은 죄를 용서받았을 뿐 아니라, 지난날 적이었던 환공의 재상으로까지 등용되었던 것이다. 그가 정치의 장에서 자신의 능력을 십분 발휘할 수 있었던 것은 이처럼 포숙아가 중개를 잘했기 때문이다.

포숙아의 입장에서 본다면, 관중은 라이벌이다. 사람은 누구나 자신의 지위를 위협할 듯한 우수한 사람을 싫어하는 법이다. 못 당하겠다는 생각이 들면, 중상과 모략 등 수단과 방법을 가리지 않고 상대방을 밀어 내는 것이 보통이다. 그러나 포숙아는 달랐다.

누구보다도 자기 자신의 역량을 잘 알고 있던 포숙아였다. 그랬기에 나라를 위하여 관중을 기꺼이 천거했던 것이다.

후일 관중은 포숙아와의 우정에 대해서 다음과 같이 회상했다.

“나는 그 옛날 가난했을 때 포숙아와 같이 장사를 한 적이 있었다. 이익금을 나눌 때에는 언제나 내가 더 차지했건만 그는 그것을 불평하지 않았다. 내 생활이 자기보다 곤궁하다는 것을 잘 알았기 때문이다. 또 나는 그를 출세시켜 주려고 했다가 도리어 그를 곤궁 속에 빠뜨렸던 일이 있다. 그러나 그는 나를 어리석다고 책망하지 않았다. 일이란 뜻대로 잘 안 되는 경우도 있다는 것을 터득하고 있었기 때문이다.

그리고 나는 지난날 여러 차례나 벼슬길에 나갔으나 그때마다 자진 사퇴하고 말았는데, 그는 나를 무능한 자라고 욕하지 않았다. 내가 시운을 타지 못했음을 알고 있었기 때문이다. 또 나는 전쟁터에 나갈 때마다 도망쳐 왔는데 그는 나에게 겁쟁이라고 말하지 않았다. 나에게는 노모가 있음을 그는 잘 알고 있었기 때문이다.

그리고 공자 규가 후계자 경쟁에서 졌을 때, 나는 구구하게 살아 남아 있으면서 온갖 창피함을 다 겪었지만 그는 나에게 파렴치한이라며 욕하지 않았다. 내가 눈앞의 명예에 구애받지 않고 천하에 공명(功名)을 떨치지 못함을 치욕으로 여긴다는 것을 잘 알고 있었기 때문이다. 나를 낳아 준 분은 부모이지만 나를 이해해 준 사람은 포숙아이다.(生我者父母 知我者鮑叔)"

관중의 이 회상은 이상적인 우정이란 어떤 것인지를 과부족 없이 말해 주고 있다. 그리고 이 두 사람의 우정에서 '관포지교'란 말이 생겨났던 것이다.

포숙아는 관중을 재상으로 추천한 다음, 자기는 관중보다 아랫자리에 있으면서 환공을 섬겼다. 그것을 본 세상 사람들은 관중의 수완을 칭찬하기보다 오히려 포숙아의 사람 됨됨이를 높이 평가했다고 한다.

그야 어쨌든 환공을 섬기게 된 관중은 그 후 40년 세월을 두고 재상 자리에 있으면서 약소국에 지나지 않았던 제나라를 최강국으로 재생시켰던 것이다. 어떻게 해서 이처럼 급성장을 시켰는지, 그 비밀을 해명한 것이 《관자》란 책이다. 지금부터 《관자》의 내용을 살피면서 관중이 했던 정치의 특징을 알아보기로 한다.

── 받으려면 먼저 내어 주라

관중이 한 말로서 가장 널리 알려져 있는 말이 '의식(衣食)이 족하면 예절을 안다'가 아닐까? 그러나 이것은 원전과 비교해 볼 때 정확한 말이 아니다. 《관자》에 있는 말은 '창름실즉지예절(倉廩實則知禮節), 의식족즉지영욕(衣食足卽知榮辱)', 즉 '창고가 그득하면 예절을 알게 되고, 의식이 풍족하면 영욕을 알게 된다'로 되어 있다. '창름'이란 곡물을 넣어 두는 창고 혹은 광이고, '영욕'은 명예와 수치라는 의미이다.

이 말을 줄여서 일반적으로 '의식이 족하면 예절을 안다'고 말하는데 어찌 되었든 생활이 안정되면 자연히 국민의 도덕 의식도 높아진다는 의미임에는 틀림없다.

현대의 우리나라를 보면 풍요를 구가하고 있는데, 그렇다고 해서 반드시 예절을 안다고는 말할 수 없으니 이 말은 잘못된 말인 것처럼 생각된다. 그러나 관중이 강조했던 점은, 경제를 중시하라는 뜻이다. 국가의 번영을 꾀하려면 무엇보다도 먼저 경제력을 높여서 민생의 안정을 도모할 것, 이것이 선결문제라고 하는 것이다. 관중은 이렇게 말한다.

"물자가 풍부한 나라라면 아무리 먼 곳에서라도 백성은 모여드는 것이며, 개발이 된 나라에서는 빠져 나가는 백성이 한 사람도 없다.

위정자는 무엇보다도 먼저 경제를 중시하지 않으면 안 된다. 형벌 등은 이의적(二義的)인 문제에 지나지 않는다. 먼저 민생을 안정시키고 도덕 의식을 높이는 것, 이것이 국가 존립의 기초가 된다."

경제를 중시하라는 주장은 오늘날에 이르러서는 너무나도 상식적인 말인지도 모른다. 그러나 관중이 살아가던 시대, 지금으로부터 2천 수백 년 전의 시대의 이야기이다. 그것도 피비린내나는 전쟁을 일삼던 전국(戰國)의 시대이다. 보통사람 같으면 무력과 군사의 확장에 힘을 쏟을 터인데 관중은 경제중시를 주장했고 더구나 그것을 실천하여 훌륭한 성과를 거두었던 것이다. 실로 멋진 견식과 역량이다.

단, 관중은 경제력만을 높이면 된다고 말한 것은 아니다. 경제력을 높이는 것은 어디까지나 수단이다. 목적은 그것에 의해 도덕 의식을 향상시키는 데 있었다.

그럼 도덕 의식이란 구체적으로 무엇을 가리키는 것일까?《관자》는 예(禮)·의(義)·염(廉)·치(恥) 등 네 가지를 들고 있다.

제일 먼저 예이다. 이것은 절도를 지키는 것이다.

둘째로는 의이다. 이것은 자기 선전을 하지 않는 것이다.

셋째의 염은 자기 과오를 숨기지 않는 것이다.

그리고 마지막 넷째의 치는 남의 나쁜 짓에 말려들지 않는다는 의미이다.

《관자》는 이 네 가지의 덕을 든 다음 아래와 같은 말을 덧붙이고 있다.

"백성이 절도를 지키게 되면 질서는 안태(安泰)해진다. 누구도 자기 선전을 하지 않으면 거짓이 없어지게 된다. 자신의 과오를 숨기는 자가 없어지면 부정은 자연히 자취를 감추게 된다. 남의 나쁜 일에 말려드는 자가 없어지면 나쁜 일을 기도하는 자도 자연히 없어지게 된다.

나라는 이 예·의·염·치 등, 네 가지의 강목으로 유지된다.

네 가지 가운데 한 가지라도 없으면 안정을 잃는다. 두 가지가 결여되면 기울게 된다. 세 가지가 없어지면 전복된다. 네 가지 모두 없어지면 멸망되고 만다. 안정은 되돌릴 수가 있다. 기울거나 전복되어도 다시 일으켜 세울 수가 있다. 그러나 멸망되고 말면 어찌할 수가 없다."

이처럼 《관자》는 정치의 근본을 도덕 의식의 향상이라고 역설했다. 그러나 그렇다고 해서 관중이란 정치가를 도덕지상주의자, 즉 앞뒤가 막힌 사람으로 받아들인다면 곤란하다. 그는 어떤 의미에서는 지극히 유연한 정치가였다.

"백성들이 원하는 바를 살폈다가 이것을 들어 주고 풀어 주는 것, 이것이 정치의 요체이다. 백성들이 원하는 바를 무시한 정치는 반드시 벽에 부딪히고 만다."

즉 정치의 입안은, 지금 국민이 무엇을 원하고 있는지, 그것을 간파하고 그 원하는 바에 따라 정책을 세워 나가라는 것이다. 흐름에 거역하지 않는 징치리고 말할 수 있겠다.

다시 《관자》의 말에 귀를 기울여 보자.

"백성은 누구나 고생하기를 싫어한다. 그러므로 군주는 백성들의 고생을 덜어 주는 방법을 강구해 나가지 않으면 안 된다.

백성은 누구나 가난한 것을 싫어한다. 그러므로 군주는 백성의 생활을 풍요롭게 해주지 않으면 안 된다.

백성은 누구나 재난에서 피하고 싶어한다. 그러므로 군주는 백성들의 안전을 도모해 주지 않으면 안 된다.

　백성은 누구나 일족멸망(一族滅亡)의 무서움에서 면하고 싶어한다. 그러므로 군주는 백성의 번영을 도모해 주지 않으면 안 된다.

　이상 여러 조건이 충족되면 그 결과는 어떻게 될까?

　고생을 면하게 해준 군주를 위해서라면 백성은 어떤 고통도 참아 낼 것이다. 생활을 풍요롭게 해준 군주를 위해서라면 그 백성은 어떠한 빈곤도 감수해 낼 것이다. 안전을 도모해 준 군주를 위해서라면, 백성은 어떤 재난도 달게 받을 것이다. 번영이 있게 해 준 군주를 위해서라면 그 백성은 목숨을 걸고 싸울 것이다.

　백성의 마음을 사로잡으려고 하지도 않고 그저 형벌에 의해 위압하고 복종시키려 한다면 그것은 불가능할 것이다. 백성들이 복종하지 않는다고 해서 함부로 형벌을 엄하게 하고 백성들을 처형하며 협박하는 것은 스스로 묘혈을 파는 것과 같다.”
이렇게 말한 다음 《관자》는,
“얻으려고 생각하면 먼저 주라. 이것이 정치의 요체이다.”
라고 단언했다. 국가가 국민에게 요구하기보다, 국민의 원하는 바에 귀를 기울이고 그것을 실현시키는 것이 우선이라고 했던 것이다.

　이상을 제시하면서도 이상에 치우치지 않고 현실주의의 유연성을 믹스시킨 점에 관중의 정치적 특징이 있다.

──── 위정자의 마음가짐

《관자》가 주장한 정치란 어떤 정치인가? 다음은 위정자 측에서 알아보도록 하자. 《관자》는 군주가 범하기 쉬운 과오에는 세 가지가 있다며, 이렇게 말하고 있다.

"군주는 그 백성에 대하여 세 가지 짓을 하고 싶어한다. 그러나 이 하고 싶어하는 짓의 한계를 넘게 되면 군주의 지위는 위태로워진다. 그 세 가지란 무엇인가? 요구하는 것, 금지시키는 것, 명령하는 것이다."

그렇다면 이 세 가지를 왜 나쁘다고 하는 것인가? 《관자》는 이렇게 설명하고 있다.

"요구한 이상, 반드시 획득하고 싶다. 금지시킨 이상 반드시 그만두게 하고 싶다. 명령을 내린 이상 반드시 지키도록 만들고 싶다. 이것이 인지상정이다. 그러나 함부로 요구하면 도리어 얻는 것이 적어진다. 이것도 하지 말라, 저것도 안 된다며 금지령을 남발하면 오히려 위반자가 많아진다. 함부로 명령을 내리면 도리어 실행하는 자가 적어진다.

사실 지난날을 돌이켜볼 때, 요구를 많이 했다가 성과를 올린 예는 없으며, 금지령을 많이 내린 결과 위반자가 적어진 예도 없다. 또 명령을 많이 내린 결과, 그것이 전부 실행되었다는 예도 없었다.

다시 말해서 위정자가 가혹하면 백성은 명령에 따르지 않게 된다. 따르지 않는다고 해서 형벌로 위협하면 백성들은 반항하게 된다. 이렇게 되면 지위의 안태를 바라더라도 아무 소용이 없다."

요컨대 일방통행식으로 밀어붙이는 정치는 하지 말라는 말이다.

그리고 《관자》는 군주된 자가 특히 마음쓰지 않으면 안 되는 점이, 세 가지 있다고 하고,

1. 신하가 그 지위에 어울리는 인격을 갖추고 있는가?
2. 신하가 그 봉록(俸祿)에 어울리는 실적을 올리고 있는가?
3. 신하가 그 지위에 어울리는 능력을 소유하고 있는가?

이 세 가지를 들고는,

"이 세 가지의 기본을 파악하고 있지 못하면 엉큼한 인간이 판을 치고, 아첨하는 무리가 모여든다."

라고 결론지었다.

여기서 말하는 인격, 실적, 능력의 세 가지는 현대에도 인물평가의 기준이 되고 있다. 그것을 잘하는 사람이 명군이라고 《관자》는 말하고 있는 것이다.

어느 시대에든, 사람을 보는 눈이 없으면 톱(Top)의 자리에 앉아 있을 수가 없다. 《관자》는 다시 부하를 평가할 때의 주의사항을 다음과 같이 기록하고 있다.

"시기심이 많고 편파적인 사람은 비록 유능하더라도 큰일을 맡겨서는 안 된다. 안이하게 생각하며 눈앞의 공적에만 급급한 인간은 멀리 해야 한다. 그런 일쯤은 간단하다며 가볍게 입을 놀리는 사람은 믿을 바가 못 된다. 이런 일쯤은 자기에게 맡기라며 가볍게 일을 떠맡는 인간은 신용하지 말아야 한다. 말을 함부로 하지 않고 앞일을 신중히 예측하는 사람이야말로 신뢰할 수 있는 사람이다."

평범한 것 같지만 이 또한 우리에게도 적절한 조건이다.

《관자》는 또 위정자에 대하여 확고한 신념을 가지라고 권

한다.

"일단 내린 명령을 취소하고 다른 명령을 내린다. 일단 결정한 법률이나 제도를 금방 바꾸어 버린다. 이런 식의 조령모개(朝令暮改)를 반복하면 백성들은 법률을 지킬 의욕을 상실하게 되고, 군주를 경멸하게 된다. 위정자에게 확고한 신념이 없으면 백성들로부터 신뢰감을 잃게 되는 것이다."

입만 가볍게 놀리고, 실언과 취소를 반복하는 지도자는 주어진 책임을 다해 낼 수 없다는 것이다.

그리고 《관자》는 다시 세상 위정자에게 다음과 같은 주문을 하고 있다.

"우수한 신하가 없다고 한탄하기 전에 먼저 신하를 제대로 부리고 있는지의 여부를 반성하라. 물자가 적다고 걱정하기에 앞서서 우선 물자가 적절히 배분되고 있는지 어떤지를 생각해 보라. 때에 따라 적절한 대책을 세우는 것이 지도자의 조건이며 공평무사하게 집행하는 것이 위정자된 자의 덕이다. 군주가 된 자는 항상 적절한 대책을 세우고 신하들을 통솔하여 그 능력을 십분 발휘시키지 않으면 안 된다.

위정자가 우유부단하면 그 정책은 항상 선수를 뺏기게 된다. 물욕만 왕성하면 백성의 마음을 사로잡을 수가 없다. 무능한 무리를 신용하고 있으면 뜻있는 신하들로부터 버림받게 된다."

이 말 역시 나라의 정치에만 한한 말이 아니다. 특히 유능한 인재의 등용, 임기응변의 대응 능력, 공평무사한 조직관리, 이 세 가지 점은 현대의 기업경영에 있어서도 그대로 적용되는 것이 아니겠는가.

―― 천하를 얻으려면 먼저 인재를 얻으라

관중은 제나라 재상으로서 경제 우선의 정치를 펴서 국력을 기르고 자신이 섬겼던 환공을 '패자'의 지위에 올려놓았다. '패자'는 권위가 떨어진 주왕조(周王朝)를 대신해서 천하를 호령한 실력자이다. 밖으로는 이민족의 침입을 막고 안으로는 대국의 전횡을 막아서 천하의 질서가 유지되게 한다. 이것이 패자가 해야 할 일이었다.

그러므로 패자는 당연히 여타의 나라들을 위압할 만한 발군의 힘을 지니고 있지 않으면 안 된다. 《관자》도 이렇게 말하고 있다.

"영토가 광대하고 인구가 많으며 병력도 강력해야 한다. 이것이 패자가 되기 위한 근본조건이다."

그럼 힘만 갖추고 있으면 되느냐? 그렇지가 않다. 힘도 있어야겠지만 힘과 더불어 국가의 덕이 필요한 것이다. 덕이란 이 경우 성망(聲望)이라든가 위신이라고도 할 수 있는데, 이것이 있어야만 비로소 다른 나라들의 지지와 심복을 얻을 수 있는 것이다. 《관자》는 이렇게 말한다.

"영토가 광대하고 인구도 많지만 다른 나라를 침략하지 않는다. 군주도 교만을 부리지 않는다. 재정이 넉넉하건만 나태하거나 욕망에 흐르지 않는다. 군대가 강하더라도 다른 나라를 무시하지 않는다. 이런 나라야말로 패자로서의 자격을 갖추었다고 할 수 있다."

요컨대 힘과 덕, 이 두 가지를 겸비하지 않으면 패자의 자격은 없다고 하는 것이다. 힘으로만 밀어붙이면 다른 나라의 지지

를 얻을 수 없다. 심복시키기 위해서는 덕을 가지고 임할 필요
가 있다.

"권력을 천하에 행사하고자 하는 자는 먼저 다른 나라들에게
덕을 베풀지 않으면 안 된다. 영토를 확장시키기 위해서는 먼
저 이쪽에서 내주지 않으면 안 된다. 상대방을 복종시키기 위
해서는 우선 이쪽에서 양보하지 않으면 안 된다. 이렇게 함으
로써 상대방의 마음을 사로잡아야 한다. 이것이야말로 천하에
권력을 행사할 수 있는 길이 된다."

이것이 《관자》의 말인데, 이것 또한 나라와 나라 사이의 관계
뿐 아니라, 인간관계에도 그대로 응용되는 철칙이라 해도 좋다.
힘만을 의지하고 고압적으로 행동한다면 상대방을 공포 속에 몰
아넣을 수는 있어도 그 마음을 사로잡을 수는 없다. 그런 까닭에
한때는 번영할는지 몰라도 오래 지속될 수는 없는 것이다.

《관자》는 또 이런 말도 하고 있다.

"천하를 얻으려면 먼저 인재를 얻으라. 그러기 위해서라면 군
주는 대국(大局)을 내다볼 줄 아는 기량을 갖추고 있어야 한
다. 만약 눈앞의 이익에만 급급하여 대국을 잘못 본다면 사람
의 마음을 획득하는 등의 일은 꿈도 꾸지 마라. 대국을 내다볼
줄 알아야 천하 만민의 마음을 사로잡을 수 있는 것이며, 그
일에 성공한 자가 패자로 군림한다."

그럼 패자를 꿈꾸는 자는 무슨 일부터 시작해야 할까? 그것은
군주로서의 위신을 확립하고 먼저 나라 안에서 지지를 얻어야
한다.

"백성이 기본이라고 하는 인식, 이것이야말로 패자의 출발점이

다. 기본이 단단하면 나라는 안태해지는 법이다. 그 반대로 기본이 흐트러지면 나라는 위태로워진다. 백성의 존경을 얻음으로써 비로소 군주의 권위는 높아지게 된다.”

이렇게 해서 기반을 굳혔으면 서서히 행동에 들어간다. 그러나 착수하기 전에 충분한 준비를 해야 할 필요가 있다. ‘준비 없이는 행동도 없다’고 말한 사람은 모택동인데 《관자》는 옛날에 벌써 같은 말을 하고 있다.

“준비가 갖추어져 있지 않으면 어떠한 계략도 성공할 수가 없다. 또 어떠한 사업도 계획 없이는 쓰러지고 만다. 행동을 개시할 때는 먼저 주도면밀한 준비를 갖추어 놓고 신중히 시기의 도래를 기다린다. 그리고 시기가 무르익었다고 생각되면 즉시 행동한다. 이것이 중요한 점임을 잊어서는 안 된다.”

행동으로 옮길 때 또 한 가지 잊어서는 안 될 일은, 행동을 하는 시기이다. 서둘러 앞질러서도 안 되지만 미루다가 뒷북만 쳐서도 안 된다. 그때그때의 정세에 따라 적절한 타이밍을 잡을 필요가 있다.

“명군은 항상 천하의 정세를 관찰하고 그것에 따라 행동의 타이밍을 결정한다. 그리고 행동을 개시할 때는 먼저 무엇부터 착수해야 할 것인지를 생각하라. 어떤 일을 먼저 하고 어떤 일을 나중에 하느냐에 따라서 결과가 반대로 나타나기 때문이다.

예컨대 강력한 경쟁상대가 많이 있을 때에는 먼저 행동하는 것이 위험하다. 그런 경우에는 상대방이 나오는 것을 본 다음에 행동하는 편이 유리하다. 그와는 반대로 만약 이렇다 할 상대가 없을 때에는 먼저 행동에 들어가는 편이 좋다. 왜냐하면 우물쭈물하다가 때를 놓치면 상대방에게 당하는 수도 있기 때문이다.”

이와 같이·《관자》는 먼저 기반을 닦고 주도면밀한 준비를 갖춘 다음 기민하게 행동으로 옮기면, 천하에 패권을 자랑할 수 있다고 했다.

—— 신의를 중시한 외교

어느 때, 제나라 환공과 재상 관중 사이에 다음과 같은 문답이 오갔다. 환공이,

“옛날, 나라를 멸망시킨 군주는 어떤 과오를 범했기에 그처럼 나라를 들어먹은 게요?”

라고 물었던 바, 관중은 이렇게 대답했다.

“토지와 재산에 마음을 뺏겨서 다른 나라로부터 지지를 얻지 못했던 것이 그 첫째이니이다. 둘째로는 세금을 거두어들이기만 하여 백성들의 지지를 얻지 못한 점이옵니다. 그리고 셋째로는 남들과 친하려고만 할 뿐, 남들이 미워하는 것에는 신경을 쓰지 않았기 때문이니이다. 과실은 이상 세 가지였사옵지요. 이 과오를 한 가지라도 범하면 영토가 깎여 나갈 만큼 피해를 보게 되옵니다. 세 가지를 모두 범하면 그 나라는 반드시 멸망하게 되옵구요. 그들 군주 역시 좋아서 나라를 멸망시켰던 것은 아니옵니다. 하찮은 일이니 이 정도쯤이야 하다가 어느 사이에 나라를 망쳐 버린 것이니이다.”

여기서 관중은, 나라를 멸망시키는 첫번째 원인으로서, 다른 나라의 지지를 얻지 못하는 것을 들고 있다. 이것은 어느 시대에

도, 또 어느 나라의 경우에도 적용되는, 국가 존립의 기반인 것이다.

그럼 다른 나라의 지지를 받기 위해서 어떻게 하는 것이 좋을까? 앞에서도 말한 것처럼, 무력으로 밀어붙인다든가 그 나라를 중상 모략하는 방법은 도리어 역효과만 낸다. 역시 그 기본은 나라의 군주가 덕을 몸에 지니는 일이다.

그와 동시에 또 한 가지 잊어서는 안 될 일이 외교교섭이다. 다른 나라의 지지를 모으기 위해서는 덕이 있어야 함은 물론이고 외교교섭을 잘해야 한다는 말이다. 외교교섭을 잘하느냐 못하느냐에 따라 큰 차이가 있게 마련이다. 《관자》에서도 이렇게 말하고 있다.

"어떤 면으로 보면 그 나라의 강약은 다른 나라와 연합하느냐 고립하느냐에 따라 결정된다. 다른 나라들과 연합하면 강해지고 고립하면 약해진다. 천리를 달리는 명마라 하더라도 백 마리의 말이 차례로 대항해 오면 견뎌내지 못한다. 그와 마찬가지로 불패를 자랑하는 강국이더라도 다른 나라들이 한패가 되어 쳐들어오면 반드시 멸망하게 된다. 따라서 군주는 자기 나라가 놓여 있는 위치와 정황을 잘 인식하고 그것에 따라 외교를 전개해 나갈 필요가 있다."

관중이 다스리던 제나라는 당시 차츰 힘을 길러 군사력, 경제력 면에서 공히 제1급의 강대국으로 부상했었다. 힘으로 밀어붙이려면 밀어붙이지 못할 바도 아니다. 그러나 그런 방법을 채용하면 외국의 지지와 신뢰를 얻을 수가 없다. 관중은 그것을 잘 알고 있던 사람이다.

《관자》 속에는 다음과 같은 이야기가 있다.

환공이 즉위한 지 5년째 되던 해, 국력이 충실해진 제나라는 라이벌이었던 노(魯)나라와 싸워서 승리를 거두었다. 노나라 왕은 영토를 할양한다는 조건으로 강화할 것을 청해 왔다. 환공이 이를 받아들여서 강화회의가 열리게 되었다.

그런데 그 회의 석상에서 노왕이 강화조건을 수락하고 조인하려 할 때, 노왕을 수행했던 조말(曹沫)이라는 장군이 갑자기 단상까지 뛰어올라오더니 환공의 목에 비수를 들이댔다. 그리고 이렇게 말했다.

"지난날 우리 노나라에서 빼앗아 간 영토를 되돌려 주시오. 그렇지 않으면 생명을 내놓으시오!"

협박에 깜짝 놀란 환공은 자신도 모르게,

"좋다, 알았어."

라고 대답했다. 조말은 비수를 집어던지고 신하의 반열에 내려가서 부복했다.

한편 환공은 위협당하고 있을 때는 영토의 반환을 승낙했었지만 나중에 생각하니 괘씸하기 짝이 없는 일이었다. 그래서 조말을 혼내 주고 그 약속을 없었던 일로 하고 싶었다. 그 말을 듣자 관중은 환공에게 간했다.

"협박을 받으신 자리에서 부득이했다고는 하지만 약속하신 것은 분명하옵니다. 그것을 무시하시고 상대방을 죽이는 것은 신의에 위배되나이다. 또 분풀이가 될지는 몰라도 그 결과 제국에게 신뢰를 잃으실 것이니 백해무익한 처사이옵니다. 통촉하소서.”

환공은 조말과 한 약속을 지키어, 그때까지 빼앗았던 노나라의 영토를 고스란히 돌려주었다. 이 이야기는 금방 온 천하에 알려졌고 환공의 인기는 드높아졌다.

“제나라 환공은 신의가 두터운 사람이다. 그 나라와 손을 잡으면 손해는 없을 것이야.”

모두들 이렇게 생각했으므로 환공의 성망은 날로 높아지게 되었던 것이다.

관중은 약간의 영토를 떼줌으로써 천하의 신뢰를 살 수 있었던 셈이다. 사전에 이렇게 될 것까지 계산하고 있었는지 어땠는지는 모르겠으나 결과적으로는 그렇게 되었다. 이것 역시 외교를 중시했던 소산이요 결과가 아니고 무엇이란 말인가.

환공이 패자가 되어 천하를 호령할 수 있었던 것도, 이처럼 한편에서 관중이 외교전략을 펴나가며 다른 나라들의 신뢰를 모았기 때문이다. 관중은 적절한 정책을 채용하여 국력의 충실을 도모하는 동시에 힘에만 의존하는 우를 범하지 아니했다. 환공이 오래도록 이 패자의 지위에 머무를 수 있었던 것은 내정(內政), 외교 양면에 걸친 관중의 절묘한 정책의 뒷받침이 있었기 때문이다.

—— 관중의 병법론

관중의 발상의 그 근저를 이루고 있는 것은,

“말절(末節)에 사로잡히지 말고 근본을 파악하라.”

는 것이다.

"마른풀이 바람에 나부끼더라도 그것을 보는 사람은 없다. 연작(燕雀)이 시끄럽게 지저귀어도 그것을 상대해 줄 사람은 없다. 군주는 말절에 사로잡혀서는 대업을 성취시킬 수가 없다. 근본 정책이 잘못되어 있으면 신(神)의 도움도 얻을 수가 없다."

무엇이 근본인지를 파악하고 그곳에 에너지를 집중시키라는 말이다. 정치에도 경제에도 이와 같은 사고방식이 철두철미하게 반영되어 있는 것이 《관자》라는 책이다.

《관자》는 병법론에 장(章)을 할애하고 있는데 그 논지의 특징도 근본을 파악하라는 말에 귀결된다. 전쟁의 승부보다도 먼저 이기기 위한 물리적 조건을 만드는 것이 선결문제라고 하였다. 말하는 내용은 좀 유치한 것 같지만 설득력에는 조금도 손색이 없다.

관중은 이론가라고 하기보다 실무가였다. 따라서 이론가가 지니는 화려한 이론의 전개는 보이지 않는다. 그러나 그 반면 실무체험으로 뒷받침되어 설득력이 넘쳐흐른다.

병법론이 그 전형이라고 할 수 있는데, 먼저 그의 말에 귀를 기울여 보자.

"전쟁에서의 승패는 병력의 다소, 장비의 우열, 전술의 양부(良否)만으로 판단해서는 안 된다. 승패를 결정짓는 열쇠는 이 세 가지 외에 있다는 것을 터득하고 있지 않으면 큰일을 해낼 수 없다."

그럼 이기기 위해서는 무엇이 제일의적(第一義的) 필수조건이란 말인가? 《관자》는 다음 여덟 가지를 들고 있다.

1. 물자를 넉넉하게 비축해 둘 것
2. 기술자를 중시할 것
3. 우수한 무기를 만들 것
4. 우수한 인재를 선발할 것
5. 군율을 엄하게 할 것
6. 강도 높은 훈련을 할 것
7. 널리 정보를 수집할 것
8. 임기응변으로 대응할 것

이상 여덟 가지 항목을 든 다음,

"아무리 천하평정을 원하더라도 물자가 넉넉하지 않으면 그 소망은 이룰 수가 없다. 아무리 물자가 넉넉하다 하더라도 뛰어난 기술자가 없으면 그 소망은 이루지 못한다. 아무리 기술이 뛰어나다 하더라도 강력한 무기가 없으면 그 소망은 이룰 수가 없다. 아무리 무기가 강력하더라도 인재를 얻지 못하면 그 소망은 이루지 못한다.

아무리 훌륭한 인재를 얻어도 규율이 엄하지 않다면 그 소망은 이룰 수가 없다. 아무리 규율이 엄하더라도 훈련이 충분치 못하면 그 소망은 이루지 못한다. 아무리 훈련이 충분하다 하더라도 주도면밀한 지식과 정보가 없으면 그 소망은 이룰 수가 없다. 또 아무리 주도면밀한 지식과 정보가 있더라도 임기응변의 대응을 하지 못한다면 그 소망은 이루지 못한다."

이처럼 여덟 가지의 조건을 모두 갖추었을 때, 비로소 이기는 태세가 정비되었다고 볼 수 있다는 것이다. 그런데 《관자》에 의

하면 이래도 아직 충분치가 않은 것 같다.

"일을 시작하는 데는 이것만으로도 아직 불충분하다. 역시 예(禮)를 본받고 의(義)에 따를 필요가 있다. 아무리 강대한 군대를 가지고 있다 하더라도 예를 본받지 않으면 천하를 얻을 수는 없다. 또 의에 따르지 않고는 천하 사람들을 심복시킬 수가 없다. 이상 모든 것을 두루 갖춘 군주는 전쟁에서 패하지 않는다."

여기서 《관자》가 말하고 있는 '예를 본받고 의를 따른다'는 것은, 군대의 모럴과 전쟁의 대의명분을 가리키는 것이다. 모럴이 없는 군대는 폭도의 집단에 지나지 않고, 대의명분이 없는 전쟁은 무의미한 폭력에 지나지 않는다. 이렇게 해가지고는 지지도 신뢰도 얻을 수 없다.

한편 이상의 조건을 갖추었다고 치고 다음은 작전에 대해서 알아본다. 전략 전술은 제이의적(第二義的)이라고 해서 가볍게 보아 넘기면 안 된다. 《관자》는 작전을 위한 전제조건으로 다음 4항목을 들고 있다.

1. 적군의 정치 정황을 모르고 있을 때는 군대를 동원하지 않는다.
2. 적군의 정황이 불분명한 때는 싸움을 시작하지 않는다.
3. 적장의 능력을 파악하지 못했을 때는 공격에 나서지 않는다.
4. 적군의 사기라든가 훈련 정도가 불분명한 때는 출진하지 않는다.

적을 모른다면 당연한 일이지만, 승리를 점칠 수가 없다. 그러한 싸움은 하지 말라는 말이다.

그럼 확실한 승리가 보장되는 때는 어떤 경우란 말인가? 《관자》는 다음 다섯 가지의 경우를 들고 있다.

1. 아군의 병력은 다수이고 적의 병력은 소수인 경우
2. 아국은 잘 다스려지고 있는데, 적국은 혼란상태에 있는 경우
3. 아국은 풍요한데 적국은 빈곤한 경우
4. 아국의 장군은 유능한데 적국의 장군은 무능한 경우
5. 아군은 정예부대로 편성되어 있는데 적군은 오합지졸인 경우

이 다섯 가지의 조건을 든 다음 《관자》는,

"이런 경우라면 백전백승, 싸우면 반드시 이길 수 있다."

라며 단언하고 있다.

그럼 이런 조건들을 모두 갖추었다고 치고 마지막에는 제일선의 지휘관이 취해야 할 점은 무엇인가? 《관자》는 지휘관의 마음가짐으로서 다음 6개 항목을 들고 있다.

1. 토지의 정황을 파악한다.
2. 하사관을 장악한다.
3. 무기와 군량을 확보한다.
4. 용감한 병사를 양성한다.
5. 각국의 정보를 수집한다.
6. 임기응변의 전술을 세운다.

이상이 《관자》 병법론의 대요인데 현대의 경영전략에도 힌트가 될 만한 것들이 적지 아니하다.

《관자》가 설명하는 바에 따르면 병법론이든 정치론이든 혹은

외교론이든 모두 설득력이 넘쳐흐른다. 그 특징을 한 마디로 요약한다면 무리가 없는 유연성이라고 해도 좋을는지 모르겠다. 《관자》가 설파한, '격렬한 경쟁의 시대에서 살아 남기' 위한 옛날의 지혜에서 배울 바가 적지 않을 것으로 생각된다.

《관자》에 대하여

《관자》는 춘추시대, 제나라의 명재상이었던 관중의 언설을 모은 책이다. 현재 전해 오는 것은 모두 76편이 있는데, 그것들 중에 관중 자신이 쓴 것은 목민(牧民), 형세(形勢), 권수(權修), 입정(立政), 승마(乘馬), 칠법(七法), 판법(版法), 유관(幼官), 유관도(幼官圖) 등 9편이며, 그 밖의 편(篇)들은 후대의 사람들 손에 의해서 만들어진 것으로 생각된다.

그 특징을 말한다면 《관자》는 경제력의 상승과 민생의 안정을 기함으로써 부국강병의 열매를 맺는다는 점에 있다. 지금으로부터 2천 수백 년 전인 당시로서는 실로 선견성이 풍부한 사고방식이었다.

관중은 재상으로서 제나라 환공을 섬기며, 평범한 나라에 지나지 않았던 제나라를 일약 최대의 강국인 '패자'로까지 끌어올렸다. 그것만 보더라도 그가 채용한 정책이 어떠했는지를 짐작케 한다.

그런 배경도 있고 해서 《관자》는 후일 위정자들에게 주목의 대상이 되었고, 널리 읽혀졌었다.

《관자》의 어록(語錄)
• 창고가 그득하면 예절을 알고, 의식이 족하면 영욕을 안다. 〈牧

民篇〉

- 정치가 흥륭해짐은 민심을 따르는 데 있고, 정치가 폐쇄해짐은 민심을 거역함에 있다. 〈牧民篇〉
- '꼭 된다'고 말하는 사람은 믿을 것이 못 되며 '꼭 해주겠다'는 말을 신용해서는 안 된다. 〈形勢篇〉
- 땅의 재산을 만드는 데는 때가 있고 백성의 노동력에는 한계가 있다. 그런데도 군주의 욕망에 한정이 없다면, 이것은 문제가 아닐 수 없다. 〈權修篇〉
- 일국에 군림하는 군주의 통치수단으로서 법령보다 중요한 것은 없다. 법령이 무게를 지니면 존엄성이 확보된다. 〈重令篇〉
- 천하를 다투는 제후는 먼저 사람 얻기를 다툰다. 〈覇言篇〉

한비자(韓非子)

어느 조사소에서 대소 2백여 기업에 대하여 '후계자에게 요구되는 자질은 무엇인가?'라는 앙케트를 냈던바, '건강'과 나란히 '통솔력'이란 대답이 단연 다수를 차지했다고 한다.

건강에 대해서는 그렇다 치고, 어느 조직이든 대소를 불문하고 경영자에게 있어 통솔력은 빼놓을 수 없는 조건일 것이다. 그러나 사람들 위에 서서 일하는 리더라고 해서 반드시 자질을 갖추고 있는 것은 아니다. 앞서 소개한 앙케트에서도 현재의 경영자 가운데 4분지 1은 후계자로 지목하고 있는 사람의 자질과 능력에 불안을 가지며 고민하고 있다고 했다.

《한비자》에는 그런 고민을 해결해 주는 힌트가 많이 있다. 이 신하 조종법에 따르기만 하면, 아무리 범용한 군주라 하더라도 자기 뜻대로 사람을 부릴 수 있다고 했다. 먼저 군주가 터득하고 있어야 할 기본으로서 그는 다음과 같은 것을 들고 있다.

"명군은 두 개의 자루[柄]를 쥐고 있으면 신하를 통솔할 수 있다. 두 개의 자루란 형(刑)과 덕(德)이다. 이 형과 덕이란 무엇인가? 형이란 벌을 가하는 것이요, 덕이란 상을 주는 것이다.

벌을 두려워하고 상을 기쁘게 생각하는 것이 신하의 상정이다. 군주가 이 두 개의 자루를 쥐고 있으면 혼내고 달래면서 신하를 마음먹은 대로 다룰 수가 있는 것이다.

그러므로 엉큼한 신하에게 그런 일을 맡겨서는 안 된다. 그들은 자기 마음에 안 드는 자가 있으면 군주로부터 받은 권한을 이용하여 처벌하고, 자기 마음에 드는 자가 있으면 군주를 대신하여 저희가 상을 주려고 한다.

만약 군주가 상벌의 집행권을 자신이 행사하지 않고 신하에게 맡기면 온 나라 백성이 그 신하를 두려워할 뿐, 군주를 업신여긴다. 민심은 군주에게서 떠나 그 신하에게 쏠린다. 군주가 두 개의 자루를 쥐고 있지 않기에 이런 결과가 되는 것이다.

호랑이가 개를 복종시킬 수 있는 것은 호랑이에게 발톱과 엄니가 있기 때문이다. 만약 그 발톱과 엄니를 호랑이에게서 빼다가 개에게 준다면, 반대로 호랑이는 개에게 복종하지 않을 수 없다.

군주는 상과 벌, 이 두 개의 자루를 가짐으로써 신하를 통솔할 수 있다. 만약 군주가 이 두 개의 자루를 놓치고 신하로 하여금 그것을 사용하도록 만든다면, 군주는 역으로 신하에 의해 다스림을 받게 될 것이다."

군신관계를 호랑이와 개에게 비유하는 등 실로 어이없는 면도 있는데, 한비자에 의하면 원래 이 양자관계는 계산 위에 성립되어 있는 것이며, 서로가 먹느냐 먹히느냐의 싸움이므로 하찮은 빈틈만 보이더라도 어느 한쪽이 패하게 마련이라고 했다.

한비자는 이러한 관점에서 독특한 신하 조종법을 전개해 나간다.

── 부하를 믿지 마라

"통솔력을 발휘하기 위해서는 어떤 마음가짐이 필요한가?"

이런 질문을 받았다면 현대의 경영자나 조직의 관리자는 어떤 대답을 할까? 가로되 인격의 형성을 위해 힘써야 한다. 솔선수범으로 업무에 임해야 한다. 상호 이해에 힘써야 한다. 부하를 신뢰해야 한다…… 등등의 대답이 많이 나오지 않을까? 어떤 경영자는 '사장을 대할 때는 부인처럼, 사원을 대할 때는 자식처럼' 운운의 낙서 비슷한 대사를 토하며 가슴을 펴기도 할 것이다.

그 어느 대답도 '애(愛)'라든가 '인(仁)' 등을 앞세운, 유교적 사고방식에 근거한 것들이다. 그러나 한비자는 이런 사고방식을 정면으로 부정하며 위험하다고 했다.

"군주에게 있어 사람을 믿는 것보다 위험한 일은 없다. 사람을 믿으면 자신이 남에게 억압당하게 된다.

신하는 군주와 혈연관계가 있는 것은 아니다. 군주의 권위에 억눌려서 하는 수 없이 복종하고 있는 것뿐이다. 따라서 신하란 시시각각 군주를 이용할 기회만 엿보고 있다. 그런데도 군주는 마음을 풀어 놓은 채 아무 대책 없이 그 신하와 상대한다. 그런 까닭에 군주의 지위를 위협받기도 하고 죽음을 당하기도 한다."

부하를 신뢰하고 모든 것을 맡겨라 ── 리더로서는 그릇이 크다는 것을 보여 주는 것과 같은 말이다. 하지만 그것은 어디까지나 '업무'를 맡기는 것이지, '권한'까지 위양하는 것은 아니어야 한다. 그 자신의 집행권——한비자는 상과 벌이라고 했다——
을 포기하면 사장이란 직함은 명목만 남을 뿐, 실권은 부하에게
완전히 빼앗긴 꼴이 되고 만다.

—— 사람은 자기 이익을 위해 움직인다

한비자는 군신관계, 즉 지배자와 피지배자를 왜 이렇게 적대
관계로 생각했을까? 그의 통치이념은 '군주와 신하의 입장은 모
순된다'는 데서부터 출발하고 있다. 그 모순을 그는 극명하게 이
처럼 풀이하고 있다.

"원래 신하의 이익과 군주의 이익이란 상용(相容)되지 못하는
것이다. 왜냐하면 군주에게 있어서는 유능한 인물을 쓰는 것이
이익이지만, 신하에게 있어서는 능력이 없더라도 일을 맡는 것
이 이익인 것이다.

군주에게 있어서는 공로가 있는 자에게 작록(爵祿)을 주는
것이 이익이지만 신하에게 있어서는 공로 없이 부(富)를 얻는
것이 이익이다.

군주에게 있어서는 뛰어난 자로 하여금 능력을 발휘하도록
시키는 것이 이익이지만, 신하에게 있어서는 동료들을 규합하
고 당을 만들어서 서로 돕는 것이 이익인 것이다.

신하가 큰 죄를 저질렀는데도 군주가 그것을 방임한다면 이
것은 큰 실책이다. 위에서는 군주가 큰 실책을 저지르고 아래
서는 신하가 큰 죄를 저지르면서 나라의 존속을 원해 보았자
그것은 불가능하다."

우리도 많이 구경하고 체험한 일 같지 아니한가.

그야 어쨌든 한비자는 어떤 특정의 인간만이 나쁜 사람이라고 말하는 것은 아니다. 인간은 누구든 자기 이익을 위해서만 행동한다고 그는 강조했다. 즉 인간의 성(性)은 본래 악한 것이라는 성악설의 기본 위에서 인간을 파악했던 것이 한비자이다. 그러므로 상호신뢰, 노사협조 등 명분에 사로잡히지 말고, 근본적인 대응책을 강구하는 것이 중요하다고 했다. 그렇게 하기 위해서는 먼저 어떤 일에 주의해야 하는 것일까?

"신하의 참모습을 꿰뚫어보기 위해서는, 군주된 자는 자신이 좋아하고 싫어하는 것을 보여 주어서는 안 된다. 군주가 무엇을 싫어하는지를 알게 되면 그 신하는 군주가 싫어할 만한 일은 하지 않으려고 한다. 군주가 무엇을 좋아하는지를 알게 되면 그 신하는 좋아하는 일을 하는 척하게 된다. 즉 군주가 좋아하고 싫어하는 일에 대해서 감정을 표출하면 신하는 겉치레할 수단을 강구하게 된다.

군주가 좋아하고 싫어함을 보여 주지 않으면 신하는 본바탕을 그대로 나타내게 된다. 신하가 그 본바탕을 나타내면 군주는 최소한 속지는 않게 된다."

군주가 상대방에게 기회를 주지 않고 다음의 일곱 가지 술(術)을 구사하면 신하의 실태를 완전히 파악할 수 있다.

1. 신하의 말을 사실과 견주어 본다——신하가 하는 말을 듣더라도 그것을 사실과 견주어 보지 않으면 진실을 확인할 수 없다. 또 한 사람의 말만 신용하게 되면 군주의 눈은 어두워진다.

2. 법을 어긴 자는 반드시 처벌함으로써 위광(威光)을 보여야

한다——애정이 지나치면 법은 성립되지 않으며, 위광을 발휘하지 않으면 아랫사람이 윗자리를 침범한다. 형벌을 엄하게 하지 않으면 금령은 널리 퍼지지 못한다.

3. 공로자에게는 반드시 상을 주고 모든 능력을 발휘케 한다——상이 박하여 공로에 맞지 않으면 신하는 움직이려고 하지 않는다. 상이 크고, 더구나 확실하게 행해지면 신하는 목숨까지도 아끼지 않는다.

4. 한사람 한사람의 말에 주의하고 자기의 발언에 책임지게 한다——한사람 한사람의 말에 주의하지 않으면 신하가 유능한지 무능한지 알 수가 없다. 신하에게 책임을 지우지 않으면 확실한 비교를 할 수가 없다.

5. 궤계(詭計)를 쓸 일이다——이따금 면접하면서도 등용을 뒤로 미루면 엉큼한 자는 떠나 버리고 만다. 신하에 대해서 엉뚱한 것을 물으면 상대방은 감히 속일 생각을 하지 못한다.

6. 모르는 체하고 상대방을 시험해 본다——아는 것도 모르는 체하고 물어 보면 모르던 일까지 알게 되는 법이다. 한 가지를 자세히 알게 되면 다른 것까지도 차례로 알아 낼 수가 있다.

7. 거짓말과 트릭을 써서 상대방을 시험해 본다——거짓말과 트릭을 사용하여 상대방의 수상한 점을 캐면 쉽게 알아 낼 수가 있다.

—— 엄격한 근무평정

이상과 같이 모든 테크닉을 구사하여 신하의 실태를 꿰뚫어

보고 그것에 근거하여 근무평정——상을 주는 것과 벌을 가하는 것——을 행하지 않으면 안 된다. 그러나 만약 그 상벌의 운용에 잘못이 있다거나 공평을 잃는 일이 있으면 아무 효과도 없을 뿐 아니라 통솔력 자체를 잃게 된다.

한비자는 '형명참동(形名參同)'이라는 근무평정을 하라고 했다. '형(形)'이란 물건의 실체, '명(名)'이란 그것에게 주어진 명칭, '참동(參同)'은 종합하여 검사한다는 의미이다. 즉 신하의 실적(實績 : 形)과 언어(言語 : 名)를 종합해서 조사해 보라는 말이다. 그 구체적인 방법은 다음과 같다.

"신하가 이런 저런 일을 하겠다고 진언하면, 군주는 그 진언에 따라 일을 맡기고 그 일에 어울리는 성과를 요구한다. 성과가 그 일에 어울릴 만큼 오르고 그것이 진언한 바와 일치하면 상을 준다. 반대로 성과가 일에 어울리지 않고 진언한 바와 일치되지 못하면 벌을 가한다.

이 정도의 일은 하겠다고 말했으면서도 그만한 성과를 올리지 못한 신하는 처벌한다. 성과가 적기 때문이 아니다. 진언한 바와 일치되지 않았기 때문에 처벌하는 것이다.

그 정도의 일은 할 수 없다고 말한 다음 그 이상의 성과를 올린 자도 처벌한다. 성과가 큰 것을 기뻐하지 않는 바는 아니다. 그래도 이를 처벌하는 것은 진언과 성과가 일치하지 않는 해(害)는 성과를 다소 올렸다 해도 그것으로 상쇄될 수 없기 때문이다."

성과가 계획을 밑돌았을 경우 그 사람을 처벌하는 것은 당연한 일이지만, 계획을 웃돈 자도 처벌하라는 말이다. 눈앞의 이익에만 급급한 군주라면 후자에게는 보통 상을 줄 것이다. 그러나 그렇게 하면 상벌의 운용은 공평을 잃게 된다.

예컨대 계획을 상회하는 자에게 상을 준다면 계획을 항상 과소하게 내고 속일 수 있겠기 때문이다. 계획과 성과의 차이를 크게 만들어 냄으로써 아주 큰 공적을 올린 것처럼 보이게 한다. 이런 수법을 기가 막히게 쓰는 사람은 현대의 비지니스 사회에도 적지 아니하다.

그리고 '형명참동'의 좋은 예로서 한비자는 다음과 같은 에피소드를 들고 있다.

"옛날 한(韓)나라 소후(昭侯)가 술에 취하여 선잠을 잔 일이 있다. 감기라도 들면 어쩌나 하여 관(冠)을 담당한 내시가 옷을 걸쳐 주었다. 잠을 깬 다음 그것을 알아차린 소후는 흡족해 했다.

'누가 이 옷을 걸쳐 주었더냐?'

'예, 관을 담당한 내시이옵니다.'

옆에 있던 자가 아뢰었다.

소후는 의복을 담당한 내시와 관을 담당한 내시 등 두 명을 모두 처벌했다. 의복을 담당한 내시는 자기 임무를 태만히 했기 때문이다. 관을 담당한 자를 처벌한 것은 자기 직분이 아닌데도 월권을 했기 때문이다. 감기가 들어도 상관없다는 뜻은 아니다. 그러나 소후는 신하가 직분에서 벗어난 행위를 한 그 사실을, 자신이 감기드는 것보다 더 중요하게 생각했던 것이다.

　　이처럼 명군에게는 자기 직분을 넘어서까지 행하는 신하의 성과 따위는 허용되지 않는다. 또 장담과 실제 성과와 일치되지 않는 것도 허용되지 않는다. 직분을 넘어선 자는 사형, 진언과 실제가 일치되지 못한 자는 그것에 상응하는 벌이 내려진다. 자신의 직분을 지키게 하고 한 말을 충실히 이행토록 하면 신하가 도당을 만들고 서로 비호하는 일은 없게 된다.”

　이 ‘형명참동’이라고 하는 엄격한 근무평정이야말로 한비자의 통치이론——법술(法術)——의 에센스인 것이다. 그 비정한 인간관, 냉혹한 인간분석에 반발하는 사람도 있을는지 모르겠다. 그러나 이것이 약육강식의 난세에서 살아 남아 천하통일을 실현시켰던 이론이었음은 분명한 사실이다.

　—— 진언의 마음가짐

　지금까지는 군주에 의한 신하조종술, 즉 윗자리에 있는 사람의 입장에서 설명한 것을 보았다. 이번에는 그 반대로 신하의 입장에서는 어떻게 군주에게 대응해야 하는지를 설명한 부분을 들어보도록 하겠다.

　신하의 입장에서 볼 때, 군주란 실로 까다로운 존재이다. 변덕스럽고 오만하고 자랑만 늘어놓는 사람, 의심 많고 소심하고 잔혹한 사람이 곧 군주이다. 그런데다가 신하의 생살여탈권을 쥐고 있는 것이다. 신하는 말하자면 완전무장한 인간과 맨주먹으로 맞서는 위험을 각오하지 않으면 안 된다.

　이와 같은 상대에게 이쪽에서 아무리 바른 말을 해보았자 소용이 없으며, 정면 대결을 해본들 무슨 승산이 있겠는가. 어디 그뿐인가. 자칫 잘못하면 목숨마저 남아나지 않게 된다.

죽음을 당하지는 않는다 하더라도 상사를 설득하기란 무척 어렵다는 것은 현대에도 마찬가지다. 상대가 무엇을 생각하고 무엇을 원하고 있는지를 간파한 다음, 그것에 상응하는 언행을 취하지 않으면 받아들여지지 않는다.

그 어려움에 대하여 한비자는 다음과 같이 말하고 있다.

"진언하기란 실로 어렵다. 어떤 점이 그렇게도 어려운 것일까? 그것은 진언하는 사람이 지식을 몸에 익히기가 어려워서가 아니다. 또 자신의 의견을 입으로 나타내기가 어렵다는 뜻도 아니다. 그리고 또 하고 싶은 말을 서슴없이 척척 말하는 용기를 갖추기가 어렵다는 의미도 아니다. 진언하기가 어렵다는 것은 상대방의 마음을 읽고, 이쪽의 의견을 그것에 맞추는 것, 바로 그 점이 어렵다는 뜻이다.

예컨대 상대방이 명성을 얻으려고 하는 군주라고 하자. 이런 상대방에게 이렇게 하면 큰 이익이 있을 것이라고 설명하면, 부하에게 조롱받았다며 상대도 안 해 줄 것은 뻔한 일이다. 이와 반대로 이익만을 얻으려는 군주에게, 명성을 얻으려면 이렇게 해야 한다고 설명한다면 이쪽을 세상 일에 어두운 놈이라며 경원하게 될 것이다.

속으로는 이익을 구하면서 겉으로는 명군인 체하는 사람도 있다. 이런 상대의 군주라면 어떻게 될까? 그런 군주에게 명군의 마음가짐을 설명하면 겉으로는 형식적으로 등용해 주는 척하지만 실제로는 배척당한다. 그렇다고 해서 이익을 올릴 수 있는 방법을 이야기한 경우에는 의견만 도둑맞을 뿐이고, 그 후에는 모른체 할 것이다. 진언을 하려면 이 정도의 일은 터득하고 있어야 한다.”

—— 심리의 이면(裏面)을 읽으라

진언에 대한 기본적 수단을 익혔다면 그 다음으로 구체적인 진언을 어떻게 해나갈 것인가?

“상대가 자랑하는 것은 칭찬해 준다. 부끄러워하는 것은 잊어버린다. 이런 비결을 알아 두는 일이 긴요하다.

너무 이기적이 아니겠느냐며 망설이는 상대에게는 대의명분을 내세워서 자신감을 가지게 해준다. 하지 말아야 할 일임을 깨닫고서도 그것을 끊지 못하는 상대에게는 나쁜 일이 아니니 해도 괜찮다며 안심시켜 준다.

높은 이상을 가지되 실천하기 싫어하는 상대에게는 그 이상의 그릇된 점을 지적하고 실행하지 않는 편이 좋다는 말을 해준다. 자신의 착상을 자랑하는 상대에게는, 상대방의 계획 그 자체에 대해서는 말을 하지 말고, 다른 일을 예로 들어서 참고 자료로 제공하는 한편, 이쪽은 전혀 모르는 체하고 지혜를 얻게 해준다.

다른 나라와의 공존책(共存策)을 진언하는 데는, 먼저 그것이 나라의 명예를 높일 수 있는 것임을 설명한 다음, 군주 개인에게 있어서도 득책(得策)임을 밝히는 것이 좋다. 위험한 사업을 중단시키고자 하는 경우에는 그 위험성을 설명한 다음, 군주 개인의 이익도 될 수 없다는 점을 강조하는 것이 좋다.

상대방의 행위를 칭찬할 때는 다른 사람의 비슷한 행위를 예로 들고, 충고할 때 역시 공통점이 있는 사람의 예를 들도록 한다. 부도덕한 행위로 고민하고 있는 군주에게는 비슷한 예를 들어, 대단한 일이 아니라고 말해 줌으로써 심기를 편하게 해 줄 일이다. 실패를 하고 기를 못 펴는 군주에게는 다른 예를 들어 주고, 그것은 실패가 아님을 증명해 줌으로써 마음을 편하게 가질 수 있도록 한다.

자신의 능력에 자신감을 가지고 있는 군주에게는 그 능력의 허점을 제시하거나 상대를 비방하면 안 된다. 결단력이 풍부하다고 생각하는 상대에게는 그 판단의 잘못을 지적하여 상대방으로 하여금 화가 나게 만들면 못쓴다. 계략이 교묘하다고 자랑하는 상대방에게는 그 계략이 실패할 것 같다고 말함으로써 상대방을 곤경에 빠지도록 만들면 안 된다.

이렇게 함으로써 상대방의 입장을 충분히 고려하고 상대방을 자극하지 않는 말만 하되, 지식과 변설을 충분히 가동하는 것이다. 그렇게 하면 상대방은 의심치 않고 이쪽에 접근할 것이며, 따라서 이쪽은 자신의 생각하는 바를 충분히 진언할 수가 있다."

어떤가? '상사가 진언을 받아들여 주지 않는다'는 한탄만 늘어놓는 비지니스맨이 많은데, 그런 사람들은 이 진언의 테크닉을 참고로 해볼 필요가 있겠다.

갖가지 인간관계 속에서도 특히 상하의 관계는 어렵다. 그 일에 잘 대처해 나가기 위해서는 상대방의 표면에 나타나는 언동을 냉정히 관찰하고, 숨겨져 있는 심리의 깊은 내면을 읽어 내야 한다고 한비자는 말했던 것이다.

《한비자》에 대하여

말더듬이 공자(公子)

한비(韓非 : ?~기원전 232년)는 전국시대 말기에 한(韓)나라의 서공자(庶公子)로 태어났다. 즉 한왕(韓王) 측실의 소생이다. 전국 칠웅의 하나인 한나라는 그 무렵 서쪽에 자리잡고 있던 강대국 진(秦)나라의 위협을 받고 있었다. 조국의 현상을 우려하던 한비는 당시의 대표적 학자인 순자(荀子)의 제자가 되어 학문에 힘을 기울였다. 동문(수학한 사람) 중에는 후일 진나라 재상의 자리에까지 올랐던 이사(李斯)가 있었다. 한비는 이윽고 '법술(法術)'이라고 하는 독특한 정치이론을 만들어 냈다.

그러나 아무리 뛰어난 정치이론이라 하더라도 위정자의 손에 의해 실제로 운용되지 않는 한 아무 쓸모가 없다. 한비는 한왕에게 그 이론을 설명했으나 받아들여지지 않았다. 그는 그 예리한 문장에 비하면 말을 더듬는 눌변가였다. 어려서부터 말을 더듬었다고도 한다.

그야 어쨌든 조국을 구해 내기 위해 썼던 책이요 이론인데, 본인의 의사와는 반대로 조국을 멸망시키는 데 힘을 빌려 준 결과가 되고 말았다.

시황제(始皇帝)와 《한비자》

"아아, 이 책의 저자와 만날 수만 있다면 나는 죽어도 한이 없겠다."

한비가 쓴 《한비자》를 읽고 자기도 모르게 탄성을 올린 사람은 진왕 정(秦王政 : 후일의 진시황제)이었다.

"전하, 그렇게도 만나고 싶으시다면, 한나라를 공격하는 것이 어떻겠습니까? 한나라에서는 틀림없이 한비를 사신으로 보내 올 것이옵니다."

측근인 이사(한비와 同門)의 이 헌책은 즉시 시행되었다. 엉터리 같은 이야기이지만 전국시대이니 만큼 있을 수도 있는 일이다. 과연 한나라에서는 화평의 사신으로 한비를 보냈다.

진왕은 한비를 인견하고 마음에 들어했으나 바로 등용하지는 않았다. 한편 이사는 한비를 불러오는 데 성공은 했으나 이만저만 불안한 것이 아니었다. 지난날 그와 동문에서 공부할 때부터도 그랬지만, 자기는 한비의 능력을 도저히 따를 수가 없었던 것이다. 만약 한비가 등용되는 날에는 자신의 지위가 위태로워질 것을 예상한 이사는 진왕에게 진언했다.

"그 사나이는 뭐니뭐니해도 한나라의 공자(公子)이니이다. 비록 우리 진나라에서 등용한다 하더라도 우선 한나라를 위해 일을 할 뿐, 진나라를 위해서 일하지는 않을 것이옵니다. 그렇다고 해서 이대로 돌려보내면 우리의 내정을 소상하게 가르쳐 준 결과밖에 안 될 것이니이다."

군주란 의심이 많은 법이다. 이사의 말에 한비를 부쩍 의심한 진왕은 한비를 투옥하고 말았다. 이사는 곧 감옥으로 독약을 보내어 한비로 하여금 자살토록 강요했다. 생각을 돌린 진왕이 한비를 사면코자 했을 때는 이미 그가 죽은 후였다.

이렇게 해서 한비는 죽었고, 한나라는 그 후 얼마 안 되어 진나라에게 멸망당하고 말았다. 기원전 221년, 진나라는 역사상 처음으로 중국 천하를 통일하고 진왕 정은 시황제가 되는데, 그 모든 정책은 한비가 만든 이론에 바탕을 두었던 것이다. 한비는 비명의 죽음을 당하고 말았지만, 그의 학설을 시황제가 그대로 채용했으니 시황제는 한비의 제자라고 할 수 있다.

악덕의 서(書)?

한비는 순자로부터 교육을 받았다. 순자는 맹자(孟子)가 주창한 '성선설(性善說)'에 대하여 '성악설(性惡說)'을 주창했던 학자이다. 순자의 설을 간단히 소개하면 다음과 같다.

'인간이 지니고 태어난 성품은 악하다. 그러므로 교육에 의해 이것을 바른 방향으로 이끌어 주지 않으면 안 된다.'

한비는 물론 이 '성악설'에서 영향을 받았다. 그리고 '인간의 성은 악하다'는 전제하에 '법술'이라는 특유의 정치이론을 만들어 냈다. 법술의 '법(法)'이란 법령이란 뜻이고, '술(術)'이란 그 법의 운용방법을 의미한다. 그는 법이야말로 백성들이 따라야 하는 유일 절대의 기준이라고 했다. 즉 악을 선으로 이끈다고 하는 우원(迂遠)한 방법이 아니라 법의 힘에 의해 인간 본래의 악을 억눌러 버려야 한다고 주장했다.

이 문제에 대해서 《한비자》는 다음과 같은 예를 들고 있다.

"한 불량소년이 있었다. 부모가 혼을 내고, 마을의 장로들이 꾸짖고, 선생님이 설교를 해도 그 행위는 고쳐지지 아니했다. 어버이의 사랑, 장로의 덕행, 선생님의 지혜 등, 이 세 가지의 미덕에도 아랑곳하지 않았으며 조금도 개심(改心)의 빛을 보이지 않았던 것이다. 그런데 지방 관리가 군대를 이끌고 와서 법에 따라 악인을 조사하기 시작하자, 그제야 자신의 잘못된 행위를 고쳤다고 한다. 어린이를 교육시키는 데도 부모의 사랑으로는 모자라며, 관(官)의 엄형(嚴刑)에 의하지 않으면 안 된다. 백성들은 사랑을 보이면 기고만장하지만 엄위(嚴威)로 억누르면 금방 시키는 대로 따르는 법이다."

학교에 공권이 개입한 사건과 비슷한 이야기이다. 그야 어쨌든 《한비자》는 읽기에 따라서는 아주 무서운 책이다. 이 점이 《한비자》를 '악덕의 서(書)'라고 하는 이유이기도 하다.

《한비자》의 어록(語錄)

- 부지이언부지(不知而言不智)   지이불언불충(知而不言不忠) — 모르고 말하는 것은 부지(不智)요, 알고도 말하지 않는 것은 불충(不忠)이다. 〈初見秦篇〉

- 병자흉기야(兵者凶器也) —— 전쟁은 흉한 일이다 (전쟁은 피해야 한다). 〈存韓篇〉

- 망국지정무인(亡國之廷無人) —— 멸망한 나라의 조정에는 사람이 없다. 〈有度篇〉

- 소신성즉대신립(小信成則大信立) —— 작은 신의가 쌓여서 큰 신의가 된다. 〈外儲說篇〉

- 위세자인주지근력(威勢者人主之筋力) —— 위세는 군주의 근력이다. 〈人主篇〉

- 교토진즉양견팽(狡兎盡則良犬烹)   적국멸즉모신망(敵國滅則謀臣亡) —— 날쌘 토끼를 잡으면 사냥개를 삶고, 적국을 무너뜨린 후

에는 모신을 죽인다. 〈內儲說篇〉

- 화본생어유복(禍本生於有福) —— 화(禍)는 복이 있을 때부터 생긴다. 〈解老篇〉
- 지치인자(知治人者) 기사려정(其思慮靜) —— 남을 다스릴 줄 아는 사람은 사려가 깊다. 〈解老篇〉
- 인처질즉귀의(人處疾則貴醫)　유화즉외귀(有禍則畏鬼) —— 사람이 병이 들면 의사를 귀히 여기고, 화가 미치면 귀신을 두려워한다. 〈解老篇〉

손자(孫子)

《손자》는 병법의 고전이다. 중국의 고전일 뿐 아니라 세계의 고전이라고 해도 좋을 것이다.

지금으로부터 2천5백 년 전, 오(吳)나라의 군사(軍師)였던 손무(孫武)가 썼다고 전해지니 굉장히 오래된 책이다. 그러나 그 내용은 결코 낡은 옛것이 아니다. 오히려 이 혼미한 시대를 살아가는 우리에게 귀중한 시사를 많이 던져 주고 있다.

《손자》는 병법서이므로 그 속에 쓰여 있는 내용은 전쟁의 전략과 전술임은 두말할 나위도 없다.

1. 승산이 없는 싸움은 싸우지 않는다.

2. 싸우지 않고 승리해야 한다.

이상의 두 가지 원칙에 철저한 《손자》는 지극히 유연한 사고방식으로 일관되어 있다.

예로부터 《손자》를 숙독하고 전략전술의 요체를 배웠던 명장은 헤아릴 수 없을 만큼 많다. 중국에서는 난세의 간웅으로 불리는 《삼국지(三國誌)》의 조조(曹操)가 그 대표적인 인물이다. 그는 《손자》를 깊이 연구하여 우수한 주석서까지 써서 남겼고, 그의 전투방법도 이 병법의 정석에 따름으로써 위구(危俱)가 전혀 없었다고 한다. 승산이 없을 때면 재빨리 도망을 치곤 했는데 그 것도 감히 누가 흉내내지 못할 정도였다. 8할 가까운 승률을 올리면서 난세에서 살아 남은 것이 결코 우연이라고 볼 수만은 없다.

상승(常勝)이라든가 무적으로 칭송받았던 조조가 이 《손자》에서 많은 것을 배웠으리라는 것은 의심할 여지가 없다. 그러나 《손자》의 매력은 그런 점에 있는 것만은 아니다. 이 책 속에 전개되고 있는 전략전술론이 인간에 대한 깊은 통찰에 의해 뒷받침되어 있으므로, 전쟁뿐만 아니라 인간관계의 모든 면에 걸쳐 응용된다는 점에 있다.

어떤 재계인(財界人)이 '《손자》를 읽고 인간사회를 살아가는 지혜를 배웠다'고 술회한 일이 있다고 하는데, 인간관계의 책으로도 그리고 경영전략의 책으로도 《손자》의 금일성(今日性)은 예나 지금이나 변함없다 하겠다.

다음에 그 일단을 소개해 본다.

—— 승산 없는 싸움은 하지 않는다

《손자》 〈군형편(軍形篇)〉에는 이런 말이 있다.

"이기는 군사는 먼저 이긴 뒤에 싸움을 구하고, 패배하는 군사는 먼저 싸운 뒤에 이기기를 구한다."

사전에 승리할 수 있는 태세를 갖춘 다음에 싸우는 자는 승리를 거둔다. 그러나 싸움을 시작한 연후에 당황하며 승기를 잡으려고 하는 자는 패배할 수밖에 없다.

싸움을 시작하려면 만전의 태세를 갖춘 다음에 하라는 말이다.

그리고 《손자》는,

  "계산을 많이 하는 자는 승리하고 계산을 많이 하지 않는 자
  는 승리하지 못한다. 하물며 계산을 전혀 하지 않는 자임에랴."
라고 말한 다음,

  "승산(勝算)이 없는 싸움은 하지 마라."
라며 충고하고 있다.

  "전쟁을 하는 데는 다음의 원칙에 따라야 한다.

    10배 이상의 병력이면 포위한다.

    5배의 병력이면 공격한다.

    2배의 병력이라면 분단(分斷)한다.

    호각의 병력이라면 용전한다.

    열세의 병력이면 퇴각한다.

    승산이 없으면 싸우지 않는다.

    아군의 전력을 무시하고 강대한 적에게 함부로 도전하는 것
  은 적의 먹이가 될 뿐이다."

《손자》의 이런 사고방식으로 볼 때, 승산도 없이 제2차 세계
대전을 일으켰던 일본의 판단은 실로 졸렬하기 짝이 없는 것이었
다. 일본의 연합함대 사령관이었던 야마모토(山本五十六)는 제2
차 세계대전 개전 당시,

  "1년 정도는 그런대로 버텨 나갈 것이다. 그러나 그 다음의
  일은 전혀 예측할 수 없다."
는 말을 했다고 한다. 승산도 없이 무턱대고 싸움을 시작했다는
것은 《손자》에 비추어 볼 때 실로 무모한 일이었다. 전쟁이 끝
난 다음 전쟁 책임자, 즉 전범으로 몰려 필리핀에서 사형당한

일본의 남방군사령관 야마시타(山下奉文)는 옥중에서 《손자》를 읽고,

“내가 좀더 일찍이 이 책을 읽었더라면 이런 일은 없었을 것 인데……”

라며 탄식했다고 한다. 《손자》의 ‘승산 없는 싸움은 싸우지 말라’ 는 한 구절을 보고 그는 크게 후회했는지도 모른다. 이런 일본인 들을 보고 비웃을 일만은 아니다.

우리나라 사람들도 이판사판이라며 ‘옥쇄전법(玉碎戰法)’을 좋 아하는 경향이 있다. 현대의 비지니스 전략에서도 그런 경향이 있다. 무턱대고 ‘하면 된다’면서 —— 의기가 높은 것은 좋지만 그 렇게 한다고 해서 승산이 있다고는 볼 수 없다. 그런 의기에 ‘승 산 없는 싸움은 하지 않는다’고 하는 냉정한 판단력을 더한다면 금상첨화가 되지 않을까.

—— 싸우지 않고 이긴다

예로부터 명장으로 일컬어져 온 사람은 한결같이 ‘싸우지 않고 이기는 것’을 마음바탕에 새기고 무용한 싸움은 피해 왔었다. 예 를 들면 제갈공명(諸葛孔明)의 라이벌이었던 사마중달(司馬仲 達)이 그 대표적인 예이다.

사마중달은 소설 《삼국지》에서는 제갈공명의 교묘한 군략 앞 에서 우롱당하는 아주 무능한 장수로 그려져 있다. 그러나 이것 은 소설의 픽션에 지나지 않는다. 실상의 사마중달은 무능한 무 장이 아니라 군략에서는 제갈공명과 어깨를 나란히 할 정도로 지 모에 뛰어났던 사람이다.

사마중달이 제갈공명을 맞아 싸울 때의 기본 전략도 이 '싸우지 않고 이기는 것'이었다. 싸우기를 철저하게 피하던 그는 제갈공명이 여러 차례 도전해 와도 응전하지 않았다. 그는 보급곤란이라는 제갈공명측의 약점을 분명히 간파하고 있었던 것이다. 가만 내버려 두면 상대방은 철수하지 않을 수 없게 된다. 그런 상대와 함부로 싸우다가는 비록 이긴다 하더라도 아군의 피해를 면할 수가 없다. 그런 전법은 어리석기 짝이 없다고 사마중달은 생각했던 것이다.

그러므로 사마중달과 제갈공명의 싸움은 서로 노려보며 대치하는 것으로 일관되었다. 이것은 사마중달의 페이스라고 해도 좋다. 그 결과 제갈공명은 뜻을 이루지 못한 채 병을 얻어 오장원(五丈原)에서 세상을 떠났다. 사마중달은 보기 좋게 작전에 성공했던 것이다.

《손자》는 이렇게 말하고 있다.

"백번 싸워서 백번 이기는 것이 최상의 것은 아니다. 싸우지 않고 적을 굴복시키는 것이 최선이다."

또 이런 말도 하고 있다.

"최고의 전투법은 사전에 적의 의도를 간파하고 이를 봉쇄하는 일이다. 그 다음은 적의 동맹관계를 깨뜨려 고립시키는 일이다. 그리고 세 번째가 백병전을 벌이는 것이다. 가장 졸렬한 전투법은 공성(攻城)하는 것이다. 성을 공격할 경우는 부득이하여 취하는 최후의 수단이다."

"전쟁 지도에 뛰어난 장군은 무력에 호소하는 일 없이 적을 항복시키고, 공성하는 일 없이 적군의 성을 함락시키며, 장기

전으로 끌고 가는 일 없이 적국을 멸망시키는 것이다. 즉 상대방에게 타격을 주지 않음으로써 다친 데가 없는 상태로 아군 편으로 끌어들이어 천하를 제패한다. 이것이야말로 병력의 손실 없이 완전히 승리를 거둘 수 있는 방법이다."

여기서 분명한 것처럼, '싸우지 않고 이기는 것'은 무력으로 싸워서 이기는 것이 아니고 지력(智力)으로 이기는 것, 즉 머리로 이기는 것을 의미한다. 이것이야말로 인간사회에서 살아 남을 수 있고, 앞서 갈 수 있는 지혜인 것이다.

—— 지략의 극의(極意)

'싸우지 않고 이기는 것', 즉 머리로 이긴다는 것은 일반적으로 말해서 다음 두 가지 방법이다.

1. 외교 교섭에 의해 상대방의 의도를 봉쇄한다.

2. 지략(智略)을 구사하여 상대방을 굴복시킨다.

외교 교섭에 대한 설명은 필요치 않을 것이다. 그럼 지략이란 어떤 것인가? 《손자》에 다음과 같은 유명한 말이 있다.

"용병한다는 것은 적을 속이는 일이다(兵者詭道也)."

"전투란 적을 속이는 것으로써 성립된다(兵以詐立)."

여기서 말하는 '병(兵)'이란 전쟁이란 의미이다. 또 '궤도(詭道)'라든가 '사(詐)'는 모두 상대방을 속인다는 의미이다. 즉 적을 속인다든가 적의 눈을 가리는 것이 '궤도'이며 '사'인 것이다.

그 점에 대해서 《손자》는 이렇게 말하고 있다.

"예를 들면, 되는데도 되지 않는 척하고 필요해도 불필요한 것처럼 보이게 한다. 멀리 가는 척하면서 가까이 가고, 가까이

가는 체하면서 멀리 간다. 유리한 것처럼 생각들게 하여 유인해 내고 혼란시킨 다음 격파한다. 충실한 적에 대해서는 물러서서 준비를 철저히 하고, 강력한 적에 대해서는 싸우기를 피한다. 일부러 도발하여 소모시키고 저자세로 나가 안심시킨다. 충분히 휴식한 적은 광분(狂奔)케 만들어서 지치도록 하고 단결되어 있는 적은 이간시킨다. 적의 약점을 잡고 그 의표를 찌른다. 이것이 승리를 거두는 비결이다. 이것은 사전에 이렇게 한다고 정할 수는 없는 것이며, 항상 임기응변으로 운용해 나가는 마음가짐을 가져야 한다."

이런 임기응변이야말로 고도의 '지략'이다. '지략'을 성공시키기 위해서는 상대방의 마음이 어떻게 움직이고 있는지를 파악하고, 상대방의 심리를 역으로 이용하는 교묘한 수법을 써야 한다.

—— 물의 상태에서 배우라

《손자》는 용병술의 극의를 물의 상태, 물의 성질에서 배우라고 했다.

"전쟁 태세는 물과 같이 하는 것이 좋다. 흐르는 물은 높은 곳을 피하여 얕은 곳으로 향한다. 이와 마찬가지로 전쟁도 충실한 적을 피하고 상대방의 허를 찔러야 한다.

물은 지형의 변화에 따라 그 흐름을 바꾼다. 전쟁도 적의 변화에 따라 임기응변으로 대처하면서 승리를 얻어야 한다.

물에는 일정한 모습이 없는 것처럼 전쟁에도 불변의 태세란 있을 수 없다. 적의 태세에 따라 변화하면서 승리를 얻어 나가는 것이야말로 절묘한 용병이라고 할 수 있다."

물은 담긴 그릇에 따라 자유자재로 그 모습을 바꾼다.

"군대의 형태는 물의 형상과 같아야 한다[兵形象水]."

이것이 전쟁시에 조직의 형태가 지녀야 할 자세라고 했다.

이 '무형의 계(計)'는 또 인간관계에도 응용될 것이다.

예컨대 우리는 대인관계에 있어 고정관념을 가지고 대하기 쉽다. 좋아하고 싫어하고, 또는 내 편과 네 편, 유능하냐 무능하냐, 선인이냐 악인이냐 등등 일단 상대방에게 레테르를 붙여 놓으면 고정관념에 사로잡혀서 유연한 대응을 할 수 없게 된다. 이것은 인간관계를 쌓아 나가는 데 있어서 그다지 좋은 방법이라고 할 수가 없다.

가령 싫어하는 자가 있다 하더라도 어떤 모임 속의 사람이라면 내쫓을 수도 있지만 직장에서는 그다지 쉽게 해결되는 것이 아니다. 한 발 양보하고 고정관념을 버린다면 나름대로 상대방을 인정해 주고 싶은 생각이 들어서 인간관계가 스무드하게 이루어지지 않을까. 《손자》는 또 물의 운동 에너지에도 착안하고 있다.

"격수(激水)는 빨리 떨어져서 돌을 굴러가게 만드는 힘을 가지고 있다."

물은 그대로 두면 물밖에 안 된다. 그러나 일단 격류가 되어 힘이 붙으면 무서운 힘을 발휘한다.

"승자는 백성을 싸우게 할 때, 적수(積水)가 천인(千仞)의 골짜기로 떨어지는 듯한 형세로 만든다."

승리하는 쪽은 백성들로 하여금 싸우게 할 경우 가득 찬 물이 단숨에 천 길 골짜기로 떨어지듯 하게 한다. 세가 붙게 되면 하나의 에너지를 둘로도 만들고 셋으로도 만들어서 사용할 수 있는 법이다.

개인의 경우에도 기세를 타고 있을 때는 놀라운 힘을 발휘한다.

—— 곡선적 사고(思考)의 권유

모 기업의 간부는 이런 말을 했다.

"시켜 보고 칭찬해 준다."

부하를 다루는 배려로는 실로 바람직한 방법이다. 상대방의 결점만 들추어내고 꾸중만 해가지고는 효과를 기대할 수 없겠으니 말이다. 모 회사 사장은 승용차 기사에게,

"이 멍청한 놈아!"

라며 꾸짖었다가 원한을 샀고, 그 일로 인하여 큰 봉변을 당했다고 한다. 그만큼 현대의 인간관계는 어렵다.

《손자》는 이렇게 말하고 있다.

"포위할 때는 반드시 한쪽 구멍을 터놓아야 한다."

즉 적을 포위했으면 반드시 도망갈 길을 터주어야 한다는 것이다.

"궁구(窮寇)는 뒤쫓지 말라."

궁지에 빠진 적은 절대로 공격하지 말라고 했다.

이것은 전투할 때만 해당되는 원칙이 아니다.

왜 도망갈 길을 열어 주지 않으면 안 되는가? 왜 궁지에 빠진 적을 공격하면 안 되는 것일까? 그렇게 하면 적은 죽을 힘을 다하여 반격해 올 것이니 생각지도 않은 피해를 각오해야겠기 때문이다. 그런 전투방법은 우책(愚策)밖에 안 된다고 《손자》는

말하고 있는 것이다. 이것은 인간관계에 있어서도 그대로 적용될 것이다.

고압적으로 상대방을 설 땅조차 없게 몰아붙이면 언젠가는 그 복수를 당하게 된다. 그것은 인간학의 철칙이기도 하다.

남과 무슨 일을 의논할 때도 덮어놓고 이쪽 주장만 해서는 안 된다. 그렇게 하면 상대방의 지지를 얻을 수는 없다. 한 걸음 물러서서 상대방의 의견에 귀를 기울이는 편이 오히려 많은 성과를 기대할 수 있는 법이다.

《손자》는 이런 사고방식을 '우직지계(迂直之計)'라고 하였다.

"전쟁이 어려운 점은 '우회(迂廻)하는 것으로써 도리어 직행(直行)보다 앞지르게 하고' '급하면 돌아가라', '해로운 것으로써, 이롭게 만드는 점(전화위복)'에 있다. 예를 들면 길을 돌아감으로써 적으로 하여금 자기네가 유리한 것처럼 생각케 하고, 적에게 선수를 잡게 한 다음, 결국은 이쪽이 먼저 목적지에 도달한다."

'우(迂)'는 물론 거리적으로나 시간적으로 보아 '돌아가는 길'을 의미하는데 상대방이 보기에는 우회하는 것처럼 보게 하되, 오히려 더 빨리 그리고 확실하게 목적을 달성하는 방법을 가리키는 것이다.

권총의 탄도는 직선이지만 대포의 탄도는 곡선이다. 즉 멀리 있는 표적을 맞추기 위해서는 곡선, 즉 우회하지 않으면 안 된다. 예컨대 달에 도달하는 로켓의 궤도는 복잡한 계산에 의한 곡선을 그리되, 전혀 달과는 관계없는 방향을 향해 발사한다고 한다. 우리나라 사람은 직선적인 행동을 잘한다. 이것은 강점인 동시에 약점이기도 하다. 이런 직선적 사고에 《손자》의 곡선적 사고 —— '우회지계'를 더한다면 금상첨화가 아니겠는가.

《손자》에 대하여

미녀의 목을 빈 손무(孫武)

《손자》의 저자인 손무는 지금으로부터 2천5백 년쯤 전, 오왕(吳王) 합려(闔廬)를 섬기는 군사(軍師)로서 오나라를 부강하게 만드는 데 공헌했다고 하는데, 그 활약에 대해서는 자세한 내용이 알려져 있지 않다.

다만 그를 단편적으로 소개한 《사기》에는 부인부대를 훈련시켰다는 유명한 일화가 소개되어 있다.

손무가 오왕 합려를 알현했을 때의 일이다. 합려왕은 손무가 저술한 병법서를 읽어 보고 감명받은 바 있다며 실제로 훈련장면을 구경하기를 원했다.

그래서 궁중의 미녀 180명을 두 대(隊)로 나누고 오왕 합려의 총희 두 명을 대장으로 임명하여 훈련에 들어갔다. 손무가 그 미녀들에게 훈련 요령을 충분히 설명한다. 그리고 '앞으로 가!' '우향 우!'라며 구령을 붙였으나 미녀들은 킬킬대며 웃기만 했다. 손무는 다시 설명을 했고 구령을 붙였으나 결과는 마찬가지였다. 화가 난 손무는,

"명령이 실행되지 않는 것은 대장의 책임이오"

라며 합려왕의 총희 두 명을 끌어 내어 목을 베었다. 그리고 다시 훈련에 들어가자 이번에는 미녀들이 구령 한 마디에 일사불란하게 움직였다고 한다.

《손자》와 정보활동

《손자》 속에서 제일 널리 알려진 말이 '지피지기(知彼知己)면 백전불태(百戰不殆)'일 것이다. 그 의미는 구태여 설명할 필요조차 없을 것 같다.

그런데 상대방(彼 : 敵)을 아는 데는 당연히 정보활동에 힘을 기울이지 않으면 안 된다. 《손자》는 〈용간편(用間篇)〉이라는 한 편을 《손자》 속에 설정하고 정보활동의 중요성을 지적하고 있다.

"간자(間者 : 스파이)라면, 전군 속에서 제일 신임하는 자를 뽑고 최고의 대우를 해주어야 한다. 더구나 그 활동은 극비에 붙일 필요가 있다. 간자를 사용하는 쪽은 뛰어난 지혜와 인격까지 갖춘 인물이어야 한다. 그렇지 못하면 간자를 충분히 활용할 수가 없다. 여기에다가 세심한 배려가 있어야 비로소 실효를 거둘 수 있다."

이것은 현대의 정보활동에도 그대로 적용되는 어드바이스이다.

오월동주(吳越同舟)

껄끄러운 사이끼리 한자리에 앉거나 한자리에 모인 경우를 '오월동주'라고 한다. 이 말은 《손자》가 그 원전인데, 원래의 의미는 뉘앙스가 좀 다르다.

《손자》에 의하면, 전군을 질타하여 한마음이 되게 하고 싸우도록 하기 위해서는 병사들을 '사지(死地 : 절대절명의 경지)'에 몰아넣어야 한다고 했다. 그 비유의 이야기로서 이 '오월동주'가 인용되고 있다.

"오(吳)나라와 월(越)나라는 원래 원수지간이지만, 마침 두 나라 사람이 한 배에 탔고 폭풍을 만나게 되어 배가 뒤집힐 위기에 놓

94

이면, 왼쪽 오른쪽 손이 서로 돕듯 돕는 법이다."

현대에는 부하들을 '사지'에 놓는다는 것은 허용되지 않는다. 그러나 의사사지(疑似死地)의 상태를 어떻게 만들어 내느냐가 부하들로 하여금 하고자 하는 마음을 불러일으키는 열쇠가 될 것이다.

'병(兵)'의 의미

한자에는 글자 한 자를 가지고도 몇 가지 의미를 나타내는 수가 많다. 《손자》를 위시한 여러 병법서에 자주 나오는 '병(兵)'자도 그 중에 하나이다. '병(兵)'은 보통 다음과 같이 세 가지 의미를 가지고 있다.

1. 무기—— 손무시대의 무기, 즉 '병(兵)'은 과(戈), 극(戟), 검(劍), 시(矢) 등이 중요한 것이었다.
2. 전쟁——'병(兵)은 궤도(詭道)이다〈始計篇〉'라고 하는 경우의 '병(兵)'이 이에 해당한다.
3. 병사 또는 군대(軍隊)

이와 같이 같은 '병(兵)'이더라도 몇 가지의 의미가 있으므로 번역할 때에는 그것이 어떤 의미를 가지고 있는 말인지, 앞뒤의 문맥을 보고 판단해야 한다.

《손자》의 어록(語錄)

• 병자국지대사(兵者國之大事) 사지생지(死之生之) 존망지도(存亡之道) 불가불찰야(不可不察也)—— 전쟁은 나라의 중대한 일이다. 국민의 생사와 국가의 존망이 달려 있다. 고로 신중히 검토하지 않을 수 없다. 〈始計篇〉

- 병자궤도야(兵者詭道也) —— 용병한다는 것은 적을 속이는 일이다. 〈始計篇〉
- 병문졸속(兵聞拙速) 미도교구구야(未覩巧久久也) 부병구이국리자(夫兵久而國利者) 미지유야(未之有也) —— 전쟁은 불비한 점이 있더라도 빨리 결말지어야 한다는 말은 들었으나, 교묘한 술책으로 오래 끌어야 한다는 말을 들은 적이 없다. 장기간 끌면 국가에 이로울 것이 없다. 〈作戰篇〉
- 백전백승(百戰百勝) 비선지선자야(非善之善者也) —— 백번 싸워서 백번 승전하는 것은 최상의 것이 아니다. 〈謀攻篇〉
- 병형상수(兵形象水) —— 군대의 형태는 물의 형상과 같은 것이어야 한다. 〈虛實篇〉
- 이우위직(以迂爲直) 이환위리(以患爲利) —— 우회하는 것으로 오히려 직행에 앞지르고, 해로운 것으로 도리어 이로운 것을 만든다. 〈軍事篇〉
- 위사필궐(圍師必闕) 궁구물핍(窮寇勿逼) —— 포위한 적은 반드시 도망칠 구멍을 터주고 궁지에 빠진 적은 핍박하지 말아야 한다. 〈九變篇〉

논어(論語)

—— 고생을 많이 했던 사람

"빈둥거리며 먹고 마시며, 머리를 쓰지 않을 바에야 차라리 마작이나 슬롯머신이라도 해라. 그 편이 나을 것이다."

이렇게 말하는 아버지가 있다면,

"야아! 신난다. 아버지는 통하는 말씀을 하시네."

라고 생각하는 아들도 있을 것이다.

실은 이 말과 아주 비슷한 말을 공자(孔子)는 한 일이 있다.

"뭐라구요? 공자님이?"

깜짝 놀라겠으나 분명 공자의 말이라 하여 《논어》 속에 기록되어 있다.

"포식종일(飽食終日)하야 무소용심(無所用心)이면 난의재(難矣哉)라. 불유박혁자호(不有博奕者乎)아 위지유현호이(爲之猶賢乎已)니라."

(하루 종일 배불리 먹기만 하고 마음 쓰는 데가 없으면 참으로 딱하다. 주사위나 바둑이 있지 아니하냐? 차라리 그런 것이라도 하는 편이 안하는 편보다 현명하다.)

분명 '마작'이나 '슬롯머신'라는 말은 없는데 '박혁'은 '노름'이란 뜻이니 그렇게 해석해도 큰 잘못은 없겠다.

그야 어쨌든 '공자'란 말을 들으면 대부분의 사람은 '성인'을 먼저 떠올릴 것이고, 도저히 가까이 할 수 없는 분, 그래서 그분의 책은 펼쳐 보기도 전에 어떤 거부반응 같은 것을 느끼게 될 것이다.

그러나 이 공자를 성인으로 떠받들게 만든 것은 공자의 가르침을 이어받아 왔던 후세의 유자(儒者 : 학자)들이다. 제자가 선생을 떠받드는 것이야 당연한 일이며 그것을 어떻다고 말할 바는 못 된다.

그러나 《사기》라든가 그 밖의 자료에 의해 공자의 생애를 더듬어 보면 공자는 어렸을 때부터 어려운 생활을 했고, 그래서 인생의 역경을 두루 겪었던 사람임을 알 수가 있다.

그는 어렸을 때 아버지를 잃고 홀어머니의 손에 자라났으나 그 어머니도 공자가 17세 때에 세상을 떠난다. 따라서 가정은 빈곤했다. 그는 하는 수 없이 어렸을 때부터 생계를 꾸려 나가기 위해 노동을 해야 했다.

후일 공자 자신이,

"나는 어렸을 때 고생을 해서 자연히 시시한 일까지도 배우게 되었다."

라는 말을 했다. 이런 가운데서 공자는 학문으로 입신(立身)할 것을 결심했고 틈틈이 독학을 하여 학문을 익혀 나갔다.

후일 정치활동에서도 불운은 이어졌다. 그 결과 정치생활을 단념하지 않을 수 없었던 것이다. 공자의 인생은 고생의 연속이었다.

앞에서 소개한 노름 이야기도 그러하지만, 다음 이야기도 그의

98

단련된 인생체험에서 나온 것으로 생각된다.

어느 때 자공(子貢)이란 제자가,

"평생 동안 신조로 삼을 만한 말이 있다면 그것은 한 마디로 무엇일까요?"

라고 묻자, 공자는 이렇게 대답했다고 한다.

"기서호(其恕乎)인저. 기소불욕(己所不欲)을 물시어인(勿施於人)이니라."

(바로 '서'라는 말이다. 내가 원치 않는 일을 남에게 강요치 말아라.)

여기서 '서(恕)'란 '헤아리다' 즉 남을 생각해 주는 마음씨란 뜻이다. 또 어느 때 자로(子路)라는 제자가,

"선생님께서 이상으로 삼으시는 생활방법은 어떤 것입니까?"

라고 물었을 때 공자는 이렇게 대답했다.

"연장자는 마음 편히 대해 주고, 동년배 사람들로부터는 신뢰를 받으며, 연소자들에게는 흠모받는다. 이것이 내 이상이다."

이런 말 등도, 성인의 말이라기보다는 인생의 쓴맛을 몸소 체험한 사람의 말이라는 편이 알맞겠다.

《논어》에는 이처럼 인생의 지침이라고 할 수 있는 말들이 가득 실려 있다.

—— 중심 사상은 '인(仁)'

《논어》는 공자가 한 말이라든가, 공자와 제자들의 문답을 수록한 책으로서 그 내용을 크게 둘로 나눌 수 있다.

1. 정치론

2. 인간론

물론 이 두 가지의 요소는 따로따로가 아니라 밀접한 연관성을 가지고 있다. 예컨대 공자는 정치의 요체라든가 정치가로서의 마음가짐에 대해 질문을 받았을 때 이런 대답을 했다.

"일은 함부로 하면 안 된다. 언제나 성의를 다해야 하는 것이야."

"정(政)은 정(正)이란 의미이다. 정치가가 솔선하며 모범을 보이면 악을 행하는 자는 없어질 것이다."

"백성의 선두에 서는 자는 백성들의 수고를 잊어서는 안 된다."

"부하가 충분히 능력을 발휘할 수 있도록 배려해야 한다. 또 작은 실수는 꾸짖지 말고 인재를 발탁해서 써야 한다."

"초조해하지 말아야 한다. 그리고 작은 이익에 구애되지 말아야 한다. 초조하게 굴면 일에 손해가 생기고, 작은 이익에 구애되면 큰 사업을 완성시킬 수 없다."

이런 말들은 모두 정치의 요체로 한 말이지만, 그것은 곧 인간관계에게도 적용되는 말이다.

정치론이자 곧 인간론인 것이 《논어》의 커다란 특색이라고 해도 좋다.

《논어》에 전개되어 있는 정치론과 인간론을 이해하기 위한 공통적 중심사상은 '인(仁)'이란 단어이다. 그러나 공자는 이 '인'에 대해서 스스로 명확한 정의를 내린 일은 없다. 상대방에 따라 그때그때 적절한 각도에서 말하고 있다.

예컨대 제자 번지(樊遲)가 '인'에 대해서 묻자,

"인자선난이후획(仁者先難而後獲)이면 가위인의(可謂仁矣)
니라."
(인자는 어려움을 남보다 앞서서 치르고, 보답은 남보다 뒤져
얻는데, 이러면 참으로 어질다 할 수 있다.)
라고 대답했다.
또 안연(顏淵 : 顏回)이 묻자,
"극기복례위인(克己復禮爲仁)이니 일일극기복례(一日克己復
禮)면 천하귀인언(天下歸仁焉)하나니 위인유기(爲仁由己)니
이유인호재(而由人乎哉)아."
(자기를 억제하고 예로 돌아가는 것이 인이다. 하루라도 자기
를 억제하고 예로 돌아가면 천하가 인으로 돌아갈 것이다. 인
을 이룩함은 나로부터 비롯되는 것이지 남에게서 비롯되는 것
이 아니다.)
라고 대답했다.
또 중궁(仲弓 : 冉雍)이 묻자,
"출문여견대빈(出門如見大賓)하며 사민여승대제(使民如承大
祭)하고 기소불욕(己所不欲)을 물시어인(勿施於人)이니 재방
무원(在邦無怨)하며 재가무원(在家無怨)이니라."
(사회에 나가서 사람을 사귈 때는 큰 손님을 만나듯 경건하게
하고, 백성을 부릴 때는 큰 제사를 모시듯 신중히 하고, 내가
원치 않는 바를 남에게 시키지 말아라. 그렇게 하면 나라 안에
원망이 없을 것이고 집안에도 원망이 없을 것이다.)
라고 대답했다.
이상과 같이 한사람 한사람에게 '인'에 대해서 한 대답이 다르

다. 또 같은 상대라 하더라도 그때그때에 따라 설명에 차이가 있
었다. 번지에게 '인자는 어려움을 남보다 앞서서 하고, 보답은 남
보다 뒤져서 얻는다'고 대답한 공자인데, 번지가 또 다른 기회에
'인'이란 어떤 것이냐고 묻자 이번에는,

　"애인(愛人)이니라."

　(사람을 사랑하는 것이다.)

라고 대답했던 것이다.

　동일인의 질문에도 그때그때 대답이 달랐다.

　똑같은 사태에 직면하였을 때 각기 다른 방법으로 대처했다
해도 대처한 방법 모두가 '인'이 되는 경우도 있다.

　은왕조(殷王朝) 말기, 주왕(紂王)이 폭역비도한 정치를 했을
때, 주왕의 이복 형인 미자(微子)와 숙부인 기자(箕子)·비간(比
干)은 각기 행동을 따로따로 했다.

　"미자거지(微子去之)하고　기자위지노(箕子爲之奴)하고　비간
　간이사(比干諫而死)하니라.

　　공자왈(孔子曰) 은유삼인언(殷有三仁焉)하니라."

　(미자는 떠나고 기자는 미친 듯 종노릇 하고 비간은 간하다가
　죽었다. 공자는 이들을 두고 말했다. 은나라에는 세 명의 어진
　이가 있었다고.)

　이와 같이 공자가 말한 '인'이란 그 범위가 넓은데, 한 마디로
그것은 '남에 대한 배려'란 뜻이 될 것이다.

　공자는 이 '인'을 축(軸)으로 하여 정치론, 인간론을 전개해 나
갔다. 그것은 곧 우리가 오늘날 당면하고 있는 과제이기도 하다.

—— 손수 창안한 교육

공자는 아주 젊었을 때부터 제자들에게 교육을 시켰던 듯하다. 특히 정치활동을 단념한 만년에는 오로지 저술과 교육에만 몰두했었다.

공자의 교육방침에는 명확한 특징이 있었다. 그것은 사람의 개성에 따라 '계발(啓發)'을 중시한 창조적 교육을 한다는 것이었다.

먼저 입학문제인데 오늘날과 같이 많은 입학금을 받지 않았다.

"자행속수이상(自行束脩以上)은 오미상무회언(吾未嘗無誨焉)이로다."

(속수의 예 이상을 치른 사람들에게, 내 일찍이 가르치지 않은 바 없다.)

속수(束脩)란 육포를 묶은 것으로써 예에 따르는 가장 값싼 선물이다. 즉 공자는 최저의 수업료만 가지고 오면 상대가 누구든 간에 입문을 거절하지 않았다고 말했던 것이다.

이렇게 해서 공자 수하에 모여든 제자는 《사기》에 의하면 3천명 정도였다고 한다. 3천 명은 과장된 표현인 것 같고, 《논어》에 등장하는 사람이 30명 정도이니 대강 70명 가량은 되었으리라.

공자는 이 제자들에 대하여 한사람 한사람 그 개성에 맞는 '교육'을 실시했다. 예를 들면 다음과 같은 이야기가 있다.

자로가 공자에게 질문했다.

"가르침을 받으면 금방 실행해야 합니까?"

그러자 공자는 이렇게 대답했다.

"부형(父兄)이 있는데 의논도 하지 않고 실행에 옮기면 안 된다."

염유(冉有)가 공자에게 물었다.

"가르침을 받으면 금방 실행에 옮겨야 합니까?"

"암, 그렇고말고."

공자의 대답은 달랐다. 그것을 듣고 있던 공서화(公西華)는 이해가 가지 않았다.

"자로가 '가르침을 받으면 금방 실행에 옮겨야 합니까?'라고 물었을 때 선생님은 '부형이 있는데 의논도 하지 않고 실행에 옮기면 안 된다'고 대답하셨습니다. 하온데 염유가 똑같은 질문을 하자 '그렇게 해야 한다'고 대답하셨습니다. 선생님의 대답은 아무래도 앞뒤가 안 맞는 것 같습니다. 선생님의 참뜻은 어디에 있는 것입니까?"

"그것은 이러하다. 염유는 너무 소극적이기 때문에 적극성을 강조한 것이다. 그러나 자로는 적극성이 지나쳐. 그래서 한 걸음 물러서게 한 것뿐이지."

이 에피소드만 보아도 알 수 있듯이 공자는 결코 획일적인 교육을 하지 않았다. 그러기 위해서는 제자 한사람 한사람의 성격을 파악할 필요가 있었을 것이니 스승인 공자는 여간 어려운 일이 아니었을 것이다. 그러나 이것이야말로 진정 창조적인 교육이었다.

공자는 '속수(束脩)'를 들고 온 사람이면 누구나 입학시켰는데 그렇다고 해서 의욕이 없는 자까지 가르쳤던 것은 아니다. 교육이란 가르치는 쪽의 정열만으로는 성립되지 않는다. 배우는 쪽에서도 열심을 내어야 교사도 가르치고 싶은 욕구를 느끼는 법이다.

"불분(不憤)이어든 불계(不啓)하며 불비(不悱)어든 불발(不發)하되, 거일우(擧一隅)에 불이삼우반(不以三隅反)이어든 즉 불복야(則不復也)니라."

(알지 못해 분발하지 못하면 계발해 주지 못하고, 표현하지 못해 더듬거리지도 못하면 말을 일러주지 않는다. 한 모퉁이를 가르치면 나머지 세 모퉁이를 알 만큼 반응하지 않으면 더는 가르치지 않는다.)

이 원문의 '불계(不啓)', '불발(不發)'은 '계발(啓發)'이란 말의 출전이 되었다. 그야 어쨌든 계발해 주는 쪽도 한사람 한사람의 성격을 파악하고 있어야 할 필요가 있고, 계발을 받는 쪽도 정열을 가지고 배워야 한다. 공자의 학교(?)는 이런 긴장감이 넘치고 있었던 것 같다.

그러나 1년 내내 이런 교육만 시켰느냐 하면 그렇지는 않다. 때로는 사랑에 대한 강의도 했었던 것이다.

어느 때 공자는 《시경(詩經)》에서,

　'산앵도나무 꽃잎

　하늘거리며 난다

　그대 생각에 마음 괴로워도

　너무 멀도다, 그대의 집은'

라는 한 구절을 인용한 다음 이렇게 말했다.

"이 시는 진심을 토로한 것 같지가 않구나. 사랑을 하면 멀어도 가깝게 느껴지는 법이어늘……."

그 당시는 《시경》을 외는 것이 정치에 관여하는 자로서는 빼놓을 수 없는 조건이었다. 당연한 일이지만 공자의 학교에서도 그것에 대한 강의를 했을 것이다.

그런데 이 《시경》에는 연가(戀歌)가 많다. 앞에 나온 시는 오늘날의 《시경》에는 들어 있지 않지만, 이런 연가에 대해서도 공자는 언급을 했었으니 아마도 《시경》을 제재(題材)로 한 '연가 강좌' 등도 했었을 것으로 생각된다.

── 지도자의 조건

여담은 그만하기로 하고, 그럼 공자가 가장 힘을 들여 가면서 제자들에게 가르쳤던 것은 무엇일까? 요약해서 말한다면, 사회의 지도자는 어떻게 해야 하는가로 집약된다.

앞에서도 말한 것처럼 《논어》는 정치론과 인간론을 큰 두 개의 테마로 삼고 있다. 그러나 공자가 활약했던 2천5백 년 전의 중국에서는 문자를 쓴다거나 읽는 사람이면 사회의 엘리트였다. 따라서 그들에게 충고하는 말은, 그것이 정치론이었든 인간론이었든 거의가 그대로 지도자론이 될 수밖에 없었던 것이다.

그런 의미에서 《논어》란 책은 전편이 모두 직접 간접으로 사회의 지도자적 입장에 있는 사람들의 마음가짐에 대해서 설명한 책이라고 해도 좋다.

예컨대 '군자(君子)'라든가 '사(士)'란 말이, 《논어》 속에서는 '군자는 이러해야 한다'든가 '사는 반드시 이러하지 않으면 안 된

106

다'는 형태로 자주 등장한다. 이 두 가지 말은 그 뉘앙스를 어느 정도 달리하고는 있지만 모두가 사회의 지도자적 입장에 있는 사람이라고 해석해도 무난하다.

그럼 공자는 사회의 지도자적 입장에 있는 인물에게 어떤 조건을 요구했을까? 몇 가지 예를 들어 본다.

"군자식무구포(君子食無求飽)하며   거무구안(居無求安)하며 민어사이신어언(敏於事而愼於言)이오, 취유도이정언(就有道而正焉)이면 가위호학야이(可謂好學也已)니라."
(군자로서 배불리 먹기를 구하지 않고, 편히 있기를 구하지 않으며, 일은 민첩하게 하고, 말을 신중히 하며, 도를 좇아 바르게 고치면 배우기 좋아하는 사람이라고 할 수 있다.)

"군자욕눌어언(君子欲訥於言)이되 이민어행(而敏於行)이니라."
(군자는 말은 무디되 행동은 민첩하게 하고자 한다.)

"군자긍이부쟁(君子矜而不爭)하며 군이부당(群而不黨)이니라."
(군자는 긍지를 갖고 다투지 않으며 어울려도 편당하지 않는다.)

"군자불이언거인(君子不以言擧人)하며   불이인폐언(不以人廢言)이니라."
(군자는 말만으로 사람을 높이지 않고, 또 사람 때문에 그 말까지 버리는 일은 없다.)

"절절시시이이여야(切切偲偲怡怡如也)면 가위사의(可謂士矣)니 붕우절절시시(朋友切切偲偲)오, 형제이이(兄弟怡怡)니라."
(간곡히 서로 선을 권하고 잘못을 고치도록 애쓰며 또한 화락

하면 선비라 할 수 있다. 즉 친구에게는 간곡히 서로 선을 권하고 잘못을 고치도록 애를 쓰며 형제간에는 부드럽게 화락하라.)

"사이회거(士而懷居)면 부족이위사의(不足以爲士矣)니라."(선비로서 편안한 처소를 그리워하면 선비가 될 수 없느니라.)

무작위로 열거했는데 모두가 각 사람 자신의 내면(內面)에 갖춰야 할 마음가짐에 대해서 설명하고 있다. 공자는 아무리 높은 지위에 오른 인물이라도 내실이 따르지 않으면 사회의 지도자로서 불합격이라고 했다.

공자가 드는 지도자의 조건을 살펴보면, 과연 그렇겠다며 고개가 끄덕여지는 것이 많다. 그리고 실행하기 어려운 것을 주문하고 있는 것도 아니다. 그러나 자신이 막상 실행에 옮기려고 하면 용이하지 않다는 것을 느끼게 될 것이다. 이런 조건들은 우리로서는 역시 이루기 어려운 목표일는지도 모르겠다.

—— 조보(趙普)와 다나카 가쿠에이(田中角榮)

끝으로 《논어》와 관계되는 일화를 몇 가지 소개하겠다.

첫번째 일화——

지금으로부터 1천 년쯤 전, 송(宋)나라 재상에 조보(趙普)란 사람이 있었다. 실무에 밝은 사람으로서 초대인 태조(太祖), 2대인 태종(太宗)을 보좌하여 송왕조의 기초를 굳힌 대정치가인데, 유감스럽게도 학문과 교양은 신통치가 못했다.

그에 관하여 이런 이야기가 있다.

송왕조를 창시한 지 얼마 안 되었을 때다. 태조는 재상인 조보에게 명하여 지금까지 없었던 훌륭한 연호를 고르라 하였고, 그래서 '건덕(乾德)'이란 연호를 정했다. 그런데 후일, 이 연호는 이미 촉(蜀)나라 지방정권에서 사용했었음이 판명되었다. 태조는 혀를 차며,

"이러니까 재상 자리에는 학문을 겸한 사람이 앉아야 해."
라고 말했다 한다.

중국에서는 전통적으로 지도적 입장에 서는 사람은 학문과 교양을 갖추어야 한다고 생각했었다. 그런데 일인지하 만인지상의 자리인 재상에게 학문이 결여되어 있었다니 실로 딱한 일이 아닐 수 없었다.

심히 부끄러웠던 조보는 그 이후 손에서 책을 떼지 않았고, 틈만 있으면 책을 읽었다고 한다. 특히 조정에서 중대한 회의가 있으면 그 전날은 반드시 사랑방 문갑 속에서 한 권의 책을 꺼내서 읽곤 했다. 조보가 세상을 떠난 후 집안 사람이 그 문갑을 열어 보니 그 책은 《논어》였다고 한다. 《논어》는 명재상의 좌우서(座右書)였던 것이다.

두 번째 일화——

1970년대 초, 당시 일본 수상 다나카(田中角榮)가 중국과의 국교 회복을 위해 북경에 간 적이 있다. 공동성명의 문안이 합의된 다음, 상대역이었던 중국 수상 주은래(周恩來)가 한 장의 메모를 건네 주었다. 그것을 들여다보니,

'언필신(言必信), 행필과(行必果)'
라고 쓰여 있었더라는 것이다. 기뻐한 다나카는 얼른 연필을 들어,

　‘신(信)은 만사(萬事)의 근원’

이라고 써서 주은래에게 건네주었다. 이런 태도는 언뜻 보기에 애교스러운 에피소드로 보일는지 모르나 ‘언필신 행필과’의 출전을 조사해 보면 그렇게 간단하지가 않다. 실은 이 주은래가 건네준 말의 출전은 《논어》이다.

　어느 때 자공이라는 제자가 ‘사(士)’의 자격 조건에 대해서 공자에게 물은 적이 있다. ‘사’란, 이 경우 사회의 지도자적 입장에 있는 사람이라고 해석해도 좋다. 이때 공자가 제일 먼저 든 것이 다음과 같은 조건이었다.

　“행기유치(行己有恥)하며 사어사방(使於四方)하여 불욕군명(不辱君命)이면 가위사의(可謂士矣)니라.”

　(부끄러움을 알고 또 외교교섭을 훌륭히 해내는 인물이 곧 ‘사’라는 것이다.)

　자공은 또 그 다음 가는 ‘사’는 어떤 사람이냐고 물었다. 공자는,

　“종족칭효언(宗族稱孝焉)하며 향당칭제언(鄕黨稱弟焉)이니라.”

라고 대답했다. 주변 사람들로부터 부모에게 효도하고 형제간에 우애가 있다는 평판을 듣는 인물이 ‘사’라는 것이다.

　자공은 다시 그 다음으로 한 단계 더 내리면 어떻게 되느냐고 물었다. 거기서 나온 대답이 ‘언필신 행필과’이다.

　“언필신(言必信)하며 행필과(行必果)하면 경경연소인재(硜硜然小人哉)라 억역가이위차의(抑亦可以爲次矣)니라.”

　한번 약속한 말은 반드시 지키고 일단 시작한 일은 반드시 끝까지 해내면, 융통성이 없는 소인(小人)이기는 하지만 그래도 ‘사’의 반열에 넣을 수 있다는 것이다.

이상으로 볼 때에 '언필신, 행필과'는 '사'된 자의 필수 조건이며, 결코 칭찬받을 만한 것은 아니다. 그럼 그 다음 대화를 마저 알아보도록 하자. 자공은 마지막으로,

"선생님, 그럼 오늘날의 정치가는 어떠합니까?"

라고 물었다. 이 질문에 대해 공자가 한 대답은 이러했다.

"아아, 한 말 들이밖에 안 되는 작은 기량의 인물들을 논해 무엇하리."

공자의 인식으로는 '언필신, 행필과'란 저질스러운 무리보다는 조금 나은 사람들로서, '사'의 최저 조건에 지나지 않았던 것이다. 즉, 그것을 지키지 못하면 곧 저질스러운 인간이 되어 버린다는 뜻이다.

주은래는 분명 이런 문맥을 알고 있었을 것이고, 그랬기 때문에 그 말을 다나카에게 써주었던 것이리라. 그렇다면 그 글을 받은 다나카는 기뻐할 이유가 하나도 없었어야 한다.

이 일화에서도 알 수 있듯이 주은래도 조보(趙普)와 마찬가지로 《논어》를 애독하고 있었던 것이 분명하다. 그러니 그가 명재상으로서 모든 사람들로부터 존경받았던 것은 결코 《논어》와 무관한 일이라고는 할 수 없을 것이다.

《논어》는 조직의 관리직을 포함하여 사회의 지도적 입장에 있는 사람들의 필독서인 것이다.

《논어》에 대하여

공자와 은자(隱者)

공자는 정치 개혁에 정열을 쏟았는데, 그 반면 은자(隱者)로서의

경향도 상당히 강했던 것 같다. 은자는 적극적인 의미로는 현실에
대한 비판자인데, 소극적인 의미로는 현실로부터의 도피자이다. 공자
는 그러한 은자에게 공감도 가졌었지만 반감도 가지고 있었던 듯하
다. 《논어》〈미자편(微子篇)〉에는 은자와의 대화가 몇 편 실려 있
는데, 그 가운데 한 편을 소개하겠다.

　강가에 도착한 공자 일행은 가까이에서 밭일을 하고 있는 두 사
람, 장저(長沮)와 걸익(桀溺)의 모습을 보았다. 자로가 일행에서 떠
나 나루터의 위치를 알아보러 갔다. 그런데 오히려 장저가 먼저 말
을 건넨다.
　"저기 수레 끈을 잡고 있는 사람은 누구요?"
　자로가 대답했다.
　"공구(孔丘)란 분이십니다."
　"그래요? 그럼 그 노(魯)나라 공구요?"
　"아십니까?"
　"공구라면 알고말고, '도'의 전문가가 아니오?"
　자로가 나루터를 묻자 장저는 엉뚱한 대답만 하므로, 이번에는 걸
익에게 물었다. 그러나 걸익도 마찬가지였다.
　"그러는 그대는 뉘시오?"
　"저는 중유(仲由 : 자로)라고 합니다."
　"흐음, 그럼 공구의 제자로군."
　"그렇습니다."
　그러자 걸익이 말했다.
　"도도히 흐르는 것은 막을 수가 없소. 그것은 이 강물뿐이 아니지.

천하의 대세도 그와 마찬가지요. 그것을 인간의 힘으로 어쩌자는
게요? 이것도 안 된다, 저것도 안 된다며 사람들에게 시비나 걸고
다닐 바에는 우리처럼 차라리 세상을 버리고 사는 게 어떻소?”

할 일없이 돌아온 자로는 전후 이야기를 공자에게 보고했다. 공자
는 길게 한숨을 내쉬며 말했다.

“그렇다고 해서 짐승들과 같이 살 수는 없잖은가. 인간은 어디까
지나 인간답게 살아가야 해. 도가 없어진 세상이기에 나는 더욱
변혁의 가능성을 믿고 있는 것이다.”

공자의 이름과 자(字)

지난날 중국에서는 20세가 되어 관례를 하면 이름 외에 자를 지
어서 불렀다. 손윗사람에게, 또는 격식을 갖추어야 하는 경우에는 이
름을 썼고, 친구끼리라든가 일상생활 속에서는 ‘자’를 썼다. 이것은
우리나라에서도 마찬가지였다.

‘자’는 이름과 연관 있게 짓는다. 예컨대 공자의 경우 이름은 구
(丘)이고 자는 중니(仲尼)이다. 이것은 어떤 연관이 있느냐 하면 공
자의 어머니는 공자를 잉태할 때 ‘니구(尼丘)’의 신(神)에게 기도를
했다 한다. 또 공자가 태어났을 때 살펴보니 정수리의 옴폭 팬 부분
주위가 언덕[丘]처럼 부풀어 있었다고도 한다.

그래서 이름을 구(丘)라고 지었으며, 자에 ‘니(尼)’자가 붙었다고
한다. 그리고 ‘중(仲)’은 두 번째란 의미로서 공자가 차남(次男)이었
음을 나타내고 있다.

자는 이름과 관련이 있다고는 하지만 설명을 하지 않으면 모르는
것이며, 공자의 경우도 그런 예라고 할 수 있다.

공자와 노자(老子)

공자는 30세 전반에 주(周)나라 도읍으로 공부를 하러 갔다. 《사기》에 의하면 그때 공자는 노자를 찾았다고 한다.

공자가 작별을 고하자 노자는 다음과 같은 충고의 말을 했다.

"총명하고 통찰력도 풍부한데 죽음의 위험을 자초하는 사람이 있소. 그것은 남을 너무나 비판하기 때문이지. 달변이고 또 박식하면서도 그 몸을 위험에 처하도록 하는 사람이 있소. 그것은 남의 악한 점을 들추어 내기 때문이오. 무릇 군주나 부모 앞에서는 자기 주장을 내세우지 않아야 하오."

《사기》에 소개되어 있는 이 일화는 후일의 연구에 의하면 사실(史實)이 아니라고 한다. 그러나 젊은 공자의 일면을 날카롭게 비판한 이야기란 생각이 든다. 우리도 이 이야기를 보고 자계(自戒)하는 바가 있어야겠다.

상가지구(喪家之狗)

공자의 일생은, 수많은 사상가들이 그러했듯이 불우의 연속이었다. 그의 만년, 13년간에 걸친 망명생활 동안 여러 나라를 유랑했는데 그 무렵 다음과 같은 에피소드를 남기고 있다.

공자가 정(鄭)나라 도읍에 도착했을 때다. 그는 제자들과 길이 엇갈리어 헤어지게 되었고 혼자서 동문(東門) 밖에 서 있었다. 그것을 본 사나이가 공자의 제자인 자공에게 말했다.

"동문에서 이상한 사람을 보았소이다. 이마는 성제(聖帝) 요(堯)와 닮았고, 목은 현인(賢人) 고도(皐陶)와 같았으며, 어깨는 명재상 자산(子産)과 비슷합디다. 다만 허리 밑은 현제(賢帝) 우(禹)

114

보다 세 치 정도 모자라고, 지쳐 있는 모습은 마치 상가집 개[喪
家之狗]와 같더라구요.”

그 뒤 자공은 공자에게 보고 들은 대로 이야기했다. 공자는 유쾌
하다는 듯 소리 내어 웃었다.

“얼굴 모습이야 어떻든 간에 상가집 개 같다는 표현은 맞는구나.
바로 그랬으니까.”

《춘추(春秋)》의 필법(筆法)

후세에 내가 칭송받게 되는 것도, 욕을 먹게 되는 것도 모두
이 《춘추》가 어떻게 해석되느냐에 달려 있다——공자가 《춘추》를
완성했을 때, 제자들에게 한 말이다.

《춘추》란 노(魯)나라 은공(隱公)으로부터 애공(哀公) 14년에 이
르는, 12대의 역사를 기록한 책이다. 문장은 극히 간결한데, 그 간결
한 문장 속에 깊은 의미가 숨겨져 있다.   예컨대 기원전 632년, 진
(晋)나라 문공(文公)은 초(楚)나라를 깨고 천토(踐土)에서 주(周)나
라 천자를 영접하고 제후들과 회맹했다. 이로써 문공은 패자(覇者)
로 인정받게 되었던 것이다. 그런데 《춘추》에는 그저 ‘천자, 하양(河
陽)에서 수렵을 하다’라고밖에 기록하지 않았다. 왜냐하면 공자는 진
나라 문공이 주나라 천자를 불러 낸 것을 ‘용서할 수 없는 일’이라고
생각했기 때문이다.

공자는 이러한 필법으로 세상을 바로잡고 왕자(王者)된 자에게
대의(大義)를 실행시키려고 하였다. 이것이 세상에서 말하는 ‘춘추의
필법’이다.

꿈 속에서 주공(周公)을 보다

공자는 주나라의 정치를 이상으로 꼽았고, 그 중에서도 주공(周公)을 이상적인 인물로 생각했었다. 《논어》〈술이편(述而篇)〉에는 다음과 같은 구절이 있다.

"심의(甚矣)라. 오쇠야(吾衰也)여. 구의(久矣)라. 오불복몽견주공(吾不復夢見周公)이로다."

꿈 속에 주공이 나타나지 않자 공자는 자신의 쇠퇴함을 느끼게 되었다는 말인데, 이 이야기를 바탕으로 한 우스운 이야기가 있다. 명(明)나라 때의 소화집(笑話集)인 《소부(笑府)》에는 이런 이야기가 실려 있다.

어떤 선생이 수업중에 그만 꾸벅꾸벅 졸았다. 그는 깜짝 놀라며 눈을 뜨고는 이렇게 변명했다.

"꿈 속에서 주공을 만나 뵈었다."

다음날, 이번에는 학생이 꾸벅꾸벅 졸기 시작했다. 선생이 회초리로 때리며 호통을 쳤다.

"이놈아, 공부하다 말고 졸다니!"

그러자 학생은,

"저도 주공을 만나 뵈었습니다."

라며 변명했다.

"그래? 그럼 묻겠는데 주공께서 뭐라고 하시더냐?"

선생의 질문에 학생은 이렇게 대답했다.

"어제, 주공께서는 선생님과 만난 일이 없다고 하시던데요."

116

유교(儒敎)와 공자 비판

공자를 시조로 하는 유교의 가르침은 한(漢)나라 무제(武帝) 시대에 국교화되어, 봉건지배를 지탱해 주는 이론적 지주가 되었다. 그 후 역대 왕조가 이것을 답습함으로써 유교는 중국 사회에 거대한 영향을 끼쳐 왔다. 그 과정에서 공자는 성인(聖人)으로 추앙받게 되었으나, 그와 동시에 유교는 《논어》에서 볼 수 있는 것 같은 생생한 내용을 잃고 점점 형해화(形骸化)되어 갔다.

유교는 너무나 큰 영향을 끼쳤던 만큼 그에 대한 반발도 불러일으켰다. 근대 이후 심한 공자 비판운동이 두 번이나 일어났다. 첫번째 비판은 1911년 5·4운동(五四運動)이다. 이때는 근대 유럽의 개인주의를 동경하던 사람들이 '타도공가점(打倒孔家店)'의 슬로건을 내걸고 유교에서 설파하는 봉건적 가부장제(家父長制)에 격렬한 비판을 가했다.

두 번째의 비판운동은 소위 문화대혁명(文化大革命) 중에 행해진 '비림비공운동(批林批孔運動)'이다. 그러나 이것은 공자 비판을 노렸다기보다는, 임표(林彪)와 공자의 이름을 빌려 주은래가 비판을 시도했던 것이라고 한다.

유교는 이미 국가 체제를 지탱할 이론적 지주로서의 역할을 잃고 말았다. 그러나 중국 사회의 생활규범으로서 아직도 살아 남아 있는 면이 적지 아니하다.

그럼 현재 공자에 대한 중국의 태도는 어떠한가? 비판할 것은 비판하고 이어받을 것은 이어받아야 한다는 쪽으로 정착되어 가고 있다. 《논어》는 빼어난 인간학의 책으로서 앞으로도 영구히 읽혀 나갈 것임에 틀림없다.

《논어》의 어록(語錄)

- 불환인지불기지(不患人之不己知)요 환부지인야(患不知人也)니라——남들이 나를 몰라 준다고 걱정할 것이 아니라, 내가 남을 몰라 주는 것을 걱정하라. 〈學而篇〉

- 위정이덕(爲政以德)이 비여북신(譬如北辰)이 거기소(居其所)이어든 이중성공지(而衆星共之)니라——덕으로써 다스리는 것은 마치 북극성이 제자리에 있으되 여러 별들이 한결같이 절하고 좇음과 같으니라. 〈爲政篇〉

- 온고이지신(溫故而知新)이면 가이위사의(可以爲師矣)니라—옛 것을 충분히 습득하고 나아가서 새로운 것을 알아야 스승이 될 수 있다. 〈爲政篇〉

- 군자(君子)는 불기(不器)니라——군자는 그릇이 되어서는 안 된다(자질구레한 기능공이 되어서는 안 된다). 〈爲政篇〉

- 거상불관(居上不寬)하며 위례불경(爲禮不敬)하며 임상불애(臨喪不哀)면 오하이관지재(吾何以觀之哉)리오——위에 있으면서 관대하지 못하고, 예를 지키되 공경스럽지 못하며, 장례를 치르면서 애도하지 않으면 내 무엇으로 그런 사람의 쓸모 있음을 보겠느냐. 〈八佾篇〉

- 조문도(朝聞道)면 석사(夕死)라도 가의(可矣)니라——아침에 도(道)를 들어 깨달으면 저녁에 죽어도 좋다. 〈里仁篇〉

- 덕불고(德不孤)요 필유린(必有隣)이니라——덕은 외롭지 않다. 반드시 이웃이 있다. 〈里仁篇〉

- 오미견능견기과(吾未見能見其過)하고 이내자송자야(而內自訟者也)케라——나는 여지껏 자기의 잘못을 보고 스스로 마음 속으

118

로 자책할 수 있는 사람을 보지 못했다. 〈公冶長篇〉

• 인지생야직(人之生也直)하니 망지생야(罔之生也)는 행이면(幸而
免)이니라──사람의 삶은 곧게 마련인데 곧지 않으면서 살 수
있는 것은 요행히 난을 면하고 있는 것이다. 〈雍也篇〉

• 지자요수(知者樂水)하고 인자요산(仁者樂山)이니 지자동(知者動)
하고 인자정(仁者靜)하며 지자요(知者樂)하고 인자수(仁者壽)니
라──슬기로운 사람은 물을 좋아하고 어진 사람은 산을 좋아하
며, 슬기로운 사람은 움직이나 어진 사람은 조용하고, 슬기로운
사람은 즐기지만 어진 사람은 수(壽)한다. 〈雍也篇〉

• 삼인행(三人行)에 필유아사언(必有我師焉)이니라──세 사람이
같이 길을 가면 그 중에는 반드시 나의 스승될 사람이 있다. 〈述
而篇〉

• 학여불급(學如不及)이요 유공실지(猶恐失之)니라──학문은 뒤
좇지 못할까 서둘러 하라. 그래도 혹 놓칠까 겁이 난다. 〈泰伯篇〉

• 지자불혹(知者不惑)하고 인자불우(仁者不愚)하고 용자불구(勇者
不懼)니라──지혜로운 자는 미혹되지 않고 어진 자는 걱정하지
않으며, 용감한 자는 두려워하지 않는다. 〈子罕篇〉

• 군자화이부동(君子和而不同)하고　소인동이불화(小人同而不和)
니라──군자는 화합하되 뇌동하지 않으나, 소인은 뇌동만 하고
화합하지 못한다. 〈子路篇〉

• 군자태이불교(君子泰而不驕)하고　소인교이불태(小人驕而不泰)니
라──군자는 태연하나 교만하지 않고 소인은 교만할 뿐 태연하
지 못하다. 〈子路篇〉

• 빈이무원난(貧而無怨難)하고 부이무교이(富而無驕易)하니라──

가난하면서 원망하지 않기는 어렵지만 부하면서 교만하지 않기는
쉽다. 〈憲問篇〉
- 인무원려(人無遠慮)면 필유근우(必有近憂)니라 ── 사람이 멀리
  생각하지 않으면 반드시 가까운 장래에 근심이 있다. 〈衛靈公篇〉
- 과이불개(過而不改)를 시위과의(是謂過矣)니라── 잘못하고도 고
  치지 않는 것이 바로 잘못이다. 〈衛靈公篇〉

맹자(孟子)

── 맹모삼천지교(孟母三遷之敎)

한국의 어머니같이 자녀들 교육에 열성적인 나라도 없다. 그런데 자녀 교육의 귀감으로 꼽는 것이 중국의 맹모(孟母)요, 조선조의 명필 한석봉(韓石峰)의 어머니다. 맹모삼천지교의 고사(故事)는 한(漢)나라 때 유향(劉向)이 쓴 《열녀전(列女傳)》에 기록되어 있다.

추(鄒) 땅에 살던 맹가(孟軻)의 어머니를 맹모(孟母)라고 했다.

이 맹가의 집은 공동묘지 가까이에 있었는데, 말을 배우기 시작한 맹가는 놀이를 하게 되면 으레 장례식 놀이를 하는 것이었다.

'이것 안 되겠구나.'

이렇게 생각한 맹모는 시장 가까운 곳으로 이사를 했다. 그러자 이번에는 아들 맹가가 장사꾼 흉내를 내며 놀았다.

'이것도 좋지 못해.'

맹모는 다시 이사를 했다. 이번에는 서당 근처로 갔다. 그러자 맹가는 언제나 제사와 의례(儀禮 : 당시 학과목의 하나) 흉내를 내면서 노는 것이었다.

'이곳이면 자식을 기를 만하겠군.'

맹모는 그렇게 생각하고 그곳에 눌러 살기로 했다.

이 에피소드에 의하면 맹모는 아들을 위해 여러 번 이사를 함으로써 교육환경을 좋게 해준 셈인데, 요즈음 교육에 열을 올리는, 이른바 '올백 엄마'보다 아주 현명했던 것으로 생각된다. 왜냐하면,

"그런 짓 하면 안 돼!"

라며 혼내지 않고 아들이 그런 짓을 하지 않을 환경을 만들어 주었으니 말이다.

단, 이 에피소드는 오늘날 학군(學群)을 따라 옮겨다니는 부모와 비슷한 점도 있다. 그 목적에는 큰 차이가 있기는 하지만…….

── 논쟁의 개척자

한편 이 '맹모삼천지교'에 등장하는 맹가야말로 후세의 유자들로부터 공자(孔子)에 버금가는 성인이란 뜻으로 '아성(亞聖)'이라 불리게 된 맹자(孟子)이다.

맹자는 공자보다 약 150년 후인 전국시대 중기에 활약했던 사상가이다. 당시 사상계는 '백가쟁명(百家爭鳴)'의 시대로서, 제자백가라 불리는 사람들이 갖가지 주의주장을 내세워 격렬한 논쟁을 벌이고 있었다. 그들은 각각 '이 혼란한 시대를 어떻게든 바로잡아 보겠다'며 여러 가지로 구제책을 내놓았고, 다른 파와 논쟁을 벌였다. 공자의 가르침을 계승한 맹자도 그런 사상가 중 한 사람이었다.

그런데 오늘날 중국을 여행한 사람들의 말을 들어 보면 중국인들끼리 길모퉁이에서 언쟁을 벌이고 있는 모습을 흔히 볼 수

있다고 한다. 언쟁을 하면 으레 그 주변에 사람들이 모이곤 한다. 그리고 당사자 두 사람이 말싸움을 벌이고 있는 것이다. 이런 일은 남녀에 관계없이 일어난다.

가령 젊은 여성이라 하더라도 자신의 정당성을 주장하며 쉽게 물러서지 않는다. 중국어로는 이런 것을 '장다오리(講道理)'라고 한다. 도리를 설명한다는 의미로서 모여 있는 사람들에게 자신이 옳다는 것을 호소하고 있는 것이다.

중국에서는 부부 싸움도 이런 형태로 싸우는 예가 적지 아니하다. 즉 싸우다가 방에서 뛰쳐나온 부부가 밖에까지 나아가 자신의 정당성을 서로 주장하며 모여든 사람들에게 판단해 주기를 바라는 것이다. 당연한 일이지만 이런 사회에서는 말주변이 없으면 불리하다.

공자가 한 유명한 말에 '교언영색선의인(巧言令色鮮矣仁 : 겉으로만 번지르르한 말, 사람을 살살 녹이는 응대 등에는 인이 있을 수 없다)'이라는 말이 있는데, 말솜씨가 없는 사람은 아무리 공자의 말이라 하더라도 조금쯤은 할인해서 듣는 게 좋겠다.

우리나라 사람은 '이심전심(以心傳心)'으로 의사가 전해지기를 기대한다. 함부로 도리를 주장했다가는 귀찮은 놈이라며 면박당하기가 일쑤다. 이런 사회에서는 오히려 말재주 없는 것이 미덕이며, 설득의 기술 따위가 천대받을는지 모른다.

이에 비하여 중국사회에서는 예부터 '이심전심' 따위는 적용되지 않았었다. 따라서 어디까지나 말에 의한 설득이 중시되었고 설득의 기술과 논쟁에 강한 자가 우위를 차지해 왔다.

중국사회의 그런 전통을 만든 것은 전국시대의 그 '제자백가'

들의 활약에 의한 것이라고 해도 좋다. 그들은 상호간에 활발한 논쟁을 전개하면서 스스로의 우위성을 주장했던 것이다. 이런 현상을 '백가쟁명'이라고 한다. 그 결과 학문·사상의 심화(深化)를 일으키게 되었고, 변론술 면에서도 크게 진보했던 것이다.

맹자는 이러한 '백가쟁명' 속에서 유가(儒家)의 투장(鬪將)이 되어 '인의(仁義)'에 의한 왕도정치(王道政治)를 주장하며 박력이 넘치는 변론을 전개했다. 사상가로서도 뛰어날 뿐 아니라 중국식 변호술의 체현자(體現者)로서도 발군의 존재였다.

── 오십보소백보(五十步笑百步)

맹자의 변론을 살펴보면, 첫번째의 특징은 절묘한 비유 이야기를 인용하여 상대방을 이쪽 페이스로 끌어들였다는 점이다.

우리는 친구와 논쟁을 벌이는 경우 여간해서는 상대방을 설득하지 못하다가 나중에서야 '그렇지! 이런 말을 했더라면 좋았을 것을……'이라며 아쉬워하는 수가 많은데, 맹자는 적절한 비유를 들어가며 이야기함으로써 상대방을 설득하는 명수였다.

예컨대 그 유명한 '오십보소백보'란 말도 맹자가 이야기한 비유의 하나이다.

양(梁 : 魏)나라 혜왕(惠王)이 말했다.

"과인은 국정에 굉장한 힘을 기울이고 있소이다. 하내(河內)에 흉년이 들면 백성들을 하동(河東)으로 옮겨 살게 하고 식량을 하내로 옮겨 왔지요. 하동에 흉년이 든 해는 이와 반대로 했구요. 이웃나라에서 하는 정치를 보면, 과인만큼 백성들을 배려해 주는 것 같지 않습디다. 그런데도 이웃나라의 인구가 줄지 않고 우리나라의 인구가 늘어나지 않으니 그것은 무슨 이유일까요?"

맹자가 대답했다.

"전하, 전하께서는 전쟁을 좋아하시니 전쟁에 비유해서 아뢰겠나이다. 진격의 북소리가 울리고 백병전이 벌어지려고 할 때, 갑옷을 벗어던지고 도망치는 병사가 있었사옵니다. 한 놈은 백보(百步)를 도망치다가 멎었고 다른 한 놈은 오십보(五十步)를 도망치다가 멎었습지요. 그때 오십보 도망친 자가 백보 도망친 자를 보고 겁쟁이라며 비웃었다고 하면 전하께서는 어떻게 생각하시겠습니까?"

"그런 멍청한 놈이 어디 있소? 백보 도망친 놈이나 오십보 도망친 놈이나 도망치기는 마찬가지지."

"그러시다면 아뢰겠습니다만, 전하께서는 그 정도의 선정을 베푸시고 인구가 늘어나기를 기다리시나이까? 그것도 오십보 도망친 자가 백보 도망친 자를 비웃는 것과 비슷한 것이옵니다.

전하께서는 지금 개나 돼지가 인간의 식량을 먹고 있는 것을 보시고도 못 본 체 하시나이다. 길바닥에는 굶어 죽은 자가 뒹굴고 있건만 창고 문을 열어 그들을 구제하실 생각을 하지 않으시옵니다. 백성이 굶어 죽어도 '내 책임은 아니다. 흉년이 들었기 때문이야'라고 말씀하시나이다.

이것은 사람을 칼로 찔러 죽이고도 '내 잘못이 아니다. 칼이 죽인 것이다'라며 궤변을 늘어놓는 것과 무엇이 다르겠나이까? 흉년에게 죄를 전가시키는 태도를 전하께서 버리실 때 천하의 백성은 전하의 나라를 흠모하고 모여들 것이니이다."

오십보와 백보의 차이는 양적인 계산이다. 맹자는 질적인 전환이 꼭 필요하다고 설명했던 것이다. 그것을 위해 아주 좋은 타이밍을 잡아 '오십보소백보' 이야기를 인용하고 있다. 맹자에게 머리를 숙이지 않을 수 없다.

그러나 과연 오십보와 백보 사이에는 질적인 차이가 없는 것일까. 또 이 얘기는 그 비유 이야기로 적절한 것일까 등등의 의문도 생긴다. 맹자의 논의 방법은 이런 의문조차도 떨쳐 버릴 정도로 진행되어 나간다.

변론에는 멋진 비유와 함께 아무래도 상대방을 삼켜 버릴 듯한 기백도 필요하다는 것을 알 수 있다.

—— 다짐을 두다

다음으로 이 맹자의 변론과 설득에서 볼 수 있는 두 번째 특징은 상대방에게 다짐을 두면서 논쟁을 펴나간다는 점이다. 이 또한 상대방을 자기 페이스로 끌어들이는 방법 중 한 가지이다.

상대는 논리를 전개하면서 결론이 자기 생각과 달라지더라도 승복하지 않을 수 없다. 예컨대 다음의 설득 따위가 그 전형적인 예일 것이다.

맹자가 제(齊)나라 평륙(平陸)에 갔을 때, 그곳의 지방장관인 공거심(孔距心)에게 물었다.

"경비병이 하루에 세 번 근무지를 이탈하면 처벌하오?"

"아닙니다. 세 번이 아니라……"

"당신은 그것과 비슷한 짓을 하더군요. 재해와 기근이 든 해에 이 영내(領內)에서 늙은이와 아이들이 객사하고, 수천 명이나 되는 젊은이들은 도망을 쳤소.”

“그것은…… 제 힘으로는 어찌할 수 없는 일이었습니다.”

“예를 들어 말하면, 소와 양을 맡아서 기르는 사람이 있다고
합시다. 그 사람은 당연히 방목지와 목초를 찾을 것이외다. 그
런데 만약 쉽게 발견하지 못할 경우, 그 소와 양을 원주인에게
돌려주어야겠소, 아니면 굶어 죽은 것을 뒷짐 지고 쳐다보아야
겠소?”

“흐음…… 과연 그렇겠습니다. 이곳 영민(領民)이 고통을 당하
는 것은 모두가 소관의 책임입니다.”

그 후 맹자는 제나라 선왕(宣王)을 만났을 때,

“전하께서 나라를 다스리고 있는 지방관 5명을 만나보았습니
다만, 그 가운데 책임을 자각하고 있는 사람은 공거심뿐이었나
이다.”

하면서 그때 있었던 일을 이야기했다. 그러자 선왕은 이렇게 말
했다.

“그것은 모두가 과인의 책임이오.”

맹자는 지방관인 공거심뿐 아니라 선왕까지도 설득하는 데 성
공했다. 하나하나 다짐을 받으면서 상대방을 자신의 페이스로 끌
어들여 꼼짝 못하는 상태로 몰아간다. 맹자가 쓰던 변론의 특징
이 여기서도 유감없이 발휘되고 있었던 것이다.

　── 궤변을 좋아하는 것이 아니다

맹자의 논쟁과 설득력을 살펴보면 이밖에도 상대방을 부추긴

다음 자기 논리에 끌어들이는 방법, 혹은 상대방의 논리를 반박하며 자기 논리를 전개하는 방법 등 실로 다채롭다고밖에 말할 수 없다.

그럼 맹자는 왜 이처럼 논쟁을 좋아했을까?

이 점에 대해서는 맹자가 제자로부터,

"세상에서는 선생님을 보고 논쟁하기를 즐기는 분이라고 평합니다만……"

이란 지적을 듣고 이런 대답을 한 일이 있다.

"민심을 바로잡고 사설(邪說)을 근절하며 엉터리 언설(言說)을 몰아내고 삼성인(三聖人 : 禹王・周公・孔子)의 사업을 계승하여야겠다고 생각한다. 결코 좋아서 논쟁을 하거나 궤변을 토하는 게 아니다. 하는 수 없기에 하는 것이야."

이런 대답을 한 다음 이어서,

"양주(楊朱), 묵적(墨翟)의 사설을 철저히 논파하는 일이야말로 성인의 계승자가 할 일이다."

라고 말했다.

맹자는 세상을 어지럽히는 양주, 묵적의 사설과 싸우기 위해 하는 수 없이 논쟁을 벌였다는 것이다. 양주는 위아설(爲我說 : 이기주의)을 주창한 사상가이며, 묵적은 묵자(墨子)인데 겸애설(兼愛說 : 박애주의), 비공설(非攻說 : 평화주의)을 주창한 사상가이다. 맹자는 《맹자》〈진심편(盡心篇)〉에서 다음과 같이 이 두 가지 설을 설명하고 있다.

"양주는 이기주의이다. 머리털 한 개를 뽑으면 천하의 이익이 되는 경우라 하더라도 결코 뽑지 않는다. 묵적은 '겸애'를 주장한다. 천하의 이익이 된다면 머리털 한 개뿐 아니라 내 몸 모두를 희생한다.”

당시 이 두 가지 설이 천하를 풍미하고 있었다. 그러기에 언론이라고 하면 양주의 일파든가 묵적의 주장이었다. 맹자의 입장에서 본다면 양주의 생각은 주군을 업신여김이요, 묵자의 생각은 아비를 업신여김이니, 주군과 아비를 업신여기는 것은 짐승과 다를 바 없다고 보았던 것이다.

맹자는 ‘공자의 가르침’을 기반으로 하여 이런 설들과 대항했다. 물론 ‘공자의 가르침’이라고는 하지만 150년이나 지난 교훈이었으므로 그대로 통용될 리가 없다. 그래서 맹자는 그것에 새로운 해석을 달아서 자신의 무기로 삼았던 것이다.

—— 인의(仁義)

그럼 이 맹자가 지녔던 사상의 독자성은 어디에 있었는가? 공자가 ‘인(仁)’에 최고의 가치를 부여했던 데 비하여 맹자는 그것에 ‘의(義)’를 더해서 ‘인의(仁義)’를 제창했다. 공자는 ‘의’를 ‘인’의 아랫자리에 두었는데, 맹자는 이 ‘의’를 ‘인’과 같은 자리에 두었던 것이다.

《맹자》의 서두에는 다음과 같은 문장이 쓰여 있다.

맹자가 양나라 혜왕을 알현하자 혜왕이 말했다.

“선생께서 먼길도 마다 않고 이처럼 찾아와 주셨으니 우리나라의 이익을 위해 묘안을 말해 주시겠지요?”

맹자가 대답했다.

“전하, 전하께서는 어찌 이익 이익 하시나이까? 무엇보다도 중요한 것은 인의이옵니다. 왕후(王侯)는 나라의 이익밖에 생각지 않고, 공경대부는 한 가정의 이익밖에 생각지 않으며, 관리나 서민들은 내 몸 하나의 이익밖에 생각지 않사옵니다. 이처럼 각기 자기네 이익만 추구하기에 나라는 멸망하고 마옵지요.

만승(萬乘 : 전쟁 때 1만 대의 전차를 낼 수 있는 나라)의 나라 왕을 죽이는 것은 틀림없이 백승의 대부이니이다. 만승의 나라에서 천승의 녹을 받아먹고, 천승의 나라에서 백승의 녹을 받아먹는다면 부족이 없을 것이옵니다. 그런데도 만족지 못하고 나라 전체를 빼앗으려고 하는 것은 그들이 인의를 미루어 두고 이익만을 제일로 생각하기 때문이니이다. 인(仁)의 마음이 있으면서 부모를 버린 예가 없고, 의(義)의 도를 따르면서 주군을 업신여긴 예는 없사옵니다. 전하, 바라옵건대 인의를 택하소서. 어찌 이익 따위의 말을 입에 올리시나이까?”

이익만을 추구하는 자는 결국 이익을 추구하는 자가 노리게 마련이다. 이른바 악순환에 빠지며 수렁 속에 빠져들고 만다. 이런 상태에서 탈출하려면 ‘인의’의 길을 걸어나가는 수밖에 없다고 맹자는 설명한다.

‘인’은 《논어》에서 설명한 것처럼 ‘남을 생각하는 마음’이다. 그럼 ‘의’란 무엇인가? ‘인간으로서 당연히 해야 할 일’이라고 풀이해도 좋다. ‘인은 사람의 마음이며, 의는 사람의 길이다’라고 맹자가 말한 바 있다.

맹자가 살아간 시대는 약육강식의 전국시대였다. 이미 ‘인’만으로는 그 시대를 구원할 수가 없었다. ‘의’라고 하는 규범을 설정함으로써 비로소 그 시대를 구원할 수 있을 것으로 맹자는 생각했던 듯하다. '인의'는 《맹자》 전편에 흐르는 주제이다.

── 성선설(性善說)

그리고 《맹자》의 주요 테마에 '성선설'이 있다. 성선설이란 인간이 본래 가지고 있는 성질은 선(善)하다는 생각이다.

현실 세계는 오탁해졌다. 사람을 사람으로 생각하지 않는 만행이 자행되고 있다. 이런 현상을 보고 사람들은 '큰일이다!' '안 되겠다!'라고 외쳐 댄다. 이런 부정은 어디서 오는 것일까? 그것이야말로 인간만이 갖고 있는 선한 마음이 아니겠는가. 맹자는 말한다.

"인간은 하늘이 준 정(情)에 따르기만 하면 누구나 선을 행할 수 있다. 이것이 나의 성선설이다. 혹은 악을 행하는 자가 있을는지 모르겠지만 그것은 하늘이 준 자질이 잘못되어서가 아니다. 불쌍하다고 생각하는 마음, 악을 부끄러워하는 마음, 양보하는 마음, 선악을 판단하는 마음, 이것은 어떤 사람이든 다 갖추고 있다. 그리고 불쌍타고 생각하는 마음은 인(仁)에, 악을 부끄러워하는 마음은 의(義)에, 양보하는 마음은 예(禮)에, 선악을 판단하는 마음은 지(智)에 연관된다.

이 인의예지는 외부로부터 부여되는 것이 아니라, 본래 내 몸에 지니고 있던 것이다. 그러나 이 고유의 마음도 이것을 탐구하지 않으면 없는 것과 마찬가지이다. 그것을 '꼭 잡고 있으면 마음속에 거하거니와, 자칫 놓쳐 버리면 마음속에 거하지 않게 된다'는 말과 마찬가지이다.

원래는 선하면서 처음에는 2배, 5배, 그리고 마침내는 무한의 악으로 향해 치닫는 자도 있는데, 그것은 하늘로부터 받은 자질을 똑바로 신장시키지 못했기 때문이다."

당연한 말이지만, 맹자의 이런 생각은 인격 완성을 위한 수양을 필요로 하게 된다. 그리고 인격을 완성시킨 사람들, 다시 말해서 인과 의에 눈을 뜬 사람들이 한 사람이라도 더 많아지면 그만큼 이상사회의 실현에 가까워질 수 있다. 특히 한 나라의 군주처럼 사회의 지도자적 입장에 있는 자가, 인과 의에 따라서 정치를 행한다면 인류의 이상인 '왕도정치'는 실현될 수 있다고 맹자는 주장했다.

맹자는 이런 생각 위에 서서 여러 나라를 돌아다니며 유세(遊說)했고, 남이 따르지 못할 박력을 가지고 군주의 설득에 나섰는데 모두 실패로 끝났다.

그 이유는 무엇이었을까? 당시의 군주들은 모두 현실의 이익 추구에 눈이 어두워 있었기 때문이다. 그 중에는 맹자의 주장을,

"우원(迂遠)하고 사정에 어둡다."

라고 평한 군주까지 있었다고 한다. 현실주의자들의 눈으로 볼 때, 맹자의 주장은 너무나 이상에 치우쳐 있는 것이었는지도 모른다.

그렇지만 어디까지나 인간 신뢰를 바탕으로 한 맹자의 주장은 험악한 인간사회에서 부드러운 청량제로서의 역할을 해왔다. 우리는 《맹자》를 읽음으로써 인간에 대한 신뢰감을 회복시키고 살아가는 용기를 얻게 될 것이다.

이상이 없는 사회는 가차없이 타락되어 간다. 그런 의미에서도 《맹자》는 귀중한 책이라고 할 수 있다.

《맹자》에 대하여

맹자의 혁명사상(革命思想)

우리나라는 예부터 사서오경(四書五經)의 하나인 《맹자》를 많이 읽어 왔는데, 일본에서는 '맹자의 책을 싣고 오는 배는 도중에 침몰한다'는 말이 있었다고 한다. 그것은 《맹자》 속에 혁명적인 사상이 담겨져 있어서 일본에 들어오면 큰일이라고 생각했기 때문이다.

그 혁명사상이란 예컨대 다음과 같은 것이다.

제나라 선왕이 맹자에게 물었다.

"탕왕(湯王)은 걸왕(桀王)을 추방하고 무왕(武王)은 주왕(紂王)을 토벌했다고 하는데 그게 사실입니까?"

"그렇게 전해 오고 있사옵니다."

"신하이면서 주군을 시해해도 괜찮은 것일까요?"

"인을 배반하면 적(賊)이라 하며, 의를 배반하면 진(殘)이라고 하옵지요. 적이자 잔인 자는 이미 주군이 아니라 일개 사(士)에 지나지 않사옵니다. 일개 사인 주(紂)를 주살했다는 이야기는 들은 적이 있사오나 주군을 죽였다는 이야기는 들은 적이 없나이다."

이것이 《맹자》 〈양혜왕편(梁惠王篇)〉에 기록된 그 유명한 '탕무방벌론(湯武放伐論)'이다. 요컨대 천자로서의 의무를 태만히 할 경우 그 천자는 이미 천자가 아니며, '혁명'을 해도 좋다는 말이다.

백성을 귀히 여긴다

'탕무방벌론'과 함께 맹자의 혁명사상을 보여 주는 것이,

　　"민(民)이 위귀(爲貴)하고 사직(社稷)이 차지(次之)하고 군(君)이 위경(爲輕)하니라."

　　(백성이 귀중하고 사직은 그 다음이고 군주는 대단치 않다.)
라는 유명한 말이다.

　　맹자는 이렇게 말했던 것이다.

　　"백성이 가장 귀하다. 다음이 사직이다. 그리고 군주는 가벼운 존재에 지나지 않는다. 백성의 신뢰를 받으면 천자가 되지만, 천자의 신뢰를 받아 보았자 제후(諸侯)밖에 될 수 없어. 제후에게 신뢰를 얻으면 겨우 대부(大夫 : 大臣)가 될 뿐이고──. 사직을 업신여기는 제후가 있다면 갈아치워도 좋다. 살찐 희생(犧牲)과 청정(淸淨)한 오곡으로 계절에 따라 제사를 지내도 한발과 홍수가 일어난다면 그런 사직은 갈아치워도 좋다."

　　이상주의자의 열렬한 기백을 느낄 수 있는 말이 아닌가.

전국시대의 부산물

　　전국시대와 그에 앞선 시대인 춘추시대의 차이를 든다면 그 한 가지로 전투규모의 확대가 있다.

　　춘추시대는 말이 끌도록 되어 있는 병거(兵車 : 戰車)에 의한 싸움이 중심이었는데, 쌍방이 대열을 지은 다음 전투에 들어갔었다. 한 번의 싸움으로 결판이 나게 되므로 보통 하루나 이틀이면 전쟁은 끝난다.

　　그런데 전국시대로 접어들자 무구(武具)의 발달에 따라 보병(步兵)·기병(騎兵)의 싸움이 주류를 이루게 되었으며 전투인원의 수도 비약적으로 늘어났다. 따라서 전투 일수도 늘어나, 포위 공성전(攻城

戰)인 경우에는 1년 이상이나 걸려도 결판이 나지 않았다. 나라의 총력을 기울여서 싸우는 전쟁으로 바뀌어 갔던 것이다.

당연한 일이지만 군주는 부국강병에 힘써야 했다. 부국강병에 힘쓰던 군주는 자연히 민중의 중요성을 인식하게 되었다.

맹자의 사상을 읽노라면 공자의 사상과 비교할 때 유난히 '민중의 중요성'에 역점을 두고 있음을 알 수 있다. 맹자가 전국시대의 부산물이라고 하는 것은 이런 일로도 증명된다.

제국(諸國) 군주에게 미움을 샀던 맹자

맹자가 제나라 선왕에게 말했다.

"전하, 전하의 신하 중에 처자를 친구에게 맡기고 초(楚)나라에 갔던 사람이 있다고 가정하고 말씀드리겠나이다. 그 사람이 돌아와 보니 친구는 자신의 처자를 돌보지 않아 추위와 굶주림에 울고 있었나이다. 그렇다면 박정한 친구를 어떻게 해야 좋겠나이까?"

"그야 추방해야겠지요."

"그럼 법을 다루는 대부가 부하를 제대로 통솔하지 못했다면 어찌 하시겠나이까?"

"면직시키겠소."

"예, 잘하시는 것이옵니다. 그럼 나라가 제대로 다스려지지 않는다면 어찌 하시겠사옵니까?"

선왕은 측근을 돌아다보며 다른 이야기를 하기 시작했다. 이 이야기에는,

1. 다짐을 받으면서 따지고 드는 변론술

2. 군주의 책임을 추궁해 나가는 태도

이 두 가지 특징이 잘 나타나 있다. 선왕이 딴청을 부린 것도 이해가 가지 않는 것은 아니다. 맹자가 여러 나라를 돌아다니면서 그 군주들에게 버림을 받게 된 것도 당연한 일이었다.

천시(天時), 지리(地利), 인화(人和)

이 '천시, 지리, 인화'란 말은 여러 고전에 나오는데 《맹자》도 그 출전의 하나로 보아야 할 것이다. 《맹자》에는 이런 기록이 있다.

"천시(天時)는 불여지리(不如地利)요, 지리(地利)는 불여인화(不如人和)니라."

(천시는 지리만 못하고, 지리는 인화만 못하다.)

왜냐하면 맹자는 그 이유를 다음과 같이 말하고 있다.

"작은 성을 포위 공격해도 쉽게 함락되지 않는 경우가 있다. 공격한 이상 당연히 천시를 얻고 있음이리라. 그래도 이기지 못하는 것은 천시가 지리를 따르지 못하기 때문이다.

성벽은 높고 도랑은 깊다. 장비도 좋고 군량도 충분하다. 그런데도 성을 버리고 패주하는 경우가 있다. 지리 역시 인화에는 미치지 못하기 때문이다."

맹자는 천시, 지리의 중요성을 인정하면서도 가장 중요한 것은 인화라고 했던 것이다.

《맹자》의 어록(語錄)

• 무항산이유항심자(無恒産而有恒心者)는 유사위능(有士爲能)이오 약민즉무항산(若民則無恒産)이면 인무항심(因無恒心)이니라 ── 일

정한 생활 근거가 없이 일정한 마음을 갖는 것은 오직 선비만이 할 수 있다. 일반 백성들은 일정한 생활 근거가 없으면 그로 인하여 일정한 마음을 가질 수 없다. 〈梁惠王篇 : 上〉

• 이력가인자(以力假仁者)는 패(霸)니 패필유대국(霸必有大國)이오, 이덕행인자(以德行仁者)는 왕(王)이니 왕불대대(王不待大)라 —— 힘으로 인을 가장하는 자는 패도(霸道)다. 패를 칭하면 반드시 큰 나라를 지니고 있어야 한다. 덕으로 인을 행하는 것은 왕도다. 왕도를 펴는 데는 큰 나라여야 할 것은 없다. 〈公孫丑篇 : 上〉

• 왕기자(枉己者)는 미유능직인자야(未有能直人者也)니라 —— 자기를 굽히는 사람 중에는 아직 남을 곧게 하는 사람이 없었다. 〈藤文公篇 : 下〉

• 애인불친(愛人不親)이어든 반기인(反其仁)하고 치인불치(治人不治)어든 반기지(反其智)하고, 예인부답(禮人不答)이어든 반기경(反其敬)하라 —— 남을 아껴 주는데도 가까워지지 않으면 자기의 인자함이 철저하지 않은지 반성하라. 남을 다스리는데 다스려지지 않거든 자기의 지혜가 모자라지 않은지 반성하라. 남을 예로써 대하는데도 반응이 없으면 자기의 공경하는 태도가 성실하지 못한지 반성하라. 〈離婁篇 : 上〉

• 자폭자(自暴者)는 불가여유언야(不可與有言也)요, 자기자(自棄者)는 불가여유위야(不可與有爲也)니라 —— 스스로 자신을 해치는 사람과는 함께 이야기할 게 못 되고, 스스로 자기를 버리는 사람과는 함께 일할 게 못 된다. 〈離婁篇 : 上〉

• 언인지불선(言人之不善)이면 당여후환(當如後患)에 하(何)오? —— 남의 좋지 않은 일을 말하면 거기에 따라올 후환을 대체 어

떻게 할 것인가? 〈離婁篇 : 下〉

• 천(天)은 불언(不言)하고 이행여사(以行與事)로 시지이이의(示之
而已矣)니라 —— 하늘은 말을 하지 않는다. 행위와 하는 일을 가
지고 그 뜻을 보여 줄 따름이다. 〈萬章篇 : 上〉

• 위비이언고(位卑而言高)는 죄야(罪也)요, 입호인지본조이도불행
(立乎人之本朝而道不行)은 치야(恥也)니라 —— 낮은 벼슬에 있
으면서 고답한 말을 하는 것은 죄요, 조정에 나가 있는데 도(道)
가 행해지지 않는 것은 수치다. 〈萬章篇 : 下〉

• 인지승불인야(仁之勝不仁也)는 유수승화(猶水勝火)라 —— 인(仁)
이 불인(不仁)을 이기는 것은 마치 물이 불을 이기는 것과 같다.
〈告子篇 : 上〉

• 진기심자(盡其心者)는 지기성야(知其性也)니 지기성(知其性) 즉지천
의(則知天矣)니라 —— 자기 마음을 다하는 자는 자기 성(性)을 안
다. 자기 성을 알면 하늘을 알게 된다. 〈盡心篇 : 上〉

• 양심(養心)이 막선어과욕(莫善於寡欲)이라 —— 마음을 수양하는 데
는 욕망을 적게 하는 것보다 더 좋은 방법이 없다. 〈盡心篇 : 下〉

순자(荀子)

지금으로부터 2천 수백 년쯤 전, 중국의 역사에 전국시대라고 부르던 때가 있었다. 이때에 걸출한 사상가들이 배출되었고, 각자가 자기우위성(自己優位性)을 주장하며 활발한 논전을 벌였다. 이런 사상가들을 '제자백가'라고 하며 그들이 반복해 가며 펼쳤던 논전을 '백화제방(百花齊放)' '백가쟁명(百家爭鳴)'이라고 한다.

예컨대 맹자(孟子)·장자(莊子)·한비자(韓非子) 등은 모두 이 시기에 활약했던 제자백가인데 순자 역시 그 중의 한 사람이다. 더구나 이 순자라는 사상가는 그 중에서도 독특한 위치를 차지하고 있다.

일반적으로 공자(孔子)의 가르침을 이어받은 사람들은 '유가(儒家)'로 불린다. 그리고 주지하는 바와 같이 그 대표적인 인물은 맹자였다. 맹자는 '성선설', 즉 인간의 성(性)은 본래 선(善)한 것이라고 했고, 덕(德)에 의한 정치인 '덕치주의'를 설파했으며, 인의(仁義)에 의한 왕도정치(王道政治)를 주장했다.

이에 비하여 순자는 맹자와 같이 공자의 가르침을 이어받아, 사상적으로는 유가의 흐름을 계승하면서도 맹자와 정면으로 대립되는 주장을 했던 것이다. 그 사상의 근저는 '성악설', 즉 인간은 본디 악하다는 것이다.

인간은 천성적으로 악하다. 선한 성질은 후천적인 수양의 결과에 지나지 않는다고 그는 말했다.

"인간에게는 태어날 때부터 이익에 의해 좌우되는 일면이 있다. 이 일면이 그대로 성장해 나가면, 남에게 양보하는 마음이 없어지고 분쟁만 일으킨다. 또 인간에게는 태어나면서부터 상대방을 미워하는 일면이 있다. 이 일면이 그대로 자라나면 성의가 없어지고 상대방을 배반하게 된다.

그리고 태어날 때부터 눈과 귀를 즐겁게 하고 쾌락을 추구하려는 일면이 있다. 이것이 그대로 자라나면 사회의 규범을 잃게 되고 엉뚱한 짓을 하게 된다."

인간 한사람 한사람이 각기 이익과 쾌락을 추구하여 날뛰게 되면 원만한 사회는 이룩될 수 없다. 그것을 막기 위하여 악한 인간의 천성을 선으로 돌려놓지 않으면 안 된다——순자는 이렇게 생각했던 것이다. 그렇게 하기 위해서는 확고한 규범을 세워서 사람들을 가르쳐 나가야 한다. 그러므로 순자는 규범을 세웠는데 그것이 '예(禮)'와 '의(義)' 두 가지였다.

"이처럼 천성이라든가 감정 그대로 행동하면 반드시 분쟁이 일어나며, 질서도 도덕도 파괴되어 사회는 혼란해지고 만다. 그런 까닭에 아무래도 지도자와 법에 의한 지도가 필요하며, 예와 의에 의한 교화가 필요해진다. 그렇게 하면 자기 자신을 억제하여 질서라든가 도덕을 지키게 되기도 하고 사회도 안정되어 간다."

"구부러진 나무를 곧게 하려면 부목을 대주어야 한다. 무뎌진 칼을 날카롭게 만들려면 숫돌에 갈아야 할 필요가 있다. 그것과 마찬가지로 인간은 천성이 악하기 때문에 지도자와 법에 의해 교화시키지 않으면 바른 사람이 될 수 없고, 예와 의로 지도하지 않으면 사회의 질서는 지켜 나갈 수 없다.”

공자(孔子)는 사회생활의 규범으로서 ‘인(仁)’을 중시하였다. 맹자는 이것에 또 한 가지 ‘의(義)’를 덧붙여서 ‘인의(仁義)’를 주장했다. 그러나 그들이 주장한 ‘인’ 혹은 ‘의’는 인간의 내면에 관한 것이었다.

그런데 순자가 제창한 ‘예의’란 것은 그 내면과는 관계가 없고, 외부의 세계에 엄연히 확립되어 있는 규범인 것이다. 이 규범을 확고히 정립시킴으로써 인간의 성정(性情)을 규제하고 성정이 움직이는 방향을 컨트롤하라는 것이다. 바로 이것이 종래의 유가 사상과 결정적으로 다른 점이다. 말하자면 순자가 말하는 ‘예의’란 법률이라는 의미와 상통한다.

공자와 맹자를 교조로 하는 유가는 덕에 의한 덕치주의를 주장했다. 사람 위에 서서 일하는 자가 덕을 몸에 익히고 그 덕을 아랫사람들에게 미치도록 하면, 나라는 저절로 잘 다스려지게 된다는 것이 그 골자이다. 이것과 정반대로 법가(法家) 사람들은 법률에 의한 통치, 곧 ‘법치주의’를 제창하였다. 덕(德) 따위로는 다스려질 수 없고 살아갈 수도 없다. 먼저 법률을 제정하고 그것을 엄격히 집행하는 일이야말로 나라를 잘 다스릴 수 있는 길이라고 그들은 주장했다.

이 법률의 이론을 집대성한 것이 후일의 《한비자(韓非子)》인데, 이 《한비자》를 쓴 한비자는 실은 순자에게서 직접 공부를 했던 문하생 중 한 사람이었다. 순자의 제자 중에는 한비자 외에 또 한 사람 잊어서는 안 될 인물이 있다. 그는 진(秦)나라 시황제의 승상, 곧 재상으로서 실제로 법가의 이론을 정치에 적용하여 큰 업적을 올렸던 이사(李斯)란 인물이다.

즉, 순자 자신은 유가의 흐름을 이어받고 있으면서도 그 문하에서 법가를 대표하는 이론가와 실천가 두 사람을 배출했던 것이다. 여기에 사상가로서의 순자의 특이성이 있다고 해도 좋다.

순자의 주장을 정리해 놓은 것이 《순자》라는 책인데 그 내용은 교육론으로부터 시작하여 정치·경제·군사, 나아가서는 문학이라든가 철학의 영역에까지 이르고 있다. 이만큼 넓은 장르에 걸쳐서 논한 책은 그 시대의 다른 책 속에서는 찾아볼 수 없다. 그 중에서도 순자가 힘을 기울여 설명한 것이 사회의 안정과 질서의 확립이며, 그것을 위해 인격의 도야가 필요하다고 강조했다.

—— 자기 자신을 단편한다

'인간의 본성은 악하다'는 것이 순자의 기본적인 인식이다. 방임해 두면 사회의 질서는 혼란해진다. 따라서 교육에 의해 악한 본성을 보다 좋은 방향으로 이끌어 나가지 않으면 안 된다. 그런데 악한 본성을 수정하여 올바른 방향으로 이끌어 갈 능력은 누구에게나 있다. 그러므로 누구든지 노력만 하면 훌륭한 사람이 될 수 있다. 그러기 위해서는 무엇보다도 먼저 교육을 받아야 한다. 순자는 그렇게 생각했던 것이다.

후천적인 노력만 아끼지 않는다면 인간의 개조가 가능하다는 입장을 가졌던 순자는, 당연한 일이지만 교육에 의한 교화를 극히 중시했다. '남색깔은 쪽풀에서 짜냈지만 쪽풀보다 푸르다(靑取之於藍, 而靑於藍)'는 말은 의외로 많이 알려져 있지 않지만, 이것의 출전은 《순자》이다. 순자 자신은 이 말을 인용한 다음 이렇게 말하고 있다.

"남색깔은 쪽풀이라는 풀에서 짜내어 염색하지만, 그 쪽풀보다도 더 푸르다. 얼음은 물이 언 것이지만 물보다 한층 더 차갑다.

나무는 먹줄을 긋고 켜면 똑바로 켤 수 있고 쇠는 숫돌에 갈면 날카로워진다. 이것과 마찬가지로 인간도 매일 반성하며 학문에 정진한다면 지혜도 얻고 오류도 범하지 않게 된다."

여기서 말하는 학문이란, 이른바 학자가 되기 위한 학문이 아니라 자신의 능력이라든가 인격을 향상시키기 위한 공부를 일컬음이다. 즉, 사회인으로서 자립하기 위한 기본적인 소양이다.

그럼 이런 학문을 몸에 익히는 데는 어떠한 마음가짐이 필요한 것일까? 그 조건으로서 순자는 다음 네 가지를 들고 있다.

첫째는 되도록 좋은 환경을 선택해야 한다.

"뺑쑥도 삼밭에 나면 붙들어 주지 아니해도 저절로 곧아진다. 그것과 마찬가지로 군자는 반드시 땅을 선정해서 살고 우수한 인물을 골라서 사귈 일이다. 배움에 도움이 되지 않을 것 같은 사람은 피하고 올바른 사람을 가까이 하기 위함이다."

사는 곳을 선택해서 살라니 그것은 좀 어려운 일 같지만, 친구를 골라서 사귀라는 것은 우리도 할 수 있는 일인 것 같다.

두 번째는 계속적인 노력이다.

"천리 길도 한걸음 한걸음 걸어나감으로써 도달할 수 있는 것이며, 아무리 큰 강도 작은 시냇물이 모여서 이루어지는 것이다. 또 제아무리 명마라 하더라도 열 발짝의 거리를 한 발짝으로 뛰어넘을 수는 없는 것이며, 제아무리 느린 말이라 하더라도 열흘 동안만 계속해서 달리면 명마가 하루 달리는 행정(行程)쯤은 갈 수가 있다. 그것은 왜 그럴까? 달리기를 도중에서 중단하지 않기 때문이다."

이런 비유를 인용한 다음, 순자는 이렇게 말하고 있다.

"이와 마찬가지로 눈에 보이지 않는 곳에서 노력을 쌓아 나가는 사람이라든가 두드러지게 나타나지 않는 일도 열심히 하는 사람은 빛나는 성과를 올리게 될 것이다."

애써 어떤 뜻을 세웠다 하더라도 도중에서 집어치우면 아무 소용이 없다. 요즈음 유행되고 있는 평생교육의 권유라고 보아도 좋을 것 같다.

세 번째는 훌륭한 선생을 고르고 그에게서 배우라고 강조했다. "책을 읽는 것만으로 충분하다고는 할 수 없다. 그러므로 훌륭한 인물에게서 군자의 가르침을 받아 몸에 익힐 필요가 있는데, 그렇게 하면 큰 성과를 거둘 수 있다."

순자는 또 이런 말도 한다.

"시시한 질문에는 대답하지 않는 편이 좋다. 뚜렷한 답변도 할 수 없는 상대에게는 처음부터 질문을 하지 않는 것이 좋다. 저속한 이야기에는 귀를 돌리지 말 일이다. 말꼬리나 잡고 늘어지는 상대하고는 의논 따위를 하지 않는 편이 좋다."

이것은 학문을 하는 데 필요한 마음가짐일 뿐 아니라, 사람과 교제하는 데 필요한 주의사항이기도 하다.

네 번째로, 순자는 배울 때는 철두철미하게 배우라고 했다.

"소인은 귀로 들은 학문을 금방 입 밖에 낸다. 입과 귀의 거리는 불과 4치 ──. 이렇게 해가지고는 7척의 몸 전체에 학문을 익힐 수가 없다.

이에 비하여 군자는 종이에 구멍이 뚫릴 만큼 책을 읽고, 납득될 때까지 거듭 사색한다. 또 귀로 들은 학문을 마음속에 정착시켜서 몸 전체로 받아들인다. 그 성과는 날마다 행동에 의해 나타난다. 따라서 아무리 소소한 언동일지라도 그 모두가 사람들의 규범이 될 수 있는 것이다."

순자에 의하면 여기까지 철저하게 습득하면 어떠한 사태가 발생해도 유연하게 대처할 수 있으며, 또한 인격적으로도 완성의 수준에까지 도달할 수 있다는 것이다.

분명한 것은, 도중에 걷어치울 수도 있다는 마음가짐으로 배운다면, 제아무리 훌륭한 가르침을 받는다 해도 그것이 몸에 익혀지지 않는다. 배운 바가 살아 있는 지혜로서 작동되려면 온 신경을 집중시켜 배울 필요가 있다는 말이다.

이런 학습태도를 취한다면 비록 그 인격이 완벽에까지 달하지는 못한다 하더라도, 배운 것이 적확하게 그 몸 구석구석까지 배게 될 것임에는 틀림없다.

── 밸런스가 잡힌 조직관리

순자가 활약했던 시기는 전국시대의 소용돌이가 한창일 때다. 여러 나라가 대립 항쟁하고 각기 살아 남기 위하여 격렬하게 경합하던 시대였다. 당연한 일이지만, 그의 관심은 정치에 쏠릴 수밖에 없었다. 어지러운 천하가 질서와 안정을 회복하려면 어떻게 하여야 하는가? 《순자》라는 책에는 이런 종류의 문제가 가득 실려 있다.

순자란 인물은 단순히 이론만 앞세우는 학자가 아니었다. 초(楚)나라의 초빙을 받아 20년 동안이나 지방관(地方官)으로 일했던 까닭에 실제로 행정체험을 쌓았으며, 널리 여러 나라를 순방하면서 돌아가는 정세를 시찰하기도 했다. 그의 정치론은 이러한 체험 위에서 이루어졌던 것인만큼, 나름대로의 호소력과 설득력을 가지고 있다.

위에서도 말한 것처럼 순자는 '성악설'에 입각하여 예·의라는 규범의 확립을 설파했는데, 정치론의 전제가 되는 것도 바로 이것이다.

왕자(王者), 즉 톱(Top)이 갖춰야 하며, 해야 하는 일로서 순자는 이런 것들을 지적하고 있다.

"왕자는 예·의에 바탕을 두고 행동하며 법에 따라 결단을 내린다. 아무리 소소한 문제일지라도 놓치지 말아야 하며 또 정세가 어떻게 변화할지라도 임기응변으로 대처하며 반드시 헤쳐 나가야 한다. 이렇게 해야만 비로소 왕자라고 할 수가 있다."

물론 이것은 이상에 지나지 않으며 톱(Top)의 현실적 지위는 극히 불안정하다. 순자가 보고 들었던 당시의 실정도 그러했을 것이며, 현대의 톱에 대해서도 같은 말을 할 수가 있다.

그러한 톱의 불안정한 상태를, 순자는 배와 물의 관계에 비유한다. 강물에 파도가 일고 거칠어지면 배는 결국 전복되고 만다.

배가 안정될 수 있느냐 없느냐는 강물의 상태 여하에 달려 있다.

물이란 곧 국민을 가리킨다. 그런 까닭에 톱이 자신의 지위를 안정시키기 위해서는 무엇보다도 먼저 국민의 신뢰를 얻어야 한다. 그리고 그것을 위해서는 다음 세 가지에 유의하지 않으면 안 된다.

1. 공평한 정치를 해서 백성을 위로하며 돌볼 것
2. 예를 존중하여 훌륭한 인물에게 경의를 표할 것
3. 현인을 등용하고 유능한 인재에게 일을 맡길 것

순자는 '이 세 가지 점에만 힘을 쓰고 있으면 그 다음 일들은 저절로 잘 풀려 나간다. 이와 반대로 이 점을 소홀히 하면 다른 자질구레한 일들을 아무리 잘 처리하더라도 도움이 되지 못한다'고 못을 박았다.

이 내용은 유가가 주장한 '덕치주의', 즉 덕으로써 다스리는 방법과 큰 차이가 없다. 다만 그 내용상에 아주 엄격한 면이 있다. 예컨대 인재 등용에 대해서는 다음과 같은 사고를 논했다.

"유능한 인재는 서열에 구애받지 말고 대담하게 발탁하되, 무능한 자는 얼른 해고시키는 것이 좋다. 법률을 엄격히 지키지 않는 자는 가문이 제아무리 좋더라도 격하시켜서 서민으로 강등시킬 일이다. 이와 반대로 학문을 닦고 언행에 신중을 기하며, 법률을 준수하는 자는 비록 서민이라 하더라도 중용해야 한다."

철두철미한 실력주의의 권고이다. 이런 내용은 한비자의 스승다운 면모를 보여 주고 있다.

엄격이란 면에서는 조직관리에 대해서도 신상필벌을 제안하고 있다.

"공적이 있는 사람에게는 반드시 상을 주고, 죄를 범한 자는 반드시 처벌한다. 이렇게 하면 무능한 주제에 관직의 자리에 눌러앉는 자가 없어지게 되고 부정을 일삼아 돈을 모으는 자도 없어지게 된다. 상벌의 적용을 제대로 해나가게 되면 마침내는 사소한 선행에도 상이 돌아가고, 은밀히 저지른 부정도 반드시 적발된다는 것을 깨닫게 될 것이다. 이것이 왕자(王者)의 조직관리임을 잊지 말아야 한다."

그가 주장한 엄격한 조직관리는 행정관으로 오랫동안 일하며 쌓은 실무 경험이 바탕을 이루고 있는데, 그야 어쨌든 법가가 주장했던 법치주의로 크게 기울고 있음을 부정할 수가 없다.

그렇다고 해서 순자가 가혹한 면만 강조했던 것은 아니다. 톱(Top)의 정치자세에 대해서는 인기에만 영합하는 것도 좋지 않지만 너무 죄기만 해도 좋지 않다면서 다음과 같이 말하고 있다.

"명성을 얻고자 하는 일념에 민생의 향상을 구실로 하여 국가대사를 소홀히 하는 군주가 있다. 이런 식의 정치는 길게 갈 수가 없다. 무엇을 하더라도 결실을 맺지 못하고 실적도 오르지 않는다. 이런 식의 정치는 사도(邪道)이다.

그런가 하면 함부로 죄기만 하는 군주도 있다. 오로지 실적을 올리려고만 하며 국민의 악평을 사든, 민심의 이반을 초래하든 상관치 않는다. 이렇게 하면 비록 업적을 올리더라도 국민의 원한을 사게 될 뿐이다. 일시적으로는 잘 풀려 나간다 해도 결국에는 실패로 마감되게 마련이다.

국가 대사를 제쳐 두고 명성만 떨치려고 하는 것도 잘못이

148

지만, 공적만 추구하고 국민을 도탄에 몰아넣는 것도 잘못이다. 모두가 정치의 사도(邪道)인 것이다."

순자는 이렇게 말한 다음, 이런 말로 결론을 내리고 있다.

"단기간에 사업을 성취하고 싶거든, 국민을 엄하게 다루는 것보다는 이해와 협력을 구하는 편이 훨씬 능률적이다. 미사여구로 꾀기보다는 성실하고 공평한 태도로 임하는 편이 훨씬 더 국민으로부터 환영을 받는다. 형벌로 위협하기보다는 먼저 자기 스스로가 행동을 바르게 하고 남을 비판하는 편이 훨씬 더 효과적이다."

신상필벌의 엄격한 조직관리가 좋으냐, 아니면 이해와 협력을 구하는 부드러운 분위기의 조직관리가 더 좋으냐고 묻는다면, 어느 쪽이 좋다고 뚜렷하게 단언할 수는 없다. 유가에서 나와 법가 쪽으로 기운 순자는 메달의 표리(表裏)와 같아서 그 양면을 모두 지니고 있었던 것이다.

—— 조직 속의 인간학

순자는 실력본위의 발탁 인사를 주장했다. 유능한 부하를 등용하고 일을 맡긴다. 그것이 업적을 올리는 비결이라고 본 것이다. 그는 이렇게 말하고 있다.

"명군은 신하의 협력을 구하지만 암군은 모든 일을 혼자 처리하고 싶어한다. 명군은 인재를 소중히 써서 성공을 쟁취하지만 암군은 인재를 투기하고 멀리 함으로써, 모처럼 쌓은 공적까지도 무너뜨리고 만다."

현명한 군주가 되느냐, 어리석은 군주로 마치느냐, 그 열쇠는 자기가 거느리고 있는 자를 어떻게 다루느냐에 달려 있다는 말이다.

순자는 톱의 입장에서 볼 경우, 그 부하의 타입을 네 가지로 나눌 수 있다고 했다.

그 첫째는 알맹이가 없는 부하이다.

"국민의 마음을 사로잡지도 못하며 그렇다고 해서 외적의 침략을 막을 줄도 모른다. 민중에게는 인망이 없고 제후들에게서는 신용을 못 얻는다. 그렇건만 아첨을 잘해서, 상사의 마음을 사로잡는다."

두 번째로는 나라를 좀먹는 부하이다.

"군주를 위해 일할 생각은 하지 않고 오로지 자기 인기를 얻기 위해 급급하다. 정의와 도덕에는 관심이 없고 파벌을 만들고 군주를 모함하며 자기 이익만 추구한다."

세 번째는 쓸모가 있는 부하이다.

"국민의 마음을 사로잡을 수도 있고 외적의 침입을 막을 수도 있다. 인망도 있으며 동료들로부터 신임도 받는다. 마음으로 군주를 위하고 부하를 끔찍이 사랑하기도 한다."

네 번째는 이상적인 부하이다.

"어디까지나 군주의 권위를 높임과 동시에 국민도 사랑한다. 올바른 정치로 교화시키므로 국민들은 기꺼이 따라온다. 여하한 사태가 발생하더라도 척척 그 대책을 강구해 낸다. 또 장래의 이변에 대비하여 주도면밀한 준비도 갖추어 둔다."

순자는 이 네 가지 타입의 부하를 열거한 다음,

"알맹이가 없는 부하가 날뛰면 그 톱은 틀림없이 파멸한다. 나

150

라를 좀먹는 부하가 설치면 그 톱은 베개를 높이 베고 자지 못한다. 이와 반대로 쓸모 있는 부하의 힘을 얻게 되면 그 군주는 명성이 올라간다. 이상적인 부하의 힘을 얻게 되면 그 군주는 천하의 존경을 한몸에 모으게 된다.”

라며 마지막으로 다음과 같이 덧붙였다.

“군주가 명군이 되느냐 암군으로 끝마치느냐는, 그 부하에 의해 결판이 난다. 군주된 자는 이 점을 명심하여 실수하지 않도록 노력해야 한다.”

그럼 이번에는 입장을 바꾸어 보자. 즉 섬기는 쪽에서는 어떤 마음가짐을 가져야 하나?

순자는 군주의 유형을 세 가지로 나누고 각각 그 타입에 따라 섬기는 방법도 바꾸어야 한다고 말했다.

먼저 첫째로는 이상적인 군주이다. 이런 군주를 섬길 때에는,

“만사를 조심스럽게 행동하고 명령에 따라 솜씨 있게 업무를 처리해 나간다. 자기 혼자서는 결정을 내리지 말고 상벌도 행하지 말며 오로지 명령에 충실하도록 마음 쓸 일이다.”

라고 했다.

두 번째로는 평범한 군주인데, 이 경우에는,

“오로지 성실하게 받들어야 한다. 간언은 하더라도 아첨은 하지 말아야 한다. 의연한 태도로 신념에 따라 행동한다. 바른 것은 바르다고 말하고 옳지 못한 것은 옳지 못하다고 말하는 편이 좋다.”

라고 했다.

다음 세 번째는 폭군형이다. 순자는 세상을 살아가자면 일시적

으로 폭군인 톱을 섬겨야 할 경우도 있다면서 다음과 같이 말하고 있다.

"그럴 경우에는 오로지 상대방의 장점만 보고 단점에는 눈을 감아 버릴 일이다. 성과를 올리면 칭찬해 주고, 실패에 대해서는 언급을 하지 않는다. 장점만을 말하고 단점은 입 밖에 내지 않는다. 그러면서도 그것을 극히 자연스럽게 하여 연극임을 눈치채지 못하도록 한다."

또 '폭군을 섬기는 것은 마치 사나운 말을 타는 것과 같다'면서 사나운 말을 다루는 비결도 다음과 같이 설명하고 있다.

"길들여야 할 필요가 있지만 상대방의 페이스에 말려들어서는 안 된다. 온순하게 섬기기는 해야겠지만 자신의 신념을 굽혀서는 안 된다. 상대방이 하는 말을 절대로 거역해서는 안 되겠지만 부정에 손을 대서도 안 된다."

거역하지 말아라. 그러나 자기 페이스는 지켜야 한다는 말이다. 폭군을 섬긴다는 일은 확실히 어려운 일이다. 순자는 이렇게 말을 잇는다.

"만약 상대방의 결점을 고쳐 주고 싶거든 상대방의 불안을 이용하는 것이 좋다.　만약 방침을 바꿔 놓고 싶으면 상대방의 고민거리를 이용하는 것이 좋다. 또 군주로서의 마음가짐을 깨닫게 하고 싶거든 상대방의 기쁨을 이용하는 것이 좋다. 군주 주위에 있는 소인배들을 물리치고 싶거든 상대방의 분노를 이용하면 된다. 이것이 폭군을 조종하는 요체이다."

이 말 가운데는 '성악설'의 입장에 서서 각성한 바 있는 순자의 눈을 의식하게 되는데, 그것은 또 치열한 현실 속에서 살아가는 지혜이기도 하다.

— 왕자(王者)의 병법이란?

순자는 군사와 병법에 대해서도 논하고 있다. 《전쟁론》을 쓴
클라우제비츠(Karl von Clausewitz)의 말에,

"전쟁은 다른 수단을 가지고 하는 정치, 바로 그것이다."
라는 말이 있듯이, 원래 군사는 정치와 불가분의 관계에 있다.

단, 순자가 말한 병법론의 특징은, 전쟁의 진퇴와 전략·전술
따위는 지엽적이요, 말단적인 것으로 간주하고 있다는 점이다.
중요한 것은 오히려 다른 점에 있다고 그는 말했다.

적에게 대항하기보다는 먼저 자기 기반을 굳히라는 것이 그
본의(本意)인데, 그것을 위해 빼놓을 수 없는 요건으로 다음과
같은 것을 들고 있다.

"누구든 이익을 목적으로 행동하는 한, 손해가 된다는 것을 알
게 되면 금방 물러서고 만다. 그러므로 상벌만으로 꾀거나 위
협해 가지고는 부하를 마음대로 부릴 수가 없다. 상벌로 꾄다
든가 위협한다는 것은 인부를 고용하는 경우, 혹은 장사를 하
는 경우와 다를 바가 없다. 그래 가지고는 국민의 힘을 도저히
집결시킬 수가 없다. 옛날의 군주는 이런 짓을 수치로 생각했
다. 그들은 먼저 자신의 덕을 쌓아서 국민의 모범이 되었으며,
예와 의의 규범을 확립하였고 백성들의 교화에 힘을 기울였던
것이다."

무엇보다도 먼저 예·의의 규범을 확립했고, 톱이 스스로 그것
을 실천함과 동시에 국민에 대해서도 예와 의를 가지고 교화에

노력한다. 이렇게 하면 국민을 하나로 뭉치게 할 수 있다는 것이다. 순자도 전략·전술을 몰랐던 것이 아니다. 누구보다도 잘 알고 있던 그였지만 오히려 예·의에 의한 교화가 우선되어야 한다고 강조한 순자였다.

이런 사고방식은, 다른 나라와의 관계, 즉 대외전략에 있어서도 적용된다. 순자에 의하면 다른 나라에 대한 전략에는 세 가지 방법이 있다고 했다.

그 첫째는 덕에 의한 방법이다.

"이쪽에 덕이 있으면 이웃 나라들은 그 덕을 사모하여 귀속하겠다고 청해 온다. 합병한 후에도 상대방의 의지를 존중해 주면 그들의 신뢰를 얻을 수가 있다. 법령을 발하면 단 한 사람도 이것을 안 지키는 자가 없다. 그 결과 영토가 늘어나고 그에 따라 권위가 높아지며 백성이 늘어나는데, 이에 따라서 군사력도 강해진다."

이것이 덕에 의한 전략의 개요이다. 둘째는 무력에 의한 전략이다.

"덕이 없는 나라는 무력을 사용하려고 한다. 덕이 없으므로 이웃 나라들은 이쪽에 경의를 표하지 않으며 사모하지도 않는다. 이렇게 되면 상대를 밀어붙이기 위하여 많은 군대가 필요하게 되며 경비도 엄청나게 들어간다. 그 결과 영토는 늘어날지라도 권위는 오히려 실추되고, 백성은 늘어나지만 군사력은 점점 쇠퇴해 간다."

셋째로는 경제력에 의한 전략이다.

"이웃 나라들은 이쪽의 덕을 사모하고 있는 것은 아니다. 다만 경제력이 없는 나머지 돈에 눈이 어두워 배가 부르기까지만 복속하고 있을 뿐이다. 이렇게 되면 식량을 내주어서 먹일 수밖에 없으며, 돈을 내주어서 윤택하게 살도록 해주어야 한다. 또 유능한 관리를 파견하여 보호해 주지 않으면 안 된다.

그러나 적어도 3년 동안 그 짓을 해주지 않는 한, 그들로부터 신뢰를 얻을 수는 없다. 이렇게 되면 영토는 늘어났을지라도 오히려 권위는 실추되며, 백성은 늘었을지라도 나라는 점점 빈곤해지고 만다."

이것이 경제력에 의한 전략이다. 이상 세 가지 방법을 열거한 다음, 순자는 다음과 같이 덧붙이고 있다.

"덕에 의해 진출하면 왕자(王者)가 된다. 무력에 의해 진출하면 약해진다. 경제력에 의해 진출하면 빈곤해진다. 이것은 모두 진리이다. 예나 지금이나 변함이 없다."

묘하게도 순자가 지적한 대로 이 교훈은 현대를 살아가는 우리에게도 그대로 적용되는 것 같다. 즉 금일성(今日性)이 있다는 말이다.

순자의 주장은 어디까지나 이상론에 불과하다고 여길는지 모른다. 그러나 그러기에 앞서 그가 한 말에 겸허한 자세로 귀를 기울일 필요가 있다.

여기서 이야기를 병법론으로 되돌려 보자. 순자는 장수된 자의 조건으로서 여섯 가지의 마음가짐과 다섯 가지의 자세를 들고 있다.

1. 명령과 포고는 엄하게, 그리고 권위를 가지고 내릴 것
2. 상벌은 적확하게, 그리고 신념을 가지고 행할 것

3. 진지와 창고는 주도면밀하게, 그리고 견실하게 만들 것

4. 부대의 이동은 신중하게, 그리고 신속하게 할 것

5. 적의 움직임과 정세의 변화를 충분히 조사·검토할 것

6. 전투가 시작되면 확신이 서는 대책만 실행에 옮길 것

이상이 여섯 가지 마음가짐이다. 그리고 다섯 가지의 자세는 다음과 같다.

1. 해임당할 것을 두려워하며 지위에 연연해서는 안 된다.

2. 이기는 데만 신경을 쓰다가 패하는 경우를 잊어서는 안 된다.

3. 내부의 위신을 세우는 데만 정신이 팔려서 적을 소홀히 보아서는 안 된다.

4. 유리한 점만을 보다가 불리한 점을 잊어서는 안 된다.

5. 계획은 어디까지나 신중을 기할 것. 또 자재와 경비를 아껴서는 안 된다.

이런 것들은 현대의 경영에도 크게 참고가 될 것이다.

—— 실수 없는 판단을 내린다

인생에서는 단 한 번의 판단을 잘못 내림으로써 사업에 실패한다거나 운명을 그르치는 경우가 적지 아니하다. 실수가 없는, 정확한 판단을 내린다는 것은 인생을 살아가는 데에도, 그리고 사업을 경영해 나가는 데에도 필요불가결한 조건 중 하나라 해도 좋다.

위에서 말한 것처럼 순자는 여러 가지 장르의 문제에 대해 논하고 있는데, 그 한 가지에 인식론이 있다. 즉 사람은 어찌하여

판단을 잘못 내리는가, 실수 없는 판단을 내리려면 어떻게 하는 것이 좋은가를 상세히 검토하며 설명해 나가고 있다.

순자에 의하면 인간이 판단을 그르치는 데는 마음이 미혹되기 때문이라고 한다.

"술에 취하면 넓은 강을 건너더라도 좁은 개울을 건넌 것 정도로밖에 느껴지지 않으며, 높은 성문을 지나도 머리가 닿을 것처럼 낮은 문을 통과한 것으로밖에 느껴지지 않는다. 이것은 술로 말미암아 마음이 미혹당하고 있기 때문이다."

사물을 관찰할 때, 이것 저것 마음이 미혹되면 적확한 판단을 할 수가 없다. 자신의 생각이 확고하고 정확하게 정해지지 않으면 시비와 선악을 판단할 수가 없는 법이다.

그렇다면 사람의 마음은 무엇 때문에 미혹되는 것일까? 순자에 의하면 어느 한 가지의 일, 어느 한 가지의 사물을 볼 때 그 일면에만 사로잡히기 때문이라고 한다.

"인간에게는 사물의 일면에만 사로잡히어 그 전체를 파악하지 못하는 약점이 있다. 편견을 시정하면 올바른 판단을 할 수가 있다. 그러나 일면만을 보고 그것이 전부라고 믿어 버리면 마음의 미혹은 점점 더 깊어져 갈 뿐이다.

마음을 제대로 기능시키지 못하면 눈앞에 있는 흑과 백조차도 구별할 수가 없고, 귀 옆에서 나는 북소리조차도 들을 수가 없다. 하물며 마음이 미혹당하고 있으면 오해는 더욱 심각해진다."

순자는 다시 이런 말을 덧붙이고 있다.

"잘못된 길을 걷고 있는 인간이라 하더라도 어떻게든 바른 길을 걸으려고 원하지 않는 것은 아니다. 다만 비뚤어진 마음 때문에, 미혹당했기 때문에 원하는 곳에 접근하지 못하고 잘못된 길에서 방황하게 되는 것이다. 그들은 자신이 취하고 있는 방법을 고집하며, 남의 비판에 귀를 기울이지 않는다. 그리고는 어디까지나 자신이 올바르다고 주장한다. 실로 사물의 일면에 미혹당하면 올바른 목표를 잃고 마는 것이다."

그러면 사물의 일면에 사로잡히지 않고 올바른 판단을 형성해 나가기 위해서는 무엇이 필요한 것일까? 순자는 기본적으로 다음 세 가지를 열거하고 있다.

첫째는 '허(虛)'이다. 잡념이 마음속에 많이 자리하고 있으면 우물쭈물하고 고민하며, 미혹당한다. 그러면 그릇된 판단을 내리기 쉽다. '명경지수(明鏡止水)'란 말이 있다. 맑게 갠 심경이란 의미인데, 순자의 '허'는 이런 상태에 가까운 것인지도 모른다. 올바른 판단을 내리려면 마음을 항상 맑은 상태로 만들어 둘 필요가 있다는 말이다.

두 번째로는 '일(壹)'이다. 이것은 한 가지 일에 몰두하라는 의미이다. 집중력이라고 해도 좋을 것이다. 동시에 두 가지 일, 세 가지 일을 생각하면 아무리 시간을 허비하더라도 그 생각이 마무리지어지지 않고 정돈되지 않는다. 순자도,

"이것 저것 욕심을 내면 아무 일도 인식할 수가 없다. 다른 일에 마음이 끌리면 한 가지 일에 전념할 수가 없다. 동시에 두 가지 일을 생각하면 인식의 실마리가 흐트러져서 혼란해지고 말 뿐이다."

라고 말했다. 잘못이 없는 판단을 내리기 위해서는 두말할 것도 없이 한 가지 일에 집중하지 않으면 안 된다.

158

셋째는 '정(靜)'이다. 글자만 보아도 이해가 될 것이니 구태여 설명할 필요도 없을 것 같다. 마음이 들떠서 동요되고 있을 때, 시끄러운 환경 속에 몸을 두어 마음이 어지러울 때, 이런 때는 지혜 따위가 떠오를 리 만무하다. 신변이 다망(多忙)한 사람일수록 때로는 조용한 환경에 몸을 두고 마음을 평안히 갖는 편이 좋다는 말이다.

이상으로 《순자》의 개요를 소개했는데, 유가에서 탈출하고 유가를 초월했던 그의 주장은 어떤 의미에서는 아주 현대적이라고 할 수 있다. 그의 주장에 귀를 기울이면 현대를 살아가는 우리도 귀중한 교훈을 얻을 수 있을 것이다.

《순자》에 대하여

《순자》는 전국시대의 사상가인 순자(荀子 : 이름은 況)의 저서이다. '권학편(勸學篇)'으로부터 '요문편(堯問篇)'까지 모두 32편인데, 각 편마다 여러 가지의 테마를 설정해서 논하고 있다. 32편의 내용을 애써 분류한다면,

1. 개인의 수양과 교육에 대하여 논한 것
2. 정치에 대해서 논한 것
3. 각 학파의 주장에 비판을 가한 것
4. 인식론·논리학에 대하여 논한 것
5. 문학과 기타 잡기(雜記)

등등 5개의 항목으로 나눌 수 있다. 거의 모두가 순자 자신이 집필한 것이라고 하는데, 이것은 당시의 저작으로는 드문 예이다.

순자는 자각적으로는 유가였는데, 근본적으로는 공자(孔子)의 가르침을 수정하여 맹자와 대립했고, 법가에 접근했다. 그는 '성악설'을 제창했으며 '예(禮)'에 의한 규범의 필요성을 설파했는데, 유가에서 탈출하고 유가를 초월했다는 점에 그의 독특한 면이 있다.

이런 점에서 볼 때 그는 현대와 맞아떨어지는 사상가라고 할 수 있을 것이다.

《순자》의 어록(語錄)

• 인간의 본성은 원래 악한 것이며, 선이란 인위적(人爲的)인 것이다. 〈性惡篇〉

• 남색깔은 본디 쪽풀에서 짜냈지만 쪽풀보다 더 푸르다. 〈勸學篇〉

• 뺑쑥도 삼밭에 나면 붙들어 주지 아니해도 저절로 곧아지는 법이다. 〈勸學篇〉

• 임금은 배요 백성은 물이니, 물은 배를 싣기도 하고 배를 뒤엎기도 한다. 〈王制篇〉

• 강포한 나라를 섬기기는 어려워도, 강포한 나라로 하여금 나를 섬기게 하기는 쉽다. 〈富國篇〉

• 용병 공전(攻戰)의 요점은 백성을 잘 따르게 하는 데 있다. 〈議兵篇〉

• 승리에 급급하여 패배를 잊지 마라. 〈議兵篇〉

• 무릇 사람의 걱정(결점)은 곡설(曲說)에 가려진 큰 이치를 모르는 데 있다. 〈解蔽篇〉

• 어리석은 자의 판단으로 의문을 해결하려면 그 해결은 반드시 나지 아니할 것이다. 〈解蔽篇〉

근사록(近思錄)

주지하는 바와 같이 공자, 맹자가 제창한 가르침을 유교라고 한다. 또 그 학문을 유학이라 부르고, 유학을 신봉하는 사람들을 유가(儒家)라든가 유자(儒者)라고 부른다. 유교는 2천 수백 년 동안 중국 사상의 주류가 되어 중국 국민의 의식과 행동을 규정해 왔을 뿐 아니라 우리나라와 일본 등 근린국가에도 막대한 영향을 끼쳐 왔다. 이 유학의 특징을 한 마디로 말하면 '수기치인(修己治人)', 즉 자신을 수양하고 사람을 다스리는 데에 있다고 볼 수 있다.

어느 때 자로(子路)라고 하는 제자가 스승인 공자에게 군자의 자격 조건에 대해서 물었다. 군자란 지도자로서의 덕(德)을 몸에 지닌, 이상적인 인간상을 가리키는데 공자는,

"자기 자신을 닦고 이로써 남(백성)을 편안케 해주는 것이다." 라고 대답했다. 이 경우의 '편안케 해준다'란 사람을 다스린다는 것과 비슷한 의미의 말이다.

공자의 말에서도 분명한 것처럼, 유학이 목표로 삼았던 것은 자신을 닦는 것과 남을 다스리는 것, 이 두 가지이다. 그리고 이 두 가지는 밀접한 관련이 있다.

자기를 닦는 것, 즉 수기(修己)는 학문과 교양을 몸에 익히고, 인격을 연마하며, 자신을 단련시키는 일이다. 그것은 오로지 사회의 지도적 입장에 서고 사람들을 위해 일해 나가기 위함이다. 바꾸어 말하면 능력과 인격의 양면에 걸쳐서 자신을 연마한 사람이 아니면 사람들 위에 설 자격이 없고, 사람들 위에 서고 싶으면 무엇보다도 먼저 자기 자신을 연마하지 않으면 안 된다는 사고방식이다.

자기 자신을 단련하기 위한 자각적인 노력을 수양 또는 수신(修身)이라고 한다. 공자도 맹자도 그것을 실천했던 사람임은 두말할 나위도 없다.

그러나 사상이든 조직이든, 시간이 흐름에 따라서 그 창업자가 가지고 있었던 활력을 잃어 가게 마련이다. 유학도 예외가 아니었다. 세월이 흐름에 따라 중요한 '수기치인'의 대원칙은 차츰 바래지고, 주석(注釋)을 위한 학문, 연구를 위한 연구로 격하되어 갔다. 사상으로서의 활력을 잃고 만 것이다.

이와 같은 유학에 새 활력을 불어넣고 지도철학으로 바꾸어 놓은 것이 송(宋)나라 시대에 흥륭했던 신유학(新儒學)이다. 이것을 송학(宋學)이라고 하는데, 그 대성자인 주자(朱子)의 이름을 따서 주자학(朱子學)이라고도 한다.

주자학의 특징을 간단히 설명한다는 것은 매우 어려운 일인데, 그 사상의 핵심을 이루고 있는 것은 '이(理)'라고 하는 것이다. 그런 까닭에 이 주자학은 별명으로 '이학(理學)'이라고도 하고 또 '성리학(性理學)'으로도 불린다.

'이'란 우주 만물의 근거이며 만물에 있는 모든 근본 원리이다.

그리고 이 '이'는 외계의 사물뿐 아니라 인간의 내부에 있는 마음에도 원래부터 갖추어져 있는 것이라고 한다. 주자학의 근본 명제인 '성즉리(性卽理)'란 그것을 나타내는 말이다.

이상적인 인간이 되기 위해서는 이 '이'에 이를 필요가 있는데, '이'는 항상 정(情)과 욕(欲)에 의해 흐려질 위험성도 가지고 있다. 따라서 '이'를 온전케 하기 위해서는 끊임없이 정과 욕을 떨쳐 버리려는 노력이 필요하다.

사회적인 실천의 장에서 적확하게 행동하고 유연하게 대응하기 위해서는 무엇보다도 먼저 만물에 관통하고 있는 '이'를 궁리하지 않으면 안 된다. 그렇지 않으면 잘못된 판단을 형성하고 그릇된 방향으로 나아갈 염려가 있겠기 때문이다.

그것을 설명한 것이 '거경궁리(居敬窮理)'란 말이다. '거경'이란 마음을 집중전일(集中專一)의 상태로 가지는 것이다. '궁리'는 또 '격물치지(格物致知)'라고도 하는데, 요는 '이'를 깊이 생각하는 것이다. 즉 '거경'에 의해 인간으로서의 도덕성을 높이고, '궁리'에 의해 폭넓은 지식을 몸에 익힌다. 이 두 가지를 새로이 인간 형성의 기본으로 삼은 점에 주자학의 특징이 있다고 하겠다.

주자학은 일찍이 중국과 우리나라에서도 크게 유행했었다. 우리나라에서는 여말(麗末)부터 전성기를 맞았었는데, 당시의 지도층은 주자학에서 인간 형성의 지침을 배웠었다.

주자학은 이 학문이 일어날 당시 '도학(道學)', 즉 도에 관한 학문이라 불렸었다. 후에 '도학자'라고 하면 융통성이 없는 고집쟁이를 연상하게 되었으며, 그와 동시에 주자학 그 자체도 형해화되어 활력을 잃어 갔다. 개중에는 이 주자학을 가리켜 봉건도덕의 유물이라며 극단적으로 비판하는 사람도 있었다.

그러나 본래의 주자학은 사상으로서의 활력을 가지고 있었고, '경세제민(經世濟民)'의 정신도 가지고 있었다. 그 때문에 자기 자신을 어떻게 단련시킬 것인가, 사회인으로서 일상 사태에 어떻게 대처할 것인가 등등, 주자학의 교훈은 현대에도 참고가 되는 점이 적지 아니하다.

《근사록》은 이러한 주자학의 입문서로서 예부터 널리 읽혀 왔던 책이다.

송학(宋學), 즉 주자학은 주자에 의해 집대성되었는데, 주자 이전에 송학의 기초를 닦아 놓은 사상가가 이미 몇 사람이나 활약하고 있었다. 주염계(周濂溪), 정명도(程明道), 정이천(程伊川), 장횡거(張橫渠) 등등이다. 이 사람들의 가르침을 이어받아서 완성시켜 놓은 것이 주자학이라고 하는 큰 산맥이다. 《근사록》은 주자가 이들 네 사람의 선배들이 남겨 놓은 저술 속에서 특히 중요한 가르침을 골라 편찬한 것이다.

주자학은 방대한 체계를 이루고 있으므로 초심자로서는 가까이 하기가 어려운 측면이 있다. 그 점에서 볼 때 이《근사록》은 비교적 짧은 문장으로 이루어져 읽기 쉽기 때문에 주자학의 입문서로서는 안성맞춤이다. 따라서 아주 중시되었고 널리 읽혀졌던 것이다.

여기서는 가급적 어려운 이론은 피하고 사회인으로서 또는 리더로서 자기 자신을 어떻게 단련시켜 나갈 것이냐는 문제를 중심으로 하여, 현대에도 도움이 되는 실천적 지침을 예로 들어 보기로 한다. 이것이야말로 주자학이 가지고 있는 가장 중요한 테마이기 때문이다.

—— 배우지 않으면 늙어서 쇠해지고 만다

도대체 인간은 무엇 때문에 공부를 하고 학문을 닦는 것일까?

《논어》에,

"옛날에는 자기 자신을 위해 배웠고, 오늘날에는 남을 위해서 배운다."

라는 말이 있다. '옛날 사람은 자기 완성을 목적으로 한 학문을 했다. 그런데 오늘날에는 이름을 팔기 위해 학문을 하고 있다'란 의미일 것이다.

《근사록》에서는 《논어》의 이 말을 인용하고 다음과 같이 말하고 있다.

"옛날 사람들은 자기 자신을 위해서 배웠다. 학문을 자신이 터득하기를 원했던 것이다. 오늘날 배우는 사람은 남을 위해서 한다. 남에게 알려지기를 원해서이다."

즉 처음부터 이름을 팔 것을 목적으로 하는 학문은 사도(邪道)이다. 참된 학문이란 자기 자신을 향상시키는 것이어야 한다는 말이다.

이상적인 인간상을 '성인(聖人)'이라고 하는데, 이 '성인'의 레벨을 목표로 하여 자신을 단련시켜 나간다. 그러한 공부야말로 진짜 학문이라고 하는 것이다. 그러므로 여기서 말하는 학문이란, 단순히 지식을 위한 지식을 구하는 학문이 아니라, 밖으로는 통찰력을 높이고 안으로는 자기 자신을 단련시키기 위한 학문을 가리키고 있음은 두말할 나위도 없다.

그럼 그렇게 하기 위해서는 어떤 공부를 하는 것이 좋을까? 《근사록》은 이렇게 말하고 있다.

"학문하는 방법을 알고자 하거든 모름지기 글을 읽을 일이다. 글은 많이 읽을 것이 아니라, 그 요점만을 알면 된다. 많이 읽고서도 그 요점을 알지 못하면 그것은 서사(書肆)일 뿐이다."

먼저 책을 읽을 것, 그리고 책을 읽는 방법은 한 권의 책을 탐독해서 그 주의(主意)를 터득해야 한다.

이책 저책 산만하게 책을 읽어 나가면 마치 책방 주인과 다를 바가 없다는 것이다.

이렇게 말한 다음 다시 이런 말을 덧붙이고 있다.

"모름지기 성인의 말을 잘 음미해 보고, 이것을 마음속에 깊이 새긴다. 그렇게 한 뒤에 힘써 행하여 나가면 스스로 얻는 것이 있을 것이다."

'성인의 말'이란 널리 해석해서 '고전'이란 의미로 이해해도 좋다. '고전'이란 것은 선인의 지혜를 모아 놓은 결정과 같은 것이다. 오랜 역사의 풍설 속에서도 견디어 내며 살아 남은 책이므로 오늘날에 읽더라도 반드시 참고가 되는 점이 있다. 특히 중국의 고전은 현대에도 통용되는 실천적 교훈이 가득 실려 있다. 이런 것들을 숙독하고 음미하며 마음 바탕에 새겨두고 실행에 옮긴다면, 그 속에 쌓여 있는 깊고 깊은 의미가 자연히 터득되는 법이다.

물론 현대를 살아가기 위해서는 이 고전만 읽는 것만으로는 불충분할 것이다. 세상의 움직임이라든가 온 세계의 정세 등, 폭

넓은 정보를 모아들일 필요가 있다. 그러나 인간의 본질이라든가 인간관계의 기미(機微)란 점에서는 예나 지금이나 조금도 변한 것이 없다.

그럼 공부하는 마음가짐에 대해서 한 말을 두 가지만 더 들어 보기로 한다.

"보는 바와 기약하는 바가 멀고 커야 한다. 그러나 그것을 행하는 데는 자기 힘을 헤아려서 점차로 전진해야 한다. 뜻이 커서 마음이 수고롭고, 힘이 적어 책임이 무거우면 마침내 일을 망칠까 두렵다."

목표는 커야 하고, 먼 앞까지 내다볼 필요가 있다. 그러나 실행할 때는 자신의 역량을 고려하며, 한 발짝씩 착실하게 나아가지 않으면 안 된다. 실력도 없는데 처음부터 큰 목표를 세우면 결국은 계획조차도 엉망진창이 되고 만다.

등산할 때의 조난사고 등이 그 예의 하나이다. 해마다 반복되는 이 비극도 대개는 자신의 힘을 헤아리지 않고 무리한 계획을 세웠던 점에 그 원인이 있다. 공부하는 것도 마찬가지여서 큰 목표를 세우는 것은 좋지만, 그와 동시에 자신의 힘도 생각하면서 한걸음 한걸음 걸어 나가고 쌓아 나가는 일이 더욱 중요하다는 것이다.

또 한 가지의 조언에 다음과 같은 말이 있다.

"배우는 자는 뜻을 작게 하여 기(氣)를 가볍게 해서는 절대로 안 된다. 뜻이 작으면 곧 만족하기 쉽고, 만족하기 쉬우면 전진이 없게 마련이다. 기가 가벼우면 자기가 아직 모르는 것을 이미 안다고 하게 되고, 아직 배우지 않은 것을 이미 배웠다고 하게 된다.”

배우는 데는 경계하지 않으면 안 될 점이 있다. 그것은,

1. 뜻, 즉 목표를 처음부터 작게 세우는 것

2. 마음이 들떠 있어서 도중하차하는 것

이상 두 가지이다. 목표가 작으면 낮은 레벨에서 만족하여 그 이상의 진보가 어렵다. 도중하차하면 애써 해온 공부도 물거품이 되고 만다.

이 말들 역시 적절한 조언이요, 충고라고 해도 좋다.

《근사록》에는 ‘배우지 않으면 늙어서 쇠해지고 만다’란 말도 있다.

이 세상에는 현역에서 물러난 다음, 쉽게 늙고 정신이 쇠약해져 버리는 사람이 있다. 그 원인은 여러 가지가 있겠지만 그 중의 한 가지는 역시 배우려는 의욕을 잃었기 때문이 아닐까?

배우는 일에 끝이란 없다. 늙어 쇠해지지 않기 위해서도 배우는 의욕만은 잃지 말아야겠다.

—— 평소의 수양에 대하여

주자학의 요체가 ‘거경궁리’에 있다 함은 앞에서도 말한 바있다. 주자 자신도 ‘학문에 뜻을 둔 사람의 마음가짐으로는 오로지 거경과 궁리가 있을 뿐이다’라고 말했다.

이 두 가지 가운데서도 자기 수양, 즉 도덕성을 높이는 데 포인트가 되는 것은 ‘경(敬)’이란 글자 한 자라고 한다.

유학은 수신, 제가(齊家), 치국(治國), 평천하(平天下)를 목표로 하는데, 주자에 의하면 그 모든 것들이 이 ‘경’에 의해 보장되

지 않으면 안 된다는 것이다. 주자학에서는 이만큼 '경'을 중시하고 있다. 이 '경'이란 무엇인가? 앞에서 마음을 '집중전일(集中專一)'의 상태로 가지는 것이 기본이라고 말했는데 실은 그것뿐만이 아니다.

우선 주자의 말에 귀를 기울여 보자.

"경이란 가만히 앉아서 귀로는 아무것도 듣지 않고, 눈으로는 아무것도 보지 않으며, 마음으로는 아무것도 생각하지 않는 것, 그런 것을 가리키는 것은 아니다. 요는 신중히 생각하고 행동하여 자기 마음대로 경거망동하지 않음을 뜻함이다. 그렇게 하면 자연히 몸도 마음도 긴장되어 신중히 처신하게 된다. 언제나 그처럼 처신하면 인간으로서의 품격이 높아진다."

요컨대 '경'이란 마음의 내면만의 문제가 아니라 그것이 자연히 밖으로 드러나서 용모, 태도, 나아가서는 일상생활의 행동 등, 외면의 모든 것과 관계된다는 것이다. 거꾸로 말하면 '경'을 지키기 위해서는 그런 외면적인 조건들을 경시해서는 안 된다는 뜻도 된다.

《근사록》의 '근사(近思)', 즉 '가까이 생각한다'는 이 말은 《논어》에서 나왔는데, 이것은 본디 고원(高遠)한 이상에 치닫지만 말고 일상생활의 비근한 것을 중시하라는 의미이다. 책 이름 자체가 일상생활의 사소한 것, 신변 가까이에 있는 문제로부터 자기 자신을 단련해 나가라고 권하고 있는 셈이다.

다음에 이것과 관계되는 말을 두 가지만 소개해 본다.

"말을 삼가서 그 덕을 기르고, 음식을 조절해서 그 몸을 기른다. 행하기는 무척 쉬우면서도 여러 가지와 관계되는 것은, 말과 음식보다 더한 것이 없다."

언어와 음식은 우리의 신변에서 아주 가까운 것으로 중대한 의미를 가지고 있으므로 이를 능가하는 것이 없다. 그러므로 평소에 이 두 가지를 주의하여 함부로 지껄이거나 과식하는 일이 있어서는 안 된다는 것이다.

또 한 가지는,

"자기 몸을 벌주고, 자신을 책망하는 일은 있을 수 있다. 그러나 이 마음을 오래 가슴속에 묻어 두어 뉘우침이 있게 하지 말지니라."

이다. 무엇인가 과오를 범했으면 먼저 자신을 책망하라. 그러나 과오를 회개하면 되는 것이다. 언제까지나 그 일에 사로잡혀서 죄책감을 가지고 근심 걱정해서는 안 된다는 뜻이다.

이상 소개한 두 가지 말은 모두가 실천적인 어드바이스이다.

그런데 사회인으로서 또는 리더로서 보다 높은 레벨을 목표로 삼기 위해서는 그것에 어울리는 덕을 몸에 익혀야 할 필요가 있다. 그것에 대하여 《근사록》은 다음의 아홉 가지 덕을 열거하고 있다.

그 첫째는 '관이율(寬而栗)', 즉 관용하면서도 적당히 위엄을 갖추고 있어야 한다.

둘째는 '유이립(柔而立)', 즉 부드러우면서도 주장해야 할 것은 단호하게 주장할 것이다.

셋째는 '원이공(愿而恭)', 즉 가식이 없이 성실하면서도 조잡하게 흐르지 말 일이다.

넷째는 '난이경(亂而敬)', 즉 무엇이든 해낼 수 있는 능력을 가지고 있으면서도 자신의 분수를 항상 지킬 일이다.

다섯째는 '소이의(擾而毅)', 즉 온순하면서도 굳세야 한다.

여섯째는 '직이온(直而溫)', 즉 성격이 곧으면서도 남의 결점을 들추어 내지 않는 등 온화해야 한다.

일곱째는 '간이렴(簡而廉)', 즉 대범하면서도 포인트는 항상 잡고 있을 일이다.

여덟째는 '강이새(剛而塞)', 즉 무슨 일에든 적극적으로 대처하면서도 혈기를 내지는 않는다.

아홉째는 '강이의(疆而義)', 즉 신념을 가지고 행동하지만 그래도 사물의 근본은 알고 있어야 한다.

이상의 '아홉 가지 덕'에서 얻어지는 것은 밸런스가 잡힌 인간성이다. 미덕이라 하더라도 지나치거나 한쪽으로 치우치면 오히려 마이너스 요소가 된다. 적당하게 밸런스가 잡혀야 한다는 것이 이 '아홉 가지 덕'을 내세운 취지라 하겠다.

이 덕들을 몸에 익히려면 역시 평소의 노력과 수양이 중요하다.

그럼 그런 노력을 한 끝에 형성되는 이상적 인간상이란 어떤 것일까? '정명도(程明道)'를 평한 다음 말에서 그 일단을 알아보자.

"명도선생(明道先生)은 앉을 경우 이소인(泥塑人)과 같다. 사람을 접할 때는 모름지기 일단의 화기가 넘쳤다."

'이소인'이란 진흙으로 빚은 인형이다. 명도선생이란 사람은 앉아 있을 때는 진흙 인형처럼 단정했지만, 사람을 접할 때는 뭐라고 형언할 수 없을 만큼 상냥한 분위기를 자아냈다는 것이다. 수양을 많이 한 끝에 형성된 인간상이란, 예컨대 그와 같은 것인지도 모른다.

—— 사람 위에 서는 자의 마음가짐

《근사록》은 우리나라에서도 고려말 이후 많이 읽혔었다. 그 독자는 역시 사회의 지도적 입장에 있던 사람들이었다.

인격 형성의 교과서로서 읽혀졌던 이 《근사록》 속에서 사람 위에 서는 리더의 마음가짐에 참고가 되는 말을 몇 가지만 소개하겠다.

먼저 이런 말이 있다.

"무릇 사람 위에 서는 일은 쉽고 아래에 있기는 어렵다. 그러나 아래 있기에 능하면 또 아랫사람을 부리기도 능하다. 그 사정을 알고 있기 때문이다. 대체로 보아 사람을 쓰는 자는 자신의 경험을 살려 나가면 능하게 쓸 수 있다."

사람 위에 서서 아랫사람에게 명령하는 것은 오히려 쉽다. 어려운 것은 밑에 있으면서 윗사람을 섬기는 일이다. 그러나 윗사람을 잘 섬기지 못하면 윗자리에 앉았을 때 아랫사람을 잘 쓸 수가 없다. 왜냐하면 섬기는 쪽의 심리라든가 고충을 이해할 수 없기 때문이다. 일반적으로 말해서 사람을 쓰는 경우, 일찍이 남을 섬겨 본 경험이 있으면 잘 쓸 수 있게 된다. 대략 이런 의미이다.

사람 위에 서는 리더가 아랫사람들의 심리를 읽을 수 없다면 제대로 부릴 수 없는 것은 사실이다. 내 명령을 왜 듣지 않느냐며 화를 낸다면 그 사람은 리더로서 실격이다.

흔히 중견기업의 경영자 중에는, 그 아들이 대학교를 졸업하면 곧 자기 회사의 후계자로 기르려는 사람이 있다. 젊었을 때 후계자 교육을 시켜야겠다는 그 심정을 모르는 바 아니지만 이것은 좀 생각해 볼 필요가 있다. 역시 한 번쯤은 남의 회사에 근무토록 하여 다른 사람의 밑에서 섬기는 입장을 경험시키면 큰 도움이 될 것이다.

그야 어쨌든 사람 위에 서는 사람의 마음가짐으로서 다음과 같은 말은 어떨까?

"당세(當世)에 힘쓸 일이 세 가지 있다. 첫째로 입지(立志), 둘째로 임책(任責), 셋째로는 구현(求賢)이다."

'입지'란, 이 경우 큰 목표의 설정, 확고한 방침의 확립이라고 이해하면 되겠다.

단, 1년 계획의 근무량이라든가 목표 정도로는 여기서 말하는 '지(志)' 속에 포함시킬 수가 없다. 기업경영인 경우라면 경영이념을 분명히 설정하고 그것을 실행에 옮기는 것, 이것이 입지라는 뉘앙스에 가까울 것이다.

두 번째로 '임책(任責)'이란, 사원 한사람 한사람이 각각 자기 포지션에서 주어진 임무를 완성해 나가도록 노력하는 일이다. 이것이 사람 위에 서서 일하는 리더의 역할이라는 것이다.

셋째로는 '구현(求賢)'인데 이 말은 두 말할 것도 없이 인재의 발탁과 등용을 의미한다. 조직이란 것은 어느 시대에나 아랫사람들로부터 새로운 발상을 수렴해 나가지 않으면 조직 전체가 동맥경화에 걸리어 활력을 잃어 간다. 대담하게 인재 발탁을 기도하는 일이야말로 치열한 시대를 살아가고 살아 남는 비결인 것이다.

이상 세 가지는 리더로서 지켜야 할 가장 중요한 책무라고 했다. 현대에도 그대로 적용되는 날카로운 지적이라 하겠다.

리더의 마음가짐을 다른 측면에서 세 가지만 더 소개하기로 한다.

"일이란 시(時)가 약간 지난 때가 좋다. 그러나 너무 지나면 좋지 못하다. 너무 많이 때가 지나면 불가(不可)하다."

무슨 일을 하든 약간 시기가 지났다고 생각되는 때가 적기이며, 밸런스를 잡기가 쉽다. 단, 너무 시기가 지나면 안 된다.

적절한 시기를 택하는 지혜를 터득하는 일이야말로 성공에 빨리 접근하는 지름길인 것이다.

다음으로 주목해야 할 것은 이런 말이다.

"인심이 따르는 바는 대개 자신과 친한 사람의 말이다. 이는 인지상정으로서 사랑하면 그 말이 옳게 들리고, 미워하면 그 말이 그르게 들린다. 그러므로 처자가 하는 말은 비록 옳지 않아도 따르며 미워하는 자의 말은 비록 맞더라도 따르지 않는다. 이렇게 하면 사정(私情)에 이끌리어 정리(正理)에 맞지 않게 된다."

인간의 판단은 상대에 대한 호불호(好不好)에 의해 좌우된다. 그러므로 사랑하는 처자가 하는 말은 가령 틀리고 어긋나는 말일지라도 이를 받아들이게 되고, 싫어하는 상대방이 하는 말은 가령 진실과 바른 말이더라도 받아들이려고 하지를 않는다. 이처럼 사정이 섞여 있으면 올바른 판단을 형성해 나갈 수가 없다는 것이다.

인간의 감정에는 좋은 것과 싫은 것이 따르게 마련이지만, 그러나 부하에 대해서는 극력 그것을 억제하지 않으면 안 된다. 그렇게 하지 않으면 잘못되고 그릇된 판단을 내리고 만다. 이것 또한 위에 서는 사람, 곧 리더로서는 중요한 마음가짐인 것이다.

마지막으로 정명도에 관한 일화를 한 토막 소개하겠다.

어느 때 그는 바쁘다고 중얼거리며 항상 이리 뛰고 저리 뛰는 사람을 보고,

"왜 그렇게 서두르고 다니오?"

라고 물었다. 상대방은,

"예, 몇 가지 문제를 처리해야 하거든요. 그래서 이처럼 바쁘게 돌아다닌답니다."

라고 대답하였다. 그러자 정명도 선생은 이렇게 말했다고 한다.

"나도 많은 일을 하고 있소. 그러나 그렇게 바쁘다는 생각을 해본 적은 한 번도 없었소이다."

위에서 일하는 리더는 사방팔방 여러 가지 일에 세세한 신경을 경주하지 않으면 안 된다. 그러나 초조하게 서두르지 않으면서 유유히 대처해 나가는 마음가짐이 바람직하다. 정명도 선생의 일화는 이것을 뒷받침해 주고 있다.

—— 자신의 나약함을 자각한다

인간은 나약한 존재이다. 그처럼 나약하기 때문에 실패와 실수를 범하고 만다. 인간이 범하는 실패와 실수의 대부분은 인간의 본질적인 나약함에 그 원인이 있다고 보아도 좋다.

뒤집어 말하면, 자칫 범하기 쉬운 과오를 줄이기 위해서는, 그

런 나약한 존재임을 자각하고 항상 그것을 검증해 나가는 노력이
바람직하다. 즉, 어디에 체크 포인트가 있는지, 그것을 알기만 해
도 과오를 훨씬 줄일 수 있다는 말이다.

《근사록》은 그러기 위한 체크 포인트를 몇 가지 열거하고 있
는데, 그 속에서 중요한 것들을 소개해 보겠다.

먼저,

"임금이 위망(危亡)을 재촉하는 길의 한 가지는 예(豫)에 치
우치는 경우가 제일 많다."

군주가 그 몸을 망치고 나라를 멸망시키는 원인은 몇 가지가
있겠는데 그 중에서 제일 많은 것은 '예(豫)', 즉 즐기는 데 빠져
드는 일이라고 했다. 일반적으로 보아서 인생에는 각각 경우에
따른 즐거움이 있어야 한다. 즐거움이 없어서야 무슨 인생이겠느
냐는 말도 있을 정도이다.

그러나 즐기는 것만 추구하는 인생, 그 인생도 결국은 허무를
느끼게 된다. 일거리가 있기에 즐거움이 있다고 하는 사람도 많
다. 이것이 훨씬 이상적인 모습이다.

리더의 경우는 더더욱 그러하다. 개인적인 즐거움을 앞세운다
면 그 조직은 금방 쓰러지고 말 것이다. 즐기더라도 스스로 일정
한 한계를 정해야 할 것이다. 그것을 강조한 말이 바로 위에서
든 말이다.

또 약간 길기는 하지만 다음과 같은 말도 음미해 볼 필요가
있다.

"성인은 반드시 성(盛)할 때에 경계한다. 이 성한 때에 경계할
줄 모르면 안부(安富)하게 되었을 때는 교사(驕侈)하게 된다.

서사(舒肆)를 즐길 때는 금방 기강(紀綱)이 무너진다. 화란(禍亂)을 잊을 때는 곧 교만이 싹튼다. 이처럼 침음(浸淫)하므로 난(亂)에 이르는 것을 모르게 된다."

성인이란 모든 일이 순조롭게 돌아갈 때일수록 한층 더 긴장해가며 하는 일에 임한다. 일이 잘되어 간다고 해서 긴장을 풀고 당면한 안락에 젖어들게 되면, 금방 교만한 마음이 생기게 된다. 마음속에 긴장감이 없어지면 조직은 붕괴된다.

장래에 대비하는 마음을 잃게 되면 어느 사이엔가 실패와 실수가 싹트고 자라난다. 이런 일은 자신도 모르는 사이에 스며들게 되므로, 자신이 깨달았을 때는 이미 시기를 잃고 만다. 대략 이런 의미일 것이다.

이것 역시 실패와 실수하는 사람에게서 공통적으로 볼 수 있는 원인이며 그것은 예나 지금이나 변함이 없다. 실패와 실수를 면하고 싶으면, 일이 잘 풀려 나가는 전성기에 한층 더 신중한 경영을 할 일이다.

특히 변화가 격심한 현대에는 한순간도 긴장을 풀 수가 없다. 이 정도야 괜찮겠지 하며 조금이라도 해이해지는 마음이 생기면 금방 뒷덜미를 잡히게 될 것이다.

그럼 다음에는 이런 말을 보도록 하자.

"비록 순(舜)과 같은 성현이라 하더라도 '교언영색(巧言令色)'을 두려워했다. 설득해 오는 자에게 미혹당하지 않고 그것을 받아들이지 말아야 하는데 그것은 결코 쉬운 일이 아니다."

'교언영색(巧言令色) 선의인(鮮矣仁)'이란 말은 《논어》에 있는 유명한 말인데 그 뜻은 '그럴 듯한 변설, 번지르르한 대응일수록 인(仁)에서는 멀다'라는 말이다. 이 '교언영색'은 순과 같은 성인도 두려워했었다는 것이다. 왜냐하면 그런 이야기는 듣지 않겠다, 혹은 그런 놈은 가까이 하지 못하게 하겠다고 경계하면서도, 결국에는 귀를 기울이고 가까이 하고 말게 되기 때문이다.

그리고 이 '교언영색'하는 자의 말을 받아들이어 자신의 판단을 그르치는 일도 있을 수 있다. 순과 같은 성인까지도 이처럼 경계했던 일이니만큼, 우리와 같은 범인들은 더더욱 경계해야 하지 않겠는가.

그럼 다음 말을 또 알아보자.

"인간, 욕(欲)이 있으면 곧 강(剛)이 없어지고, 강(剛)이 없으면 곧 욕(欲)에 굴(屈)하게 된다."

'강'이란 어디까지나 자기 자신의 신념을 관철시키는 의연한 태도를 가리킴이다. 사람들 위에 서는 리더는 그런 면도 필요하게 마련인데 이것을 흐트러 놓는 것은 인간의 욕심이라고 말했다. 욕심이 싹터 오면 아무래도 비굴해지며, 자신의 신념을 관철시킬 수가 없다. 그렇게 되면 리더로서 실격이라고 해도 할 말이 없겠다.

인간의 욕망은, 한편으로 보면 생활을 향상시키고 사회의 진보를 촉진시키는 원동력이 된다. 그런 점에서는 반드시 부정할 일만은 아니지만 지나치게 욕심으로 기울면 그릇된 길로 빠지게 되며, 자기 자신을 잃어버리고 만다. 욕망의 추구는 '강'을 잃지 않는 범위에서 머무는 편이 좋다 하겠다.

마지막으로 이 말도 상고해 보자.

"천하에 비록 공(公)된 일이라 하더라도 만약 사의(私意)를 가지고 그 일을 한다면 이는 곧 사사(私事)이다.”

공사(公事)라 하더라도 그 속에 조금이라도 사(私)가 있으면 그것은 이미 공사가 아닌 사사가 되고 만다는 것이다. 사람 위에 서서 일하는 리더는 이런 일에 엄격한 자계(自戒)를 할 필요가 있다는 말이다.

—— 실의에 빠졌을 때도 태연하게……

매일같이 하고 있는 일을 어떻게 처리할 것인가? 일상생활을 어떻게 해나갈 것인가? 혹은 인간관계에 어떻게 대처할 것인가? 이런 일들은 모두 우리에게 있어 절실한 문제들이다. 《근사록》은 이처럼 우리 신변에 가까이 있는 문제들을 중시하면서 몇 가지 중요한 명언을 써놓고 있다.

그 일단을 소개해 보겠다. 먼저 이런 말이 있다.

“무릇 이심(利心)은 불가(不可)하다. 어떤 일을 해나감에 있어 자가온편(自家穩便)을 찾고자 하는 것은 모두 이심(利心)이다.”

‘이심’이란 자기 이익과 자기 처지만 생각함을 가리킨다. 즉 사리사욕에 빠지는 것인데, 어떤 일을 할 때에 이 ‘이심’이 있어서는 안 된다고 말했다.

현대의 정치가에게 들으라는 말인데 그러나 이 ‘이심’을 버려야 하는 것은 비단 정치가뿐만이 아니다. 기업에서도, 어느 정도의 규모에 달하게 되면 이미 사기업이 아니라 사회의 공기(公器)로서의 성격을 띠게 된다. 그렇게 되면 이익이 생긴다고 해서 무슨 짓이든 해도 좋다는 생각을 해서는 안 된다.

일반적으로 톱(Top)이라든가 리더는 자기 희생이 요구되는 입장, 말하자면 괴로운 입장에 서게 마련이다. 그 사람에게 다소라도 '이심'이 있는 것처럼 보이면, '저 정도의 사람이던가?'라며 여러 자리에 있는 사람들은 그를 지지하지 않게 될 것이다. 이런 기미(機微)를 톱이나 리더들은 마음속에 새기고 있어야 한다.

그런데 인간의 출처진퇴에서 제일 어려운 것은, 불우해진 때에 어떻게 대처하느냐라는 문제이다. 그런 때 대처하는 방법을 보고 그 인물의 기량을 점칠 수도 있다.

《근사록》은 이렇게 말한다.

"군자는 때를 기다리고 안정된 때에 스스로를 지킨다. 비록 뜻을 품고 기다리다가 그대로 끝이 나도 하는 수 없지 않은가."

꾹 참고 때를 기다리라는 것이다. 기다리다가 끝이 나는 한이 있더라도, 그래서 불우한 상태로 끝나더라도 하는 수 없다는 심경으로 기다리라는 것이다.

또 《근사록》에서는 이렇게도 말하고 있다.

"아랫자리에 있다가 비로소 승진한다. 그러나 승진하자마자 윗사람에게 능력을 인정받을 수는 없다. 만약 윗사람에게 그 능력을 인정받지 못한다 하더라도 태연히 자신을 지키라. 옹용관유(雍容寬裕)하며 윗사람의 인정을 받기 위해 서두르지 말라."

기다린 보람이 있어서 윗자리에 발탁되었다고 하자. 그러나 처음에는 여간해서 윗사람의 신뢰를 받기란 어려운 일이다. 그런 때는 역시 꾹 참고 서서히 신뢰받기까지 기다리는 것이 좋다. 초조하게 생각하고 공을 세우고자 서두르는 일이 없도록 하라는 말이다.

오늘날의 상황으로 볼 때는 좀 지루하게 느껴질는지도 모르겠으나, 경거망동하는 것보다는 이렇게 살아가는 편이 장차 크게 성장할 가능성이 있을는지도 모른다.

인생에는 골짜기가 있고 산이 있다. 실의에 빠지는 때도 있겠고 득의만면하는 때도 있다. 이러한 .인생에 대처하는 마음가짐으로서 '실의태연(失意泰然), 득의담연(得意澹然)'이란 말이 있다. 실의에 빠졌을 때는 꾹 참고 있으면서 움직이지 않는다. 또 득의했을 때는 그것을 자랑하는 일 없이 담담하게 대처한다. 그처럼 달관한 태도를 가지고 살아가라는 말이다.

《근사록》에서도 이와 비슷한 말을 하고 있다.

"사람은 환난에 처했을 때 꼭 한 가지 취해야 할 조치가 있다. 여러 모로 수단을 강구하는 것이다. 그리고는 모름지기 태연하게 대처할 뿐이다."

역경이라든가 핀치에 몰려 있을 때는 팔방으로 수단을 써서 대책을 강구한다. 대책을 썼으면 그 다음에는 태연하게 그 결과를 기다리라는 것이다. 흔히들 '진인사대천명(盡人事待天命)'이라고 하는데 이것과 꼭같은 생각이다.

사람이 최선을 다한 다음에는 천명(天命), 즉 하늘의 뜻을 기다리라는 뜻이다. 최선을 다하지도 않고 역경에서 벗어나기를 바라는 것도 문제이지만, 최선을 다한 다음에도 자꾸 걱정 근심만 하는 것도 문제이다. 최선을 다한 다음에는 하늘에 맡길 줄 아는 여유와, 미련을 깨끗이 버리는 마음 자세가 있어야겠다.

그럼 끝으로 한 가지만 더 인용하기로 하겠다.

"현자(賢者)는 이치에 따라 순종하여 편안하게 행하고, 지자

(智者)는 기미(機微)를 알아서 굳게 지킨다.”

현자는 올바른 도리를 따라서 살아가는 까닭에 실의에 빠졌을 때도, 득의한 때도 언제나 담담한 심경으로 대처한다. 한편 지자는 머지않아 일어나려는 움직임의 조짐을 찰지하여 적절한 대책을 강구하는 까닭에 그 몸을 망치는 일이 없다는 것이다.

가급적이면 우리도 이 현자나 지자와 같이 ‘명철보신술’을 몸에 익혔으면 한다. 그러기 위해서는 평소부터 자기 자신을 단련시키고 연마해 나가는 데 게을러서는 안 된다.

《근사록》에 대하여

송대(宋代)에 흥륭했던 신유학(新儒學)은 남송(南宋)의 사상가인 주자(朱子 : 이름은 熹)에 의해 집대성되었다 하여 주자학이라 불리게 되었다. 주자학은 훈고주석(訓詁注釋)으로 흐르고 있던, 종래의 유학이 지니고 있던 면목을 일신하여, 우주의 근본원리로부터 개인의 수양을 포함한 아주 장대한 철학 체계를 만들어 냈는데 초학자에게는 아주 난해하였다.

그래서 주자가 친구인 여조겸(呂祖謙)의 협력을 얻어 주자학의 기초를 만들었던 선배들, 즉 주염계(周濂溪), 정명도(程明道), 정이천(程伊川), 장횡거(張橫渠) 등의 저서 속에서 그 에센스를 발췌, 편집한 것이 《근사록》이다. 도체(道體), 위학(爲學), 치지(致知), 존양(存養), 극기(克己), 가도(家道), 출처(出處), 치체(治體), 치법(治法), 정사(政事), 교학(敎學), 경계(警戒), 변이단(辯異端), 관성현(觀聖賢)의 14편으로 이루어져 있으며, 622개의 짧은 문장이 수록

182

되어 있다.

여기에는 주자학의 골격이 체계있게 수록되어 있으므로 예로부터 주자학의 입문서로서 널리 읽혀져 왔다.

《근사록》의 어록(語錄)

- 보는 바와 기약하는 바가 멀고 커야 한다. 그러나 그것을 행하는 데는 또한 자기 힘을 헤아려서 점차로 전진해야 한다. 〈爲學篇〉
- 배우지 않으면 늙어서 쇠(衰)해지고 만다. 〈爲學篇〉
- 배우는 자는 뜻을 작게 하여 기(氣)를 가볍게 해서는 절대로 안 된다. 뜻이 작으면 곧 만족하기 쉽고, 만족하기 쉬우면 전진(前進)할 수 없게 마련이다. 〈致知篇〉
- 말을 삼가서 그 덕(德)을 기르고, 음식을 조절해서 그 몸을 기른다. 〈存養篇〉
- 현자는 이치에 순종하여 편안하게 행하고, 지자(智者)는 기미를 알아서 굳게 지킨다. 〈出處篇〉
- 사람이 환난에 처했을 때 꼭 한 가지 취해야 할 조처가 있다. 여러 모로 수단을 강구하는 것이다. 그리고는 모름지기 태연하게 대처할 뿐이다. 〈出處篇〉

전습록(傳習錄)

—— 양명학(陽明學)과 《전습록(傳習錄)》

양명학에 관심을 가진 사람이라면 《전습록(傳習錄)》을 모르는 사람이 없을 것이다. 이 《전습록》은 예부터 양명학의 입문서로 널리 알려졌다. 그러므로 《전습록》하면 양명학, 양명학 하면 우선 《전습록》을 생각할 만큼 밀접한 불가분의 관계를 가지고 있었다. 그러므로 《전습록》에 대해서 말할 때에는 양명학을 설명하지 않을 수 없다.

여기서도 먼저 《전습록》을 통하여 양명학이란 어떤 사상인지를 간단히 소개하기로 하겠다.

양명학을 처음 제창한 사람은 지금으로부터 5백 년쯤 전, 명(明)나라 시대에 활약했던 왕양명(王陽明 : 王守仁)이다. 당시 전성기를 맞고 있었던 학문은 《근사록(近思錄)》의 편(篇)에서 소개한 바 있는 주자학(朱子學)이다.

왕양명도 처음에는 이 주자학을 배웠는데 차츰 이 주자학에 의문을 가지게 되었고, 마침내는 주자학에 반기를 들더니 양명학을 제창하기에 이르렀다.

주자학이든 양명학이든 그 뿌리는 유교에서 나온 것이니 목표하는 바는 '수기치인(修己治人)', 즉 자신을 수양하여 남(백성)을 다스린다는 점으로 귀결된다. 다만 그 '수기치인'에 이르는 방법이 약간 다르다.

양자의 상위점을 살펴보면, 본디 그 발단은 '격물치지(格物致知)'라는 기본적인 방법론의 차이에서 발생되고 있다. 주자학은 '성즉리(性卽理)'라는 테제를 주창했다. 즉 '이(理)'란 인간의 마음에 있을 뿐 아니라 외계의 모든 사물에 관통하고 있는 것으로 생각하고 '격물', 즉 물(物)에 이름으로써[格], 그들 '이(理)'를 알아내며[窮], 지(知)를 완성시키지 않으면 안 된다고 했고, 그것만이 인간 형성의 도(道)라고 설파했던 것이다.

그런데 왕양명은 주자학의 이런 해석을 납득할 수 없었던 듯하다.

"주자는 '격물'을 풀이하여 천하 모든 물(物)에 이를 수 있다고[格] 했는데, 도대체 천하 모든 물(物)에 어떻게 이를 수가 있단 말인가? 그런데다가 한 그루의 나무, 한 포기의 풀에도 모두 '이(理)'가 있다고 했으니, 그 물(物)에 이르기란[格] 점점 더 어려워지는 것이 아니겠는가?"
라며 의문을 제시했다.

왕양명의 참모습을 전해 주는 에피소드에 다음과 같은 이야기가 있다.

젊은 시절, 그는 친구와 둘이서 앞뜰에 있는 대나무를 격물코자 하였다. 주자의 '격물치지' 설을 실천하여 대나무의 '이(理)'를 알아내려[窮] 했던 것이다. 그 결과 친구는 사흘 만에 노이로제에 걸렸으며, 왕양명 자신도 7일 만에 병석에 누워 버렸다. 그들은 '성인 이란 되고자 해서 되는 것이 아니다'라며 쓴웃음을 지었다고 한다.

넌센스 같은 이야기인데 그만큼 젊은 날의 왕양명은 이 '격물치지'의 해석을 둘러싸고 고심했었다. 그 고심은 오랫동안 풀리지 않았던 듯하다. 그가 겨우 깨달음을 얻어, 이 주자학에서 초월한 것은 37세 때의 일이라고 전해진다.

그 깨달음이야말로 '심즉리(心卽理)'로 불리는 유명한 테제이다. 왕양명의 말을 빌리면 '마음은 곧 이(理)이다. 천하 또는 심외(心外)의 사(事), 심외의 이(理)는 없다'는 것이 된다.

마음이야말로 '이(理)'이며, 이 마음말고 달리 '이(理)'는 존재할 수 없다는 것이다. 즉, '격물'의 주체는 어디까지나 마음이라고 했던 것이다.

그리고 왕양명은 가지고 태어난 마음의 본체를 '양지(良知)'라고 이름 붙였고, 이 '양지'를 십분 발휘할 수 있는 것이 곧 '치지(致知)'와 같다고 주장했다. 그의 말에 귀를 기울여 보자.

"내가 말하는 '격물치지'란 자기 마음의 양지(良知)를 사사물물(事事物物)에 이르도록 하는 일이다. 자신이 마음의 양지를 사사물물에 이르도록 하면, 사사물물 모두가 '이'를 얻게 된다. 자기 마음의 양지를 사사물물에 이르게 하는 것이 '치지'이며 사사물물 모두가 그 '이'를 얻는 것이 '격물'이다."

즉, 인간의 마음인 '양지'에 절대적인 권위를 인정하고 '치지'란 만물의 이를 알아내는 것이 아니라, 각기 가지고 있는 '양지'를 충분히 발현시키는 것이라고 주장했던 것이다.

알기 쉽게 말한다면 주자학이 짐짓 점잔을 빼는 듯한 얼굴로 만물의 '이'를 알아내려고 애쓰는 것에 비하여, 양명학은 무엇보다도 주체적인 입장을 중시한다. 이것이 양명학이 가지는 첫번째의 특징이다.

그리고 여기에서 곧바로 두 번째의 특징이 도출된다. 다름 아닌 '지행합일(知行合一)'이라는 테제이다. 왕양명의 말을 빌리면,

"이제까지 알고서 행하지 않는 자는 없다. 알고서 행하지 않는 자는 다만 아직도 알지 못하기 때문이다."

라는 것이다.

여기서 행동으로 옮기기 어려운 열기(熱氣) 같은 것이 생겨난다. 이것이 양명학이 지니는 제2의 특징이다.

이러한 사상을 정리해 놓은 것이 《전습록》인 것이다. 단, 이 책은 왕양명이 그때그때 한 말이라든가 편지 등을 모아 놓은 것으로서 양명학을 체계적으로 이해하는 데는 적합하다고 말할 수가 없다. 그러나 그 반면, 왕양명 자신의 육성을 듣고 있는 것 같은 점이 큰 매력이라고 할 수 있겠다. 예로부터 양명학의 입문서로 널리 읽혀져 온 것은 그런 이유에서일 것이다.

양명학에 대하여 다음에 구체적인 측면을 다루면서, 현대에도 통하는 행동 지침과 같은 것을 알아보기로 하자.

—— '지행합일(知行合一)'에 대하여

행동이 따르지 않는 발언은 단지 잔소리에 지나지 않는다고 해도 할 말이 없다. 그러나 세상에는 언행이 일치되지 않는 예가 실로 많이 있다.

구태여 정치가의 예를 들 것까지도 없다. 예를 들자면, 짐짓 점잖은 표정으로 윤리 도덕을 강의하는 대학 교수라든가 평론가

가 뜻밖에도 지저분한 생활을 하고 있다든가, 사회주의를 부르짖는 학자가 호화 저택에 살면서 고급 승용차를 몰고 다니는 예는 적지 않다.

사상은 그것이 사상으로서의 가치가 있는 한, 본래 행동이나 실천으로 옮기기 어려운 욕구를 지니고 있는 법이다. 하지만 행동과 실천이 따르지 않는 사상 또한 그저 잔소리에 지나지 않는 것이라 해도 좋을 것이다.

그러나 이 양명학만큼 행동과 실천에 옮기기 어려운 욕구를 지니고 있는 사상도 없다. 그것을 대변하고 있는 것이 '지행합일', 아는 것과 행하는 것은 원래 하나라고 한 테제이다.

왕양명은 이렇게 말하고 있다.

"지(知)는 곧 행(行)의 시작이고, 행(行)은 곧 지(知)의 이룸[成]이다. 만약 터득하고 있을 때는, 단 한 가지의 지(知)를 말하더라도 스스로 행함이 있어야 할 것이며, 단 한 가지의 행동을 하는 것은 이미 지(知)가 있기 때문이다."

안다는 것은 행한다는 것의 시작이며, 행한다는 것은 아는 것의 완성이다. 따라서 아는 것은 이미 행할 것을 예정하고 있으며, 이미 알고 있는 것을 전제로 하여 성립되는 것이라고 설명하고 있다.

알기 쉽게 말하면 음식물의 맛이 좋고 나쁘다는 것에 대해서도, 자기 자신이 직접 맛을 보지 않고는 그 참맛을 알 수 없다는 뜻이리라.

왕양명은 또 이렇게 말하고 있다.

"진지(眞知)는 곧 행함을 나타내는 것이다. 행함이 없으면 이를 안다고 할 수 없다."

진짜로 안다는 것은 행동의 계기를 포함하고 있다. 행동이 따르지 않는다면 이를 안다고 할 수 없다는 주장이다.

또 어느 때 왕양명은 제자들의 질문에 다음과 같이 대답했다고 한다.

"아름다운 색깔을 보는 것은 지(知)에 속하고 그것을 좋아하는 것은 행(行)에 속한다. 그러나 아름다운 색깔을 보는 순간 이미 그것을 좋아하게 되었을 경우, 그것을 본 연후에 다시 마음이 움직여서 좋아지게 된 것은 아니다. 싫은 냄새를 맡는 것은 지(知)에 속하고 그것을 싫어하게 되는 것은 행(行)에 속한다. 그러나 싫어하는 냄새를 맡는 순간 이미 그것을 싫어하는 것이지, 맡은 다음 새로이 다른 마음이 생겨서 그것을 싫어하게 되는 것은 아니다.

효도를 한다는 것도 이와 마찬가지이다. 이미 그것을 실행하고 있을 때야말로 비로소 알고 있다[知] 할 수 있는 것이다. 효도에 대해서 그럴 듯한 말을 지껄인다고 해서 효도를 알고 있다 할 수는 없다.

이와 마찬가지로 아픔을 안다는 것도 자신이 체험함으로써 비로소 알 수가 있다. 또 추위를 알게 되는 것도, 배고픔을 아는 것도 스스로 그것을 체험했을 때 비로소 알게 된다. 어찌하여 지(知)와 행(行)을 나눌 수 있단 말인가? 이것이 지(知)와 행(行)의 본모습이며, 멋대로 분단할 수 없는 이유이다.

성인의 가르침이란 반드시 이처럼 지(知)와 행(行)의 합일을 요구하고 있다. 그렇게 되어야만 비로소 지(知)라고 부를 가치가 있는 것이다. 그렇지 못하면 지(知)라고 할 수 없다.

그리고 그것을 목표로 삼는 일은 극히 절실하며 실제적인 과제(課題)이기도 하다.”

이상이 양명학에서 제창된 ‘지행합일’의 설이려니와 요컨대 그것은 지(知)와 행(行)의 분열은 본디부터 있어서는 안 된다는 입장인 것이다. 그리고 거기에서 양명학 특유의 행동에 대한 열기가 생겨난다. 이것은 현대를 살아가는 우리에게 있어서도 심각한 과제인 것이다.

현대에 범람하고 있는 것은 행동이 따르지 않는 지식이며, 그런즉 그저 잔소리에 불과하다. 잔소리로 허비할 시간이 있으면 현실적으로 살을 에는 것 같은 도전을 해보라. 실패하거든 그 원인을 구명하고 다시 시도해 보면 된다. 왕양명의 주장이 아직도 바래지 않은 색깔로 남아 있는 이유가 바로 그것이다.

단, 아무리 행동을 중시한다 하더라도 지식의 뒷받침이 없는 행동은 맹동(盲動)에 지나지 않는다. 행동에 옮기는 데는 충분한 정보를 모으고, 명석한 사려분별을 한 연후에 옮길 필요가 있다.

이렇게 볼 때 ‘지행합일’의 교훈은 현대를 살아가는 우리에게도 아직 크게 유효한 교훈이다.

—— 인간 형성의 네 가지 지침

인간 형성이란 점에 대해서 말한다면 주자학이든 양명학이든 그 목적은 모두 사회에 유용한 인간으로 만든다는 점에 있다. 단, 양명학은 주자학과 달라서 정신의 연소(燃燒)와 행동에 대한 열기를 가지고 있다는 점에 큰 특징이 있다.

190

그럼 유용한 인간이 되려면 어떤 행동, 어떤 실천으로 자기 자신을 단련시켜 나가야 하는 것일까?

이 점에 대해서 왕양명은 네 가지를 거론하고 있다.

첫째는 '입지(立志)', 즉 뜻을 세울 일이다. '뜻'이란 목표를 설정하고 그것을 실천하려는 의욕, 이 두 가지 측면을 포함하고 있다.

왕양명은 다음과 같이 말한다.

"입지하지 않으면 천하에 이루는 일이 없다. 백공(百工)의 기예(技藝)라 하더라도 뜻을 세운 후의 기예이다."

먼저 뜻을 세우지 아니하면 이 세상의 어떤 일이든 성공할 수가 없다. 여러 가지의 기술이라든가 예능이라도 먼저 뜻을 세우는 일이 기초가 되는 법이라고 했다.

또 이런 말도 하고 있다.

"뜻을 세우지 않으면 키 없는 배, 재갈 물리지 않은 말[馬]과 같다. 표탕분일(漂蕩奔逸)하여 어디로 갈 것인지를 모르는 법이다."

뜻을 세우지 않는다는 것은 키가 없는 배와 재갈을 물리지 아니한 말과 같은 것이다. 파도에 휘말리거나 제멋대로 달리거나 해서 어디를 향해 가는지 예견치 못한다는 것이다.

확고한 목표를 설정하고 그 목표를 끈질기게 실천하고자 하는 의욕이 없으면 아무 일도 성취시킬 수가 없다. 그렇게 되면 그 귀중한 인생이 아무 의미 없이 취생몽사로 끝날 것은 명약관화하다.

그러므로 사회에 유용한 인간이 되기 위해서는 먼저 뜻을 세우는 일이 첫째 조건인데, 뜻을 세우는 것만으로는 아직 불충분하다. 그 다음으로 바람직한 것이라면서 왕양명은 '근학(勤學)', 즉 학문에 힘쓸 것을 들고 있다.

"무릇 뜻을 세워 군자가 되려고 하면 스스로 학문에 종사하라. 학문에 열중하면 반드시 그 뜻을 이룰 수 있다."

단, 학문이라 하더라도 단순한 지식의 습득을 위해서 하는 학문이어서는 안 된다. 왕양명이 말하고 있는 것은, 자신의 인격을 향상시키는 데 도움이 되는 학문이다. 그 증거로 그는 이렇게 말하고 있다.

"겸허한 태도로 자신의 무능을 자각하고 열심으로 학문에 힘쓰고, 남의 장점을 칭찬해주며 자기의 결점을 시정한다. 그리고 성실하고 부드러우며 표리(表裏)가 없게 행동하는 인물은, 그 천성이 비록 어리석다 하더라도 주변 사람들로부터 경모(敬慕)받게 될 것이다. 그러한 인물은 자기 스스로 사람들 위에 서려고 하지 않더라도 사람들의 경의(敬意)를 모을 것임에 틀림없다. 이렇게 생각해 볼 때 학문에 의해 무엇을 배울 것인지는 자연히 깨닫게 될 것이다."

이 글을 보면 왕양명이 권하고 있는 학문은 오늘날 학교에서 가르치고 있는 학문과는 상당한 거리가 있는 것처럼 생각된다.

그럼 세 번째는 무엇인가? '개과(改過)', 즉 과오를 고쳐 나가는 일이다. 왕양명은 이렇게 말한다.

"과오는 대현(大賢)도 면치 못한다. 그러나 대현이 대현다움은 그 과오를 능히 고쳐 나가는 데에 있다. 그러므로 과오가 없는 것을 귀히 여기는 것이 아니라, 과오를 능히 고쳐 나가는 것을 귀히 여긴다."

현자(賢者)라 하더라도 과오를 범하는 일이 있다. 그러나 현자
가 현자다움은 스스로 범한 과오를 고쳐 나가는 데에 있다. 그러
므로 중요한 것은 과오를 범치 않는 것이 아니라, 범한 과오를
고쳐 나가는 데에 있다고 하는 것이다.

물론 과오는 범하지 않는 것보다 더 좋은 것이 없다. 그러나
인간인 이상 누구든 과오는 범하게 마련이다. 문제는 그 후의 처
리를 어떻게 하느냐에 달려 있다.

잘못임을 깨달았으면 솔직히 시인하고 고친다. 이런 태도가 있
음으로 해서 인간은 인간으로서의 진보와 향상을 기대할 수 있는
법이다. 공자(孔子)도 《논어》에서,

"잘못을 저질렀으면 즉시 꺼리지 말고 고치라(過則勿憚改)".
라고 권한 바 있다. 왕양명도 이와 꼭같은 말을 했는데, 그는 다
시 다음과 같은 말을 반복하고 있다.

"뒤늦게 과오를 고쳐 보았자 남들은 신용하지 않을 것이라며
과오를 고치려고 하지 않는 사람이 있는데, 그런 인간에게는
작은 기대조차 가질 수가 없다."

남들이 상대해 주지 않을 것이라고 단정하는 자가 있겠지만,
그렇게 되지 않기 위해서도 스스로의 과오에는 엄격하게 대처해
야 한다.

마지막으로 네 번째는 '책선(責善)', 즉 선을 구할 일이다.

인간은 어차피 혼자서는 살아갈 수가 없다. 무슨 일을 하든 동
료를 필요로 한다. 인간 형성을 도모함에 있어서도 좋은 친구가
있어서 상호 절차탁마(切磋琢磨)하면 그만큼 효과도 오른다. '책

선'이란 그런 친구들에 관하여 가지는 마음가짐을 지적한 말인데, 왕양명 자신의 발언은 대략 다음과 같은 것이다.

"만약 친구에게 선하지 못한 점이 있거든 자진해서 충고해 준다. 그러나 동정과 사랑을 떠난 질책과 매도는 삼가야 한다. 자신에게는 엄하되 남에게는 관용해야 할 것이다. 그러나 남으로부터는 아무리 엄한 비판을 받더라도 그것을 귀담아 듣는 자세, 그런 여유 있는 자세가 바람직하다. 그런 의미에서 책선은 남보다도 앞서 자기 자신으로부터 시작하지 않으면 안 된다."

또 이런 말도 하고 있다.

"무릇 남의 단점을 파헤치고 남의 음사(陰私)를 공발(攻發)하여 이로써 자기만 바르다고 하는 것은 모두 책선이 아니다."

상대방의 단점이라든가 숨기고 있는 비밀을 폭로하고 자기 자신만이 올바르다고 으스대는 것은 선을 구하는 일이 아니란 것이다.

이상 말한 입지, 근학, 개과, 책선의 네 가지가 자신을 단련하기 위한 출발점이라고 왕양명은 말한다. 행동의 지침으로서 현대에도 적용되는 탁견일 것으로 생각되는데, 독자들의 의견은 어떠한가?

───── '성찰극치(省察克治)'의 수양법

왕양명의 유명한 말에,

"산속의 적(賊)을 무찌르기는 쉽지만, 마음속의 적을 무찌르기는 어려운 법이다."

라는 말이 있다.

이것은 그가 46세 때, 조정으로부터 반란군의 평정을 명령받고 지방으로 부임했던 날, 어느 제자에게 써보낸 편지 속에 나오는 구절이다. 물론 반란을 평정하는 일도 쉬운 일은 아니다. 그러나 그것보다도 내 마음속의 적을 쳐부수는 일이 훨씬 더 어렵다는 말이다.

왕양명에 의하면 사람은 누구나 깨끗하고 훌륭한 마음을 가지고 태어난다고 했다. 이런 마음을 그는 '양지(良知)'라 부르고 있다.

그러나 현실적으로 우리의 마음속에는 이 '양지'만이 살아 있는 것은 아니다.

여러 가지 욕망이라든가 사심(邪心)이 용솟음치면서 '양지'의 활동을 훼방하고 있다. 이런 욕망을 왕양명은 '인욕(人慾)'이라 부르고 있다.

예컨대, 모처럼 책을 읽으려고 결심했어도, 그만 텔레비전의 야구 중계를 보다가 시간을 빼앗기고 만다. 혹은 일을 계속하려고 마음을 굳혔건만 그만 마작의 유혹에 빠져 못하고 마는 것은 분명 '인욕' 때문이다. 즉 '인욕'이란 것은 인간이 가지고 있는 본질적인 연약함이라고 바꾸어 말할 수도 있다.

이 연약함을 극복한다는 것은 용이한 일이 아니다. 우리는 결국 그 연약함과 타협하고, 연약에 흘러서 멋대로의 인생을 보내기 쉬운 것이다. 왕양명이 마음속의 적이라고 부른 것은 그러한 인간의 연약함을 지적한 것이다.

이 연약의 극복을 태만히 하면, 인간 형성을 도모할 수가 없다. 왕양명은 그 노력을 가리켜 '성찰극치(省察克治)'라고 했다.

‘성찰’이란 안일에 흐르려고 하거나 악에 빠지려고 하는 요소를 하나하나 점검하고 몰아내는 것이다. 또 ‘극치’라 함은 뿌리째 뽑아내어 제거하는 것이다. 왕양명은 이런 말도 하고 있다.

“평소부터 마음속에 자리하고 있는 색욕, 금전욕, 명예욕 등등의 사욕(私慾)을 하나하나 찾아내고 그런 것들이 두 번 다시 일어나지 못하도록 뿌리째 뽑아 버리는 일이 중요하다.

마치 고양이가 쥐를 잡을 때와 같이 귀를 곤두세우고 눈을 부라리며, 조금도 사심을 가지지 않는다면 금방 제거시킬 수가 있다. 또 못으로 쇠붙이를 고정시키듯이 욕심이 생겨나는 뿌리를 완전히 끊고, 도망칠 틈조차 막아 버린다. 이렇게 하면 그 어떠한 사욕도 모습을 감출 것임에 틀림없다.”

또 이런 말도 하고 있다.

“자신을 이기기 위해서는 사욕을 완전히 제거하지 않으면 안 된다. 아주 조금이라도 남겨 두면 모든 악이 그곳에 몰려드는 법이다.”

고식적인 대증요법은 통용되지 않는다. 마음속에서 싹트는 제악(諸惡)의 기원(起源)을 그 뿌리째 뽑아내 버리라는 말이다. 이것이야말로 말하기는 쉽지만 행동으로 옮기기는 어려울 것이다. 적어도 이를 실천하는 데는 보통 이상의 의지력이 필요할 것이다.

다시 말한다면 왕양명은 우리들 한사람 한사람에게 그런 각오를 촉구하고 있다. 그런 강한 의지력이 없으면 도저히 인간다운 인간, 훌륭한 인간이 될 수가 없다고 강조한다.

왕양명의 제자 중 한 사람에 맹원(孟源)이란 인물이 있었는데 이 사람은 자부심이 아주 강하고 명예욕도 강했다. 즉, 그런 결점을 가지고 있던 사람이다. 왕양명은 여러 차례나 그에게 주의를 환기시켰다. 그러나 그는 고치지 아니했다.

어느 때의 일이다. 그 날도 같은 주의를 주었는데 그 직후 마침, 다른 제자가 평소의 수양에 대해서 발언했고 왕양명의 비평을 청했다. 그러자 맹원이 옆에 있다가,

"아아, 그 문제라면 언젠가 내가 말한 바 있소이다."

라며 참견을 했다. 왕양명이 이 말을 듣고는,

"또 그 고질병이 나오는군."

이라며 나무랐다. 맹원은 안색을 바꾸며 투덜거렸다. 그러자 왕양명은 다음과 같이 말했다.

"이것은 그대의 평생 고질이야. 예를 들어 말한다면 사방 1장(丈)의 좁은 땅에 한 그루의 큰 나무가 서 있는 것과 같다구. 가령 우로(雨露)가 내리어 토양이 비옥해졌다 하더라도 그 양분은 모두 이 큰 나무가 빨아먹고 말게 되지. 그 주위에 좋은 곡물을 심어 보았자 위로는 나뭇잎이 햇빛을 가리고 아래로는 나무뿌리가 엉키어서 자라날 수가 없게 될 것이야. 좋은 곡물을 재배하기 위해서는 먼저 이 큰 나무를 잘라내고 그 뿌리까지 완전히 뽑아내야 할 필요가 있지. 그렇지 않으면 아무리 정성을 들여서 곡식을 경작하더라도 나무만 크게 성장시킬 뿐이라구."

근본은 잊고, 지엽적인 일에만 아무리 정성을 들여보았자 성과는 오르지 않는다. 옆길로 새지 마라. 그리고 오로지 근본을 파악하라는 이 말은, 인간의 수양뿐 아니라 인생 전반을 영위해 나가는 데 있어 보편적인 교훈인 것이다.

—— 사상연마 (事上練磨)의 마음가짐

‘지행합일’을 설파하는 양명학은 인간 형성에 있어 극히 실천적이다.

길고 긴 인생길에 누구나 한두 번쯤은 역경에 처하게 되고, 엄격한 시련의 시기를 맞게 마련이다. 문제는 그런 때에 어떻게 대처하느냐는 것이다. 순경(順境)인 때는 누구나 그 나름대로 대처해 나갈 수가 있다.

그 사람의 가치가 나타나는 것은 바로 이 역경에 빠졌을 때이다. 초조해하고, 서두르고, 위험한 일에 손을 내밀어서 자멸을 재촉하는 사람이 왜 이다지도 많은지, 즉 그 중요한 대응을 그르치는 사람이 허다하단 말이다. 그렇게 되지 않기 위해서는 평소부터 자기 자신을 단련시켜 나가는 길밖에 없다.

· 자기 자신을 단련시켜 나감에 있어 양명학에서 중시하는 것은 ‘사상연마’이다. 즉 일을 하면서 그것을 토대로 하여 연마하고, 매일같이 자신을 단련해 나가는 것이 중요하다고 말했던 것이다.

왕양명은 이린 말을 하고 있다.

“사람은 마땅히 사상(事上)에서 연마(練磨)하고 공부해야 한다. 만약 그저 정(靜)만 좋아하면 사(事)에 임했을 때 금방 난(亂)하게 되어 장진(長進)할 수 없고, 정시(靜時)의 공부도 아무 쓸모가 없다.”

단순한 지식은 아무리 많이 쌓았더라도 인생의 수라장(修羅場)에 처했을 때는 아무 쓸모가 없다. 이런 경우에 도움이 되는 것은 백 가지 지식보다도 실제 체험 속에서 몸에 익힌 산 지식이리라.

예컨대 기업경영을 보더라도 경영의 감이라든가 노하우 등은, 책을 읽는다거나 남의 가르침을 듣는다고 해서 몸에 익혀지는 것이 아니다. 이런 것은 역시 자기 자신이 고생해 가며 몸에 익히는 길밖에 없는 것이다.

경영 컨설턴트에게 경영 자체를 너무 의지했다가 그만 회사를 파산시켰다든가, 2대째의 경영자는 핀치에 몰렸을 때에 약하다는 이야기를 흔히 듣는다. 그것은 다름 아니라, 경영학의 이론은 일단 몸에 익히고 있더라도 실전의 체험이 모자라기 때문이다.

왕양명이 사상연마, 즉 일을 하면서 연마하라고 말한 것은 바로 이 점을 지적한 것이다. 바꾸어 말하면 단순한 지식이 아니라 살아 있는 지혜를 몸에 익히라는 교훈이다.

왕양명은 《전습록》 속에서 그것을 반복하여 강조하고 있다.

어느 때 한 제자가,

"아무 일도 하지 않을 때는 마음이 동요되지 않는데, 어떤 일에 직면하게 되면 그렇지가 못합니다. 그건 왜 그럴까요?"

라고 물었다. 그때 왕양명은 이렇게 대답했다.

"그것은 오직 조용한 환경에만 마음을 빼앗긴 채 자기 자신에게 이기는 수양을 게을리했기 때문이지. 그렇게 하다가는 일에 대처하는 순간 마음이 동요되고 말 것이야. 인간이란 언제나 일 속에서 자기 자신을 연마해 나가지 않으면 안 돼. 그렇게 하면 자신을 착실하게 확립할 수 있고 언제 어떤 사태에 처하더라도 냉정히 대처할 수가 있는 법이지."

위기 앞에 서 있으면서도 동요되지 않기 위해서는 평소부터 '사상연마'로 자신을 단련해 두라는 말이다.

또 다음과 같은 이야기도 있다.

어느 때 관청에서 관리로 일하고 있는 한 제자가,

"선생님의 학문은 대단히 훌륭하다고 생각합니다만, 저는 관청에서 장부를 정리해야 하고 또 재판도 처결해야 하기 때문에 마음놓고 공부할 틈이 없습니다. 실로 유감스런 일입니다."

라고 말하자 왕양명은 이렇게 위로했다고 한다.

"나는 그렇게 생각하지 않네. 자네에게 관청 일을 하지 말고 학문에 힘쓰라는 말을 나는 한 적이 없을 것이야. 자네에게는 관청 일이 있으니까, 그 일을 충실히 하여 자신을 연마해 나가도록 마음을 쓴다면 그것으로 족해. 관청 일 중에는 실제 학문이 아닌 것이 없을 것이라구. 만약 그 일은 대강 하면서 학문을 닦겠다면 그것은 아무 소용도 없는 학문이 되고 말 것이네."

이것은 어떤 환경 속에서라도, 그럴 생각만 있으면 어느 것이든 자신의 단련을 위한 재료로 활용할 수 있다는 말이다. 중요한 것은 본인의 의욕이며 그 의욕에 따라 인생이 좌우된다는 뜻이다.

또 이런 이야기도 전해 온다.

어느 제자에게 고향으로부터 아들이 병으로 중태라는 소식이 왔다. 그는 아들 일로 걱정이 되어 안절부절 못하고 있었다. 그것을 본 왕양명은 다음과 같이 말했다.

"이런 때야말로 자신을 단련해야 되는 것이야. 이런 기회를 놓쳐 버린다면, 평소의 배움이 무슨 소용이겠나? 실은 이런 때야말로 자신을 단련하는 절호의 기회인 것이야."

요컨대, 언제 어떤 경우에서도 자기 자신을 연마하겠다는 의욕

200

을 가지고 매사에 대처한다. 이것이 왕양명이 말하는 '사상연마'
인 것이다. 우리도 이런 마음가짐으로 일에 대처한다면 지금까지
와는 아주 다른 전망이 열리게 될는지도 모른다.

── 왕양명이란 인물과 명언

양명학을 제창한 왕양명은 1472년에 태어났고, 1528년 57세로
세상을 떠났다. 57년에 걸친 그의 생애를 보면 특징적인 면이 두
가지 있다.

먼저 그는 주자학의 전성시대에 태어났으며, 처음에는 열렬한
주자학 신봉자로 출발했었다. 그러나 차츰 주자학에 의문을 가지
게 되었고, 오랫동안 번민을 하다가 마침내 깨달은 바 있어서 양
명학을 제창하게 된 것이다. 그 사이에 그는 줄곧 방황했었다.
즉 정통적 학문이었던 유학에서 떠나 다른 곳을 헤매고 있었던
것이다.

이것을 왕양명의 '오익(五溺)'이라고 부른다.

'오익' 가운데 첫번째는 '임협(任俠)'이다. 이는 약한 자를 돕고
강한 자를 위협하는, 이른바 협기의 세계이다.

두 번째는 '기사(騎射)'였다. 말을 타고 활을 쏘는 군인의 생활
을 그는 동경했던 것이다.

세 번째는 '사장(辭章)', 즉 문학의 세계였다.

네 번째는 '신선(神仙)', 즉 불로장수를 추구하는 신선의 세계
를 동경했던 듯하다.

그리고 마지막으로 다섯 번째는 '불교'였다.

이처럼 그가 빠졌던 대상이 많았던 것은 그만큼 주자학에 대

한 불만이 컸고 사상적인 번민이 깊었기 때문인지도 모른다. 그러한 번민 끝에 도달한 것이 양명학이었다. 젊었을 때의 방황은 뜻밖에도 무용지물이 아니었던 것이다.

또 한 가지 왕양명의 생애에서 흥미 깊었던 일은 관리로서의 경력이다. 그는 28세 때 과거라는 어려운 시험에 급제하여 고급 관리의 길을 걷기 시작했는데, 그 경력 속에서 특징적인 것은 이따금 군사령관으로 기용되어 반란군의 진압에 나섰던 일이다. 더구나 그때마다 훌륭히 목적을 달성했었다. 그것은 소규모적인 반란뿐만은 아니었다. 그 중에는 잘못 처리하면 전국적인 규모로까지 확대될 가능성이 있는 반란사건도 있었다.

그러나 왕양명은 군사령관으로서 이 반란사건들을 진압할 때마다 멋진 성공을 거두었다. 정치가, 용병가로서도 남이 따르지 못할 역량을 지니고 있었던 듯하다.

양명학은 공리공론을 싫어하는 실학(實學)인데, 그것을 왕양명은 스스로 실천해 보이고 있다. 그랬던 만큼 그의 주장에는 설득력이 있다.

마지막으로《전습록》속에서 왕양명이 한 말을 몇 가지 소개해 둔다. 먼저 다음과 같은 말에 주목하기 바란다.

"몇 경(頃)의 수원(水源)이 있는 당수(塘水)가 되기보다는 몇 척(尺)의 정수(井水)가 마르지 않는 물이 되는 편이 낫다."

괴어 있는 몇 정보의 유지(溜地)가 되기보다는 불과 몇 척이라도 좋으니 항상 퐁퐁 새 물이 솟아나는 우물이 되는 편이 좋다는 것이다. 두말할 것도 없이 이는 항상 마음속에서 솟아나는 뜨거운 도전의 불꽃을 계속해서 태우고 싶다는 말이다. 이것 역시 양명학의 진수라고 말할 수 있겠다.

다음으로,

"회오(悔悟)는 병을 고치는 약이다. 그러나 얼른 고치는 것이 귀(貴)하다. 만약 속에서 유체(留滯)하고만 있으면 오히려 그 약 때문에 병이 생기게 된다."

라는 말이다.

과오를 후회하는 것은 병을 고치는 약이다. 그러나 중요한 것은 고치는 데에 있다. 언제까지나 우물쭈물하며 속으로 번민하고 있으면 도리어 새 병을 일으키는 원인이 될 뿐이라는 것이다.

과오를 범하고 고치려고 하지 않는 것은 논외로 치고, 물심양면에 걸쳐 과거의 잘못으로부터 벗어나지 못하는 것도 곤란하다. 고쳤으면 얼른 기분을 전환시키고 새로운 목표를 향하여 나아가라. 그런 기민한 대응이 필요하다는 것이다. 이것도 또한 우리에게 실천적인 어드바이스를 주는 것으로 생각된다.

세 번째는 다음과 같은 말이다.

"시비(是非)의 두 글자는 각기 대규구(大規矩)이다. 교처(巧處)는 곧 그 사람에게 있다."

시비란 두 글자는 사물을 판단하는 데 있어 큰 기준이 된다. 그러나 그 운용의 묘는 그것을 사용하는 사람에게 있다는 뜻이다.

아무리 좋은 기준이더라도 저울이나 자처럼 사용해서는 적용을 그르치는 수가 있다. 따라서 임기응변의 운용을 해야 한다는 말이다. 이것 또한 실천을 중시한 왕양명다운 말이다.

네 번째로 소개하고 싶은 말은,

"인생의 큰 병폐는 단지 이 '오(傲)'라는 한 글자이다."

라는 극히 단정적인 말이다.

‘오’란 것은 겸허의 반대로서 자아가 강함을 뜻함이다. 나만이 옳다며 나서기 좋아하고 남을 깔보는 태도가 곧 ‘오’이다. 이 ‘오’가 인생을 살아가는 데 있어 제일 큰 장해가 된다.

왕양명은 이 말을 한 다음 이어서,

"겸(謙)은 중선(衆善)의 기반이며 오(傲)는 중악(衆惡)의 괴수이다."

라고 덧붙였다.

겸허하면 그 위에 모든 선이 쌓이게 마련이다. 그러나 반대로 ‘오’가 있으면 그 주위에 갖가지 악이 모여들게 된다는 것이다.

이상의 내용은 그 일단만을 소개한 것인데, 이《전습록》이라는 고전에는 인간학 상으로 보더라도 귀중한 잠언(箴言)이 가득 실려 있다. 그것들 하나하나가 우리 마음에 와닿는 것은 왕양명이 여러 가지 고뇌를 극복하고 진지하게 인생을 살아갔던 사람이기 때문일 것이다.

《전습록》에 대하어

《전습록》은 왕양명의 주장을 모은 어록(語錄) · 서간집이며, 양명학의 입문서로 중국과 우리나라에서 널리 읽혀져 왔고, 상 · 중 · 하 세 권으로 이루어져 있다. 그 원형은 왕양명이 살아 있을 때 제자들의 손으로 정리되었는데 그가 세상을 떠난 후, 1556년에 전덕홍(錢德洪)의 손에 의해 정리 · 증보되어 오늘에 이르고 있다. 어록 · 서간집을 모은 것이기에 양명학을 체계적으로 이해하는 데는 적합하다고 할 수 없으나, 그 반면 양명학의 육성이 들리는 것 같은 점이 이 책의 매력이다.

왕양명의 본명은 수인(守仁)이다. 젊었을 무렵에는 열렬한 주자학의 신봉자였는데 이윽고 그것에 의문을 품게 되었고, 오랫동안 번민한 끝에 실천면에 중점을 둔 양명학을 제창하기에 이르렀다. 이《전습록》전체에서 약동하고 있는 것은 실천에 대한 욕구인데, 그런 면에서 열렬한 신봉자를 많이 얻을 수 있었다.

《전습록》의 어록(語錄)

- 붕우(朋友)에게 대처할 때는 애써 그 아래로 처하면 곧 이익을 얻고, 그 위에 처하면 곧 손해를 본다. 〈上卷〉
- 사람은 오로지 실제로 일에 임하여 연마하라. 〈上卷〉
- 지(知)는 행(行)의 시작이고 행(行)은 지(知)의 성(成)이다. 〈上卷〉
- 심외(心外)에 이(理) 없고, 심외에 사(事) 없다. 〈上卷〉
- 몇 경(頃)의 수원(水源)이 없는 당수(塘水)가 되기보다는, 몇 척(尺)의 정수(井水)가 마르지 않는 물이 되는 편이 낫다. 〈上卷〉
- 양지(良知)의 인심(人心)에 머무는 것은 성우(聖愚)에 관계없이 천하 고금(古今)이 마찬가지이다. 〈中卷〉
- 선(善)을 알고 악(惡)을 아는 것, 이것을 양지(良知)라 하고, 선을 이루고 악을 떠나는 것, 이것을 격물(格物)이라고 한다. 〈下卷〉
- 인생의 큰 병폐는 단지 한 글자, '오(傲)'라는 글자이다. 〈下卷〉

사기(史記)

——— 인간학의 보고(寶庫)

"《사기》는 대체 무슨 책일까?"

하며 고개를 갸웃거리는 사람이 있을는지도 모르겠다. 《사기》는
문자 그대로 '역사를 기록한 책'이다. 전설상의 황제(黃帝) 시대
로부터 작자 사마천(司馬遷)이 살아가던 한왕조(漢王朝) 무제
(武帝 : 기원전 140~기원전 87년)의 시대에 이르기까지 그 역사
를 기록한 책이다.

역사책이라고 하면 딱딱하다며 경원하기 쉬운데 이 《사기》는
그렇지 아니하다. 《사기》는 결코 무미건조한 연대기(年代記)가
아니라 여러 인물들이 살아간 모습을 생생히 기록해 놓은 역사책
인 것이다. 크게는 세상을 창조한 인물로부터 작게는 상인, 농사
꾼에 이르기까지 모든 인간의 패턴이 거론되고 있으며, 그런 것
들이 《사기》의 세계를 형성하고 있으니, 실로 인간학의 보고(寶
庫)가 아니겠는가.

가령 《사기》를 한 번도 읽지 않은 독자가 있다 하더라도 아래
에 예를 들고자 하는 인물의 이름은 들은 적이 있을 것이다.

예컨대 낚시꾼의 대명사로 불리는 '태공망(太公望)', 주지육림
(酒池肉林)이란 잔치에 빠졌다가 폭군의 대명사가 된 '주왕(紂

王)', 만리장성을 쌓은 '진(秦)나라의 시황제', 천하를 놓고 싸웠던 '항우(項羽)'와 '유방(劉邦)', 남의 사타구니 밑을 기어서 빠져 나갔던 '한신(韓信)', 병법으로 널리 알려져 있는 '손자(孫子)'와 '오자(吳子)', 그리고 '공자(孔子)', '맹자(孟子)' 등의 사상가들…… . 또 악녀의 대표라고 할 수 있는 '달기(妲己)', 박명한 미녀인데다가 풀꽃의 이름까지 된 '우미인(虞美人)' 등등…… .

그들은 주어진 상황 속에서 어떤 생활을 하였고, 어떻게 죽어 갔나? 인간의 갈등, 정의심, 이기, 욕망, 야심, 질투, 경쟁심, 명예욕 등, 시대를 초월하여 보편적으로 존재하는 갖가지 인간 심리와 그것에 바탕을 둔 여러 가지 행동이, 작자 사마천의 눈을 통해서 적확하게 다루어지고 있다.

그런 의미에서 《사기》는 2천 년이라고 하는 시간의 차이를 전혀 느끼지 않게 할 정도로 아주 현대적이다. 그가 다루었던 인생을 추적함으로써 우리는 자신의 인생에 도움이 되는 많은 힌트를 얻게 된다.

또 《사기》는 고사성어의 보고이기도 하다. 우리가 일상생활 속에서 늘 사용하고 있는 말로서 이 《사기》가 출전인 것은 적지 아니하다. '완벽(完璧)' '사면초가(四面楚歌)' '곡학아세(曲學阿世)' '배수진(背水陣)' '문경지교(刎頸之交)' '백발백중(百發百中)' '삼년불비우불명(三年不飛又不鳴)' 등등, 이루 헤아릴 수가 없을 정도이다.

요즈음 고사성어의 오용(誤用)이 화제가 되는 경우가 간혹 있다. 이 성어를 제대로 쓴다면 유식한 사람이 되겠지만, 오용하면 무식이 그대로 드러나게 마련이다. 젊은이들 가운데 고사성어를 잘못 쓰는 경우가 많은 듯한데 그 부모와 선생들에게 책임이 있다고 본다.

그야 어쨌든 《사기》를 읽음으로써 그런 수치를 면할 수 있는 길도 열리게 되고, 때로는 '아니, 그것까지 알고 있었나?'라며 상대방을 깜짝 놀라게 만들 수도 있을 것이다. 역사를 배우고 인간학을 익히며 방대한 지식을 얻게 되니, 실로 일석삼조가 아니겠는가.

―― 천도(天道)는 시(是)냐? 비(非)냐!

《사기》의 구성에 대해서는 이 편(篇) 끝의 '《사기》에 대하여'를 참고하면 된다. '열전(列傳)'의 첫머리에 등장하는 사람은 백이(伯夷)와 숙제(叔齊)이다. 후세에 '백이·숙제와 같은 인물'이라고 하면 염직한 선비의 대명사가 되었으며, 이는 자주 인용된다. 특히 공자 이후의 유가(儒家)에서 이 백이와 숙제를 많이 인용했었다. 우선 그들의 전기를 살펴보자.

백이와 숙제는 제후였던 고죽군(孤竹君)의 아들들이었다. 백이는 장남이고 숙제는 삼남이었는데, 고죽군은 이 삼남 숙제에게 후사를 잇게 할 생각이었다.

그런데 아버지가 세상을 떠나자, 삼남인 숙제는 장형 백이에게 제후의 자리를 이으라고 말했다. 그러나 백이는 승낙하지 않았다.

"네가 이어야 한다. 그것이 아버님의 유지가 아니더냐. 내가 군위를 이을 수는 없어."

이렇게 말한 백이는 도성에서 멀리 도망쳤다. 숙제도 즉위할 것을 사양하고 형의 뒤를 따랐다.

그 후 두 사람이 어떤 생활을 했는지는 알 길이 없다. 그들이 주(周)나라에 나타났을 때는 이미 늙어 있었다. 두 사람은 주나라의 문왕이 노인들을 후대한다는 이야기를 듣고 주나라에 찾아왔던 것이다.

그러나 주나라에 와 보니 문왕(文王)은 이미 세상을 떴고, 그 뒤를 이은 무왕(武王)이 은(殷)나라 주왕(紂王)을 토벌하기 위해 출전하려던 참이었다. 두 사람은 무왕의 수레를 잡고 말에 기대어 서서 무왕에게 항의했다.

"부군(父君)의 장례식도 끝나기 전에 전쟁을 일으키시다니, 그렇게 하시고도 효라고 할 수 있나이까? 아무리 폭군이라 하더라도 신하의 신분으로 주군을 시살하시려 하다니, 그러시고도 인(仁)이라고 할 수 있겠나이까?"

무왕의 종자가 이 두 사람의 목을 베려고 하자, 그 옆에 있던 태공망이 말했다.

"멈춰! 그들은 의인이야. 살려 주도록!"

태공망의 이 한 마디로 두 사람의 목숨은 살아났지만, 위험을 알아차린 그들은 그곳을 떠났다.

무왕이 은나라를 멸망시킨 다음, 천하는 모두 주나라에 복속해 왔고, 주나라를 종실로 섬겼으나, 백이와 숙제는 주나라 녹을 받지 않겠다고 결심했다. 그리고 수양산(首陽山)에 들어가 숨어 살면서 고사리를 뜯어 연명했고 노숙하다가 마침내는 죽고 말았다.

사마천은 이 두 사람의 전기를 쓴 다음, 운명에 대해 강렬한 의문을 던졌다.

'천도는 공평무사하여 항상 선인의 편에 선다'고 했다. 그렇다면 백이·숙제는 선인인가, 악인인가? 그토록 인(仁)에 철저하며 신중한 행동을 했건만 끝내는 굶어 죽고 말았으니 이 일을 어떻게 해석해야 한단 말인가?

백이·숙제의 예만이 아니다. 공자의 많은 제자들 가운데, 학문을 좋아하여 공자로부터 칭찬을 제일 많이 들었던 제자 안회(顔回)는 어찌나 가난했던지 겨조차 배불리 먹지 못하다가 젊은 나이에 세상을 버리고 말았다. 하늘은 선인(善人)에게 복으로 갚아 준다던데 대체 이것은 어찌 된 일이란 말인가?

이것에 비해 도척(盜跖 : 춘추시대의 大盜)은 매일같이 죄 없는 사람을 죽이고 그 간을 꺼내어 먹는 등 포악한 짓을 하였고, 그 휘하에 수천 명의 도둑떼를 모아서 천하에 발호했는데도 불구하고 그는 천수를 누리지 아니했던가? 이 도척은 도대체 무슨 덕행을 쌓았기에 그처럼 천수를 누릴 수 있었단 말인가?

이상은 전형적인 예에 불과하며 최근에도 꼭같은 일이 일어나고 있다. 질서를 일탈하고 악행만 쌓건만 평생 동안 향락을 누리고 대대손손 부귀하게 살아가는 자가 있다.

그런가 하면 한편에서는 자기 자신을 엄격하게 다스리고 신중하게 행동을 하며, 할 말이 아니면 입 밖에 내지 아니하고, 언제나 대도(大道)를 선택하며, 정의에 관계되는 일이 아니면 화를 내는 일도 없는 사람이 재액을 당하는 경우는 헤아릴 수 없을 만큼 많다.

그런 일들을 생각하면 나(사마천)는 깊은 절망감에 빠지고 만다. 천도(天道)란 옳은 것인가? 그른 것인가?(余甚惑焉 黨所謂 天道是耶非耶)

사마천의 이 의문은 현대에도 그대로 적용된다. 금권을 휘두르는 정치가와 그것을 둘러싸고 암약하는 정상배, 악덕상인 등은 사마천이 지적한 질서를 일탈하고 악업을 쌓는 무리들이 아닌가. 사회의 리더 위치에 서 있는 사람들이 이 지경이면, 국민들은 대체 누구를 믿고 살아간단 말인가? 사마천이 던진 의문을 우리는 지금 이 세상에 던지고 있는 것이다.

── 살아 남음으로써 수치를 당하다

여기서 사마천의 생애를 간단히 살펴보도록 하자.

그의 아버지 사마담(司馬談)은 한나라의 태사령(太史令), 즉 사관(史官)이었다. 사마천은 아버지가 세상을 떠난 후, 그의 뒤를 이어서 태사령이 되었으며 사료(史料)의 수집과 조사를 하기 위해 여행을 거듭하면서 역사의 저술에 착수했다. 그러나 집필을 시작한 지 5년째 되던 해에 뜻하지 않은 불행이 찾아왔다.

기원전 99년, 그의 나이 47세에 그는 패장(敗將) 이릉(李陵)을 변호하다가 무제의 분노를 사서 사죄의 판결을 받았던 것이다.

이릉은 한대(漢代)의 명장이다. 그는 보병 5천 명을 거느리고 북쪽의 이민족인 흉노(匈奴)를 치러 갔다가 10만 명의 흉노 기병과 만나게 되었다. 이릉은 용전분투하여 적군 1만여 명을 무찌르기는 했지만, 무운이 없어서 포로로 붙잡히고 말았다.

그러나 무제는 이릉의 고군분투를 인정해 주지 않고, 포로로 잡혔다 하여 그 가족을 처벌코자 했다. 군신(群臣)들은 모두 찬성하고 나섰는데 오직 한 사람 사마천은 이릉을 변호하며, 황제의 뜻에 아첨할 줄밖에 모르는 군신들을 나무랐다. 이것이 무제의 분노를 사게 된 원인이다.

사마천에게 사형이 언도되었으나 그는 아직 죽을 수가 없었다. 어떻게 해서든지 아버지의 유업(遺業), 즉 역사를 기록해야 한다.

그는 사죄를 면하기 위해 궁형(宮刑)에 처해 달라고 자청했다. 궁형이란 사나이의 국부를 잘라 내는 형이다. 거세함으로써 남성도 아니고 여성도 아닌 인간으로 만드는 형벌인 것이다. 남성에게 있어서는 사형 이상의 굴욕적인 형벌이다.

이렇게 해서 목숨을 구한 사마천은 그 이후 옥중에 갇혀 있으면서 《사기》의 집필에 몰두했다.

그러다가 2년 후, 대사령과 함께 출옥되어 중서령(中書令)의 벼슬에 올랐다. 중서령이란 남자 금지구역인 내정(內政)에 있으면서 황제의 정무·재가를 신하에게 전하는 직책이다. 환관(宦官 : 궁정 안에 있으면서 황제를 받드는 관직. 거세한 자가 맡는다)에게 주어지는 최고의 지위로서 '황제의 그림자'라고 할 정도로 실권을 가지고 있었다.

굴욕적인 형을 받고 옥살이를 하던 자가 이번에는 일전하여 권력의 중추역이 되었던 것이다. 넌센스라면 넌센스이다. 이토록 사람을 조롱하다니……

그의 굴욕감은 터질 것만 같았다. 말할 상대도 없어서 혼자 번민의 나날을 보낼 수밖에 없었던 그의 심경은, 그가 아닌 다른 사람으로서는 상상도 할 수 없는 일이었으리라. 그는 채찍으로 얻어맞기라도 하듯 저술을 서둘렀다. 그리고 기원전 90년에는 마침내 그 방대한 《사기》를 완성했다. 130권, 52만 6천5백 자——.

그가 죽은 것은 그로부터 4년 후의 일이라고 한다.

—— 취재 여행

사마천은 20세 무렵, 한나라의 거의 전지역에 걸친 대여행을 했었다. 중국의 넓이를 생각해 볼 때, 교통망이 발달된 오늘날에도 엄청난 일이다. 그러니 당시로서는 몇 해가 걸렸는지 짐작할 수도 없다.

물론 이 여행은 레저를 위한 것이 아니었다. 그는 각지의 고적을 샅샅이 구경했고 노인들을 만나서 옛날 이야기를 듣곤 했다. 오늘날의 말을 인용한다면《사기》집필을 위한 취재 여행이라고나 할까?

그 후에도 이따금 각 지역을 방문했고 또 궁정에 비장되어 있던 서적이라든가 기록을 조사했다. 그리고 각지에 산일되어 있던 기록과 전승의 수집에 정력을 쏟았다. 실제로《사기》의 저술에 착수했던 것은 40세가 지나서였고 그것을 완성한 것은 50대 중반이었다고 한다.

'필생(畢生)의 대작(大作)'이란 말은 영화나 광고에 흔히 쓰이는 문장인데《사기》야말로 그렇게 불러야 할 책이다. 이 여행의 에피소드가 그것을 뒷받침해 주고 있지 아니한가.

—— 우국의 시인

"천도(天道)는 시(是)냐, 비(非)냐?"

사마천이 던진 의문에 그의 운명을 겹쳐서 조명해 볼 때 이 말이 지니는 중량감에 우리는 그저 압도당할 뿐이다.

《사기》속에는 불우한 운명에 눈물을 흘렸던 인간이 이따금 등장하는데, 그 기록은 당연한 일이지만 박력에 가득 차 있다.

우국의 시인인 굴원(屈原)의 전기를 살펴보자.

굴원——이름은 평(平), 초(楚)나라 왕족이며 초나라 회왕(懷王)을 섬겼다. 벼슬은 좌도(左徒 : 보좌관)였다.

그는 학식이 풍부하고 정치적 식견이 뛰어날 뿐 아니라 정치가로서의 소양을 모두 갖추고 있었다. 궁정 안에서는 회왕의 상담역이 되어 국사(國事)를 재가했고, 외교면에서도 빈객의 접대라든가 제후를 상대로 하는 대응에서 수완을 발휘하여, 회왕의 신임을 받았다.

그러나 중신들 중에는 굴원을 시기하는 사람이 있었다. 그 한 사람인 상관대부(上官大夫)는 은밀히 굴원을 실각시키기 위해 기회만 엿보고 있었다.

어느 때, 굴원은 회왕으로부터 법령 초안을 작성하라는 명령을 받았다. 그 초안이 거의 완성되었을 때, 상관대부가 달려와서 그것을 미완성인 채 뺏어다가 왕에게 바치려고 한다. 굴원이 거절하자 상관대부는 회왕에게 가서 다음과 같이 참언했다.

"전하, 전하께서는 법령을 만드실 때마다 그 초안을 굴원에게 쓰도록 시키시었으며 이는 중신과 천하 백성이 모두 알고 있는 일이옵니다. 하온데 굴원은 법령 초안을 잡을 때마다 '이 일은 내가 아니면 할 수 없다'며 으스댈 뿐 아니오라 전하를 깔보았나이다."

그 말을 듣자 회왕의 안색이 바뀌었다. 그 후로는 굴원을 가까이하려고 하지 않았다.

굴원은 분했다. 왕은 중상과 아첨을 그대로 받아들이고 신하의

214

진언에 대하여 그 진부(眞否)를 가려내지 못한다. 암우한 신하가 국사를 독점하고 있으니 정당한 의견이 받아들여지지 않는다——그래서 굴원에게는 마음 편할 날이 없었고 슬픔과 괴로운 나 날이 이어졌다. 이처럼 우울했던 마음을 〈이소(離騷)〉라고 하는 장시(長詩)에 토로하였던 것이다.

이 시에는 군주의 지위를 안태하게 하고 나라를 바로잡음으로써 조국을 원래의 모습으로 되돌려 놓고 싶다는 그의 뜻이 드러나 있다. 그러나 결국 굴원은 손을 쓸 수가 없었고, 소망은 사라졌다. 회왕은 끝까지 자신의 과오를 깨닫지 못했던 것이다.

그 후에도 굴원은 나라의 앞일을 우려하며 국왕의 신변을 걱정했지만, 간신들의 계략에 빠져서 강남 땅으로 추방당했다.

머리를 풀어 산발하고 강가에서 시를 읊으며 방황하는 굴원——안색은 초췌하고 몸은 고목처럼 여위어 있었다.

한 어부가 굴원을 보고 소리쳤다.

"나리는 굴원 대감이 아니십니까? 왜 이런 곳에 계십니까?"

"세상이 모두 흐려 있지만, 나 홀로 맑게 살아가고 있네. 세상 모든 사람이 취해 있지만 나 홀로 깨어 있다네. 그래서 나는 쫓겨난 것이지."

"사물에 구애받지 아니하고 세상의 추이에 몸을 맡기는 것, 이것이 성인의 생활태도라고 들었습니다. 세상이 모두 흐려 있으면 그 흐린 흐름 속에 왜 몸을 맡기지 않으십니까? 모든 사람이 다 취해 있다면 왜 술지게미라도 먹고 취하지 않는 겁니까? 취중에 주옥을 끌어안고 스스로 자기 자신에게서 떠나려는 흉내라도 내면 되실 것을……"

"세수를 하고 목욕을 한 다음에는, 관을 반드시 털어서 쓰고,
의복의 먼지도 털어서 입는다고 하지 않았던가? 결백한 몸을
때로 더럽힐 수야 없는 일이지. 그런 짓을 할 정도라면 차라리
강물 속에 몸을 던져 물고기의 밥이 되는 편이 나을 것이네.
세속의 거무칙칙한 것에 몸을 던질 수야 없잖은가."

그리고 굴원은 돌을 주워서 주머니 속에 잔뜩 넣은 다음 멱라
(汨羅)에 몸을 던져 죽고 말았다.

사마천은 이 굴원의 일이 결코 남의 일 같지가 않았다.

"굴원은 바른 길을 똑바로 걸었고, 성심성의껏 군주를 섬겼는
데, 암우한 동료의 이간책으로 군주에게서 경원당하게 되었다.
그는 대체 어찌하면 좋을지 몰랐을 것이다. 성의를 다했건만
군주에게 의심을 받게 되었고, 충성을 다했는데도 뜻하지 않는
죄를 뒤집어쓰게 되었다. 이 일을 원통하게 여기지 않을 수 있
겠는가? 〈이소〉란 시는 이 원통함 속에서 생겨난 시이다.

이해(泥海) 속에 웅크리고 있다가 마치 매미가 그 껍질을
깨고 나오듯 탈출하여 진애(塵埃)의 세계를 뒤에 두고 천계
(天界) 저쪽에서 부유(浮遊)했던 인물, 이것이 곧 굴원의 모습
이다. 그 사람이야말로 세상의 오니(汚泥)에 섞이지 않고 자신
의 결백을 지켜 냈던 사나이였다. 이렇게 생각할 때 그의 빛나
는 생애는 햇빛처럼, 달빛처럼 빛난다고 해도 과언이 아니다."

이것이 굴원에 대한 사마천의 평가이다.

—— 탈출세(脫出世)의 기인(奇人)

백이·숙제의 아사(餓死), 사마천의 운명, 굴원의 비극 등등,

이야기가 아무래도 심각한 쪽으로 흘러간 것만 같다. 여기서 일전하여, 황제의 측근에 있으면서 시류에 구애됨이 없이 초연하게 살아갔던 기인의 이야기를 하고 끝맺을까 한다.

이름은 동방삭(東方朔)——무제의 시종으로 항상 무제 곁에서 황제를 모시던 인물이다. 대단한 학식을 가졌던 사람인데 그 기행은 실로 이색적이었다.

무제는 퇴청하면 언제나 동방삭을 가까이 불러 이야기 상대로 삼았는데 그때마다 심기가 밝았었다. 동방삭은 이따금 배식(陪食)을 하는 경우도 있었는데, 식사가 끝나면 먹다 남은 고기를 전부 옷소매나 주머니 속에 담아 가지고 돌아간다. 그러니 그 옷은 모두 젖을 수밖에——. 또 무제가 비단 따위를 하사하면 그것을 그대로 짊어지고 퇴궐하곤 했다.

황제가 내리는 돈이나 비단이 모이게 되면 그것으로 도읍 뒷골목의 젊은 미녀를 사들인다. 그리고 1년도 안 되어서 그 미녀를 버리고는 다시 새 미녀를 맞는다. 이렇게 해서 하사받은 돈이고 비단이고 모두가 여인의 손으로 들어가게 된다.

동료 시종들은 이런 동방삭의 태도가 마땅치 않다며 미치광이 취급을 하였다. 무제가 그 말을 듣고 그들에게 말했다.

"동방삭에게 어떤 일을 시키면 그는 그 일을 척척 해내곤 했어. 그대들은 맨발 벗고 따라가도 동방삭을 따르지 못할 것이야."

동방삭이 궁중을 거닐고 있자니, 한 시종이 말을 걸어 왔다.

"저어, 나리를 보고 미쳤다고들 하는데 나는 그렇게 생각하지 않습니다."

“맞는 생각일세. 나는 그저 ‘조정에서 은둔하는 자’일 뿐이야. 옛날 사람들은 오로지 산속에 들어가야만 은둔하는 것으로 생각했었지……”

술자리에서도 역시 그는 기인이었다. 술이 취하면 엉금엉금 기어다니며 노래를 불렀다.

세속에 몸을 던지고
어전(御殿)에 몸을 숨긴다
몸을 숨기는 것은 산속의
초암(草庵)뿐이 아니잖는가

어느 때 학자들이 모여 있는 자리에서 동방삭에게 다음과 같이 비아냥대는 사람이 있었다.

“선생같이 학문과 견식을 두루 갖춘 분이라면…… 폐하를 섬기신 지 수십 년이 되었으니 당연히 승진을 하셨어야 하거늘 어찌……”

“난세에는 나라의 존망이 인재를 얻느냐 못 얻느냐에 달려 있소. 따라서 높은 벼슬자리에 오를 수 있는 기회도 많지요. 그러나 오늘날과 같이 질서가 잡혀 있고 천하가 구석구석까지 안정되어 있는 시대에는 현인도 우자(愚者)도 식별하기가 어렵다오. 옛 사람도 ‘천하에 재해가 없으면 비록 성인이라 하더라도 그 재능을 떨쳐 볼 여지가 없다’고 말했잖소. 그렇다고 해서 수양을 게을리하라는 말은 아니외다. 자기 자신만 충실하게 살아간다면 외견상의 출세 따위는 문제도 되지 않는 법이라오."
학자들은 더 이상 할 말을 잃었다.

사족(蛇足)이지만 여기서 든 이야기들은 《사기》라고 하는 큰 바다에서 불과 한 방울의 물을 떠본 것에 지나지 않는다. 그러므로 독자 제현은 꼭 원전을 일독하기 바란다.
"《사기》는 내 인생관을 바꾸어 놓았다."
고 말한 사람도 이 세상에 많이 있었음을 기억하면서……

《사기》에 대하여

종이가 없었던 시대의 책

《사기》가 씌어졌던 시대(기원전 1세기)에는 아직 종이가 없었다. 그럼 도대체 이 《사기》는 어떻게 쓰여졌을까? 그 무렵에는 대나무와 보통나무를 가늘게 쪼갠 것이 사용되고 있었다. '죽간(竹簡)' '목간(木簡)'이라고 하는 것이 그것이다. 이것에 옻칠을 하고 그 위에 쓰든가, 창칼로 문자를 새겨 나갔던 것이니 보통 작업이 아니었다.

본문에서도 소개한 동방삭이 죽간 3천 매의 상주문(上奏文)을 무제에게 올릴 때, 두 사람의 담당 관리가 겨우 지고 갔었다 함이 《사기》에 기록되어 있는데, 그 《사기》는 전(全) 130권, 52만 6천5백 자에 이르는 방대한 저작이다. 현대의 책이라면 혼자서도 간단히 운반할 수 있지만 죽간이었으니 그 많은 분량을 옮기려면 대체 몇 명의 인원이 동원되어야 했을지 궁금하다.

한편 중국에서 제지법을 발명한 것은 후한(後漢) 시대의 채륜(蔡倫)이란 사람으로서 서기 105년의 일이라고 하는데, 오늘날에 이르러서는 갖가지 발굴 조사에 의해 이미 그 전에 종이가 있었다는 것이 확인되고 있다.

복안(複眼)에 의한 인간 관찰법

역사 기록의 정통적인 방법은 '편년체(編年體)', 즉 연대에 따라 사건을 기록하는 형식이다. 그런데 《사기》는 사마천이 고안한 '기전체(紀傳體)'로 불리는 구성을 취하고 있으며, 다음 다섯 부분으로 이루어져 있다.

1. 본기(本紀) —— 왕조의 역사
2. 표(表) —— 연표
3. 서(書) —— 법제(法制), 역법(歷法), 음악 등의 역사
4. 세가(世家) —— 제왕을 둘러싼 제후의 기록
5. 열전(列傳) —— 영웅호걸 등으로부터 시정 서민에 이르는 개인의 전기

이 가운데 특히 〈본기〉〈세가〉〈열전〉 등 세 가지는 서로 밀접한 연관을 가지고 있으며, 이것을 모두 합쳐서 읽음으로써 입체적으로 인간세계가 부조되도록 되어 있다. '편년체'의 서술은 대개의 경우 평판적으로 흐르기 쉬움에 비하여, '기전체'는 사물을 모든 면에서 다각적으로 조명할 수가 있다. 이런 독특한 구성에 의해 사마천의 복안적 역사관, 인간관이 한층 더 명확하게 표현되고 있는 것이다.

왕후 귀족으로부터 깡패까지

《사기》에 등장하는 인물들은 실로 다채롭다. 특히 개인의 전기를 다룬 〈열전〉에는 현대에도 그대로 적용되는 갖가지 인간의 패턴이

그려져 있다. 예컨대 정치가·외교관·학자·사상가·은자(隱者) 등을 위시하여 무장(武將)·병법가·식객(食客)·관리·기업가·상인에서부터 테러리스트·환관·배우·깡패·좀도둑에 이르기까지 다양한 인물들이 등장하고 있다.

더구나 사마천은 이와 같이 다른 사회계층의 사람들에 대해 아무런 편견도 가지지 않고 동렬에 세워서 다루고 있다. 그들 한 사람 한 사람이 주어진 상황 속에서 어떻게 행동했고 살아갔는지, 그리고 그것이 다른 인간, 다른 사회에 어떻게 영향을 끼쳤는지를 그려 나가면서, '인간이란 무엇인가? 그리고 무엇을 하고 있는가?'라는 큰 문제를 제기하고 있는 것이다.

사관(史官)의 의기

사마천의 조상은 대대로 주(周)나라 왕실에서 사관의 직책을 담당해 왔고, 그의 아버지인 사마담도 한나라의 태사령(史官의 長)이었다. 그런데 이 사관의 직무가 얼마나 힘들었던 일인지를 보여 주는 에피소드가 《춘추(春秋)》〈좌씨전(左氏傳)〉이란 역사책에 실려 있다.

춘추시대의 일이다. 제(齊)나라의 대부인 최저(崔杼)가, 자기 아내와 밀통한 주군(主君) 장공(莊公)을 시해하고, 그 동생인 경공(景公)을 군위에 앉힌 다음, 자신은 상대부가 되었다. 이 사건을 제나라 태사는 '최저가 주군을 시살하였다'고 기록했다. '시살'이란 자식이 부모를, 신하가 주군을 죽인다는 것으로서 가장 비도(非道)한 행위로 여겨진다. 그것이 사서에 적혀 후세에 전해진다는 것은 실로 불명예스러운 일이다. 최저는 화가 나서 그 태사를 죽였다.

그리고 죽은 태사의 동생을 태사로 임명했던바, 이 사람도 꼭같은 것을 사서에 기록했으므로 그 역시 죽였다. 그 다음에는 셋째 동생을 사관으로 임명했는데 역시 같은 내용을 사서에 기록하는 것이었다. 이렇게 되자 고집이 센 최저도 포기하지 않을 수 없었다.

이때 지방에서 역사 기록의 직무에 임하고 있던 사관들은 태사가 차례로 죽음을 당한다는 이야기를 듣고 죽간을 짊어진 채 도읍으로 달려왔다가 기록이 제대로 되었다는 것을 확인하고 돌아갔다는 것이다.

전국책(戰國策)

중국에서는 예부터 많은 역사책이 쓰여져 왔다. 예컨대 《춘추(春秋)》〈좌씨전(左氏傳)〉, 《전국책》, 혹은 《사기(史記)》《한서(漢書)》《삼국지(三國志)》로부터 《명사(明史)》에 이르는 정사(正史), 그리고 《자치통감(資治通鑑)》《십팔사략(十八史略)》 등등 무수한 역사책이 있으며, 이 역사서들은 많은 사람들에게 읽혀 왔다.

이 역사서들을 쓴 역사가들은, 후세 사람들이 이것을 읽음으로써 거기서 무엇인가 얻기를 분명히 기대하고 있었고, 또 독서인들 역시 역사서를 읽음으로써 많은 교훈을 얻었던 것이다.

예컨대 이런 이야기가 있다.

송대(宋代)에 적청(狄靑)이라고 하는 명장이 있었다. 이 사람은 일개 병졸 출신이었는데 전쟁에는 아주 강했다. 서쪽의 이민족인 서하(西夏)와 싸울 때마다, 이 적청이 이끄는 부대는 승리를 거두었고 그 공적으로 장군에 발탁되었다.

그러나 장군은 그저 전쟁만 잘한다고 해서 그 자리를 유지할 수 있는 것이 아니다. 이를 걱정한 총사령관은 일부러 적청을 불렀다.

"장군, 고금의 사건을 모른다면 필부지용에 지나지 않는 법일세."

이렇게 말한 총사령관은 이 책을 꼭 읽으라면서 《춘추》〈좌씨전〉이란 역사책을 권했다. 발분한 적청은 그 후 《춘추》〈좌씨전〉과 《전국책》을 숙독함으로써 힘으로 싸우는 용장에서 머리로 싸우는 지장(智將)으로 변신했다고 한다.

또 이런 이야기도 있다.

《삼국지》 시대, 오(吳)나라의 왕인 손권(孫權) 휘하에 여몽(呂蒙)이라고 하는 무장이 있었다. 이 사람도 전쟁에 강하여 두각을 나타냈으며 마침내 장군으로 발탁되었는데, 소년시절에는 너무나 가난하여 책을 읽을 틈이 없었다.

지도자가 되면 학문과 교양을 반드시 갖추어야 한다는 것은, 고대로부터 중국인들에게 인식되어 온 바이다. 장군도 그 예외일 수는 없다. 걱정을 해오던 손권이 어느 날 여몽을 불러놓고 이렇게 말했다.

"이제 그대도 중요한 지위에 올라 있소. 그러니 공부를 해서 자기 계발을 해야 할 것이오."

군무다망하여 독서할 틈이 없다며 발뺌을 하는 여몽에게 손권은 정색을 하며 다시 권했다.

"그렇다고 해서 그대에게 학자가 되라는 이야기는 아니오. 역사를 공부하라는 것뿐이오. 과인을 보시오. 과인은 보위에 오른 후에도 독서를 거르는 날이 없소이다. 《전국책》《사기》

224

《한서》, 그리고 제가(諸家)의 병법서에서 많은 것을 배우고 있소. 그대도 핑계만 대지 말고 독서를 하도록 하오.”

손권은 이렇게 말한 다음, 두 가지 종류의 책을 추천했다.

1. 《손자》《육도(六韜)》 등의 병법서

2. 《전국책》《사기》 등의 역사서

《손자》를 비롯한 병법서는 병법의 원리원칙을 기록한 책이다. 그 원리원칙은 장군이라면 당연히 알아두어야 한다. 그러나 그것만으로는 승리를 할 수가 없다. 실전에 임했을 때 바람직한 것은, 원리원칙과 아울러 임기응변의 운용이다.

그런 까닭에 필요한 것이 역사서인 것이다. 《전국책》, 《춘추》〈좌씨전〉, 《사기》 등의 역사서에는 원칙을 적용했던 구체적인 사례가 가득 실려 있는 것이다.

손권이 이런 책들을 권했던 이유를 알 만하지 않은가?

여몽은 손권의 간곡한 권유를 받자 한번 해보고 싶다는 생각이 들었던 것 같다. 그 후 그는 시간을 쪼개가며 학문에 힘썼던 결과, 그 역시 힘으로 싸우던 무장에서 머리로 싸우는 지장으로 변신했던 것이다.

적청도, 그리고 여몽도 단순한 무장들이었으니 역사서에서 배운 것은 전쟁의 구체적인 사례, 혹은 노하우였을 것임에 틀림없다. 그러나 역사서에 가득 실려있는 내용들이 그런 것뿐만은 아니다. 각국의 치란흥망(治亂興亡)에 관한 생생한 사례, 혹은 인간학이라든가 인간관계에 대한 기미 등, 현대를 살아나가는 데 필수불가결한 지혜가 듬뿍 실려 있는 것이다.

역사책에 그런 효용 가치가 있음을 잊어서는 안 된다.

—— 방향이 바뀌면……

현대를 살아가는 데 도움이 되는 지혜의 이야기를 예로 든다면 이런 것이 있겠다. 물론《전국책》에 실려 있는 일화이다.

위(魏)나라 안이왕(安釐王)이 조(趙)나라 도읍 한단(邯鄲)을 공격하기 위한 계획을 세웠던 때의 일이다. 계량(季梁)이란 신하는 이 소식을 듣자, 여행길에서 돌아왔다. 그는 머리에 묻은 먼지도 털지 않고 입은 옷의 주름도 펴지 않은 채 알현을 청했다.

"전하, 신은 방금 도읍으로 돌아오던 도중 한 사나이를 만났사옵니다. 그는 수레를 북쪽으로 몰면서 '초(楚)나라에 가는 길'이라고 하였나이다. '초나라에 가려면 남쪽으로 가야겠거늘 왜 북쪽으로 가는 거요?'라며 신이 물었습지요. 그랬더니 그는 '말은 아주 잘 달리는 천리마라오'라며 대답하였나이다. '글쎄, 좋은 말인지는 모르겠으나 방향이 틀렸다구요'라고 신이 말하자 그는 '여비도 많이 가지고 있소'라고 대답했나이다. 하도 기가 믹혀서 신이 '그럴는지 모르겠으나 길을 잘못 들었소이다'라고 말하자 그는 엉뚱하게도 '어자(御者)도 말을 잘 몰지요'라고 대답했사옵니다.

전하, 이처럼 좋은 조건만 모두 갖추고 있지만 그는 점점 더 초나라에서 멀어져 갈 뿐이 아니겠나이까. 전하, 전하께오서는 지금 패왕(霸王)이 되시기 위해 천하의 신뢰를 얻고자 하시나이다. 그리고 나라가 넓은 것과 병사가 강한 것만 믿으시고 한단을 공격하려고 하시옵니다. 하오나 지금 동병(動兵)을 하신다면 그만큼 패업에서는 멀어질 것이니이다. 초나라에 가려던

226

사람이 반대로 점점 북쪽을 향해 가는 것과 무엇이 다르겠나
이까?”

최초에 방침을 잘못 정하면 어떻게 되는가? 능력이 있으면 있
을수록, 노력을 하면 할수록 목적한 바에서 멀어져 가고 말 것이
라는 이야기이다.

《맹자(孟子)》라는 책에 이런 이야기가 있다.

“공부하는 일이든 사업을 하는 일이든 우물을 파는 것과 비슷
하다. 아무리 깊이 파더라도 수맥(水脈)에 도달하지 못하고 집
어치우면 우물을 포기한 것과 같다.”

이것은 계속적인 노력의 중요성을 강조한 말이다. 뜻한 바를
성취하고, 사업을 성공시키려면 계속적인 노력이야말로 빼놓을
수 없는 조건이다.

그러나 최초의 방침을 잘못 정하면 그토록 힘들인 노력도 아
무 쓸모없는 것이 되고 말 것인데 《전국책》의 일화는 그것을 가
르쳐 주고 있는 것이다. ‘뭐야? 그 정도도 누가 모를까봐……’
라는 독자도 있을는지 모르겠다. 그러나 우리 주위에는 의외로
그런 사람, 그런 일이 많이 있다.

어느 재벌 그룹의 회장은 이 《전국책》의 일화를 인용해가며
이따금 사원들에게 훈시한다는 이야기를 들었다. 이 회장의 노파
심을 비웃는 사람은 과연 어떤 사람일까?

—— 세 글자의 간언(諫言)

《전국책》은 지금으로부터 2천 수백 년 전국시대에 활약했던
‘세객(說客)’들의 에피소드를 기록한 책이다. 역사책임에는 틀림

없으나 결코 딱딱한 책이 아니다. 여기서 '세객'이라고 뭉뚱그려서 말했는데 그 세객들도 각양각색이다.

소진(蘇秦)과 장의(張儀)처럼 세 치 혀로 국제정세를 뒤흔들어 놓은 거물급의 책사가 있는가 하면, 감무(甘茂)나 범수(范睢)처럼 일약 한 나라의 재상에 뛰어오른 행운아도 있다. 또 형가(荊軻)라든가 섭정(聶政)과 같이 비수 한 자루에 모든 것을 의탁하고 적지 속에 뛰어들었던 자객이 있는가 하면, 제모변(齊貌辯)이나 풍훤(憑諼)처럼 권문에 기식(寄食)하다가 그 집안에 큰일이 일어났을 경우 감연히 일어서서 그 은혜를 갚은 식객들도 있다.

파란만장했던 전국시대를 배경으로 하여 이런 인물들이 펼치는 갖가지 에피소드, 그것이 《전국책》의 내용이다.

'세객'들의 기상천외한 발상, 의표를 찌르는 논리, 다채로운 설득력, 사나이의 의기, 허세, 그리고 거짓 이야기——. 그 모두가 답답한 현대를 살아가는 우리에게는 한 모금의 청량제가 될 것이다. 또 그 속에서 오늘을 살아가는 용기와 자신감, 끈기 등을 배울 수도 있겠다.

송대의 소순(蘇洵)이란 문학자는 《전국책》을 이렇게 평했었다.

"소년의 문자(文字)이다. 실로 기상(氣象)을 쟁영(峥嵘)시킬 수 있다."

'기상을 쟁영시킨다'는 것은 마음을 넓게 가지도록 하고, 하고자 하는 의기를 불러일으키게 한다는 의미이다. 이런 점에 예로부터 《전국책》이 읽혀져 온 비밀이 있었는지도 모르겠다.

그런 예를 한 가지만 소개하겠다.

제나라의 재상을 지내고 있던 정곽군(靖郭君)이 자신의 영지인 설(薛) 땅에 성을 쌓으려고 했다. 그 말을 들은 식객들은 번갈아 가며 들어와서 그 일을 말리려고 했다.

그것을 눈치챈 정곽군은 말했다.

"누구든 만나지 않을 것이야."

그런데 잠시 후, 한 식객이 들어와서 면회를 청했다.

"세 마디만 하겠습니다. 그 이상 이야기하거든 가마솥에 삶아서 죽여도 좋습니다."

정곽군은 그 식객만은 만나 보기로 하였다. 사나이는 종종걸음으로 들어와서,

"해(海), 대(大), 어(魚)."

라고 말하자마자 뛰어나가려고 하였다. 분명 세 마디만 말한 것이다. 그러나 이 세 마디만으로는 무슨 말을 한 것인지 그 뜻을 알 수가 없었다.

"기다리시오!"

정곽군은 무의식중에 소리쳤다.

"그냥 가렵니다. 개죽음은 하고 싶지 않으니까요."

"괜찮소. 자세히 말해 보오."

그러자 사나이는 대답했다.

"대어(大魚)를 모르십니까, 대감? 이 대어는 너무나 크기 때문에 그물로 잡을 수가 없지요. 또 낚시로도 잡을 수가 없습니다. 그렇게 큰 대어라 하더라도 물 밖으로 나오게 되면, 개미의 먹이가 되고 맙니다. 지금 제나라는 대감에게 있어 물과 같은 것입니다. 그 속에만 계시면 설 땅에 성을 쌓을 필요가 없

으십니다. 그러나 일단 제나라를 떠나신다면 설 땅에 하늘까지
치솟는 성을 쌓으신다 해도 아무 도움이 되지 못할 것입니다.”
“과연, 그대의 말이 옳소”
정곽군은 설 땅에 성 쌓는 계획을 취소했다.

이 식객은 오늘날 흔히 볼 수 있는 캐치프레이즈의 수법으로
면회사절의 벽을 보기 좋게 돌파했던 것이다. 그의 기지에는 일
종의 상쾌감이 있다고 해도 좋다. 그리고 읽는 이로 하여금 ‘그
런 일이라면 나도 할 수 있겠다’는 생각이 들도록 하는 점에 이
이야기의 진가가 있는 것이다.
《전국책》에는 이처럼 상쾌한 이야기가 가득 실려 있다.

—— 식객의 보은(報恩)

세 치 혀를 놀려 언론활동을 하며 살았던 ‘세객’들의 기록은 그
대로 설득술이라든가 교섭술의 에센스가 되었는데, 이《전국책》
의 내용은 그것에만 한정되어 있는 것은 아니다. 인간을 알고 인
간관계의 기미를 이해하는 데에도 빼놓을 수 없는 에피소드가 많
이 포함되어 있다.
그런 예를 역시 정곽군의 일화 속에서 한 가지만 더 소개하기
로 하겠다.

정곽군 밑에 제모변이라고 하는 식객이 있었다. 이 제모변은
다른 식객들로부터 미움을 사고 있었는데, 정곽군은 그러한 제모
변에게 후대해 주었다.

그 후 제나라에서는 위왕(威王)이 세상을 떠나고 선왕(宣王)이 그 뒤를 이었다. 정곽군은 이 선왕과 사이가 좋지 못했으므로 재상의 직을 사임하고, 자기 영지인 설 땅으로 돌아갔다. 그때 제모변도 함께 돌아갔는데 하루는 제모변이 정곽군에게 선왕을 만나러 가겠노라고 말했다.

정곽군은 제모변을 말렸다.

"지금 왕은 나를 미워하고 있소. 그대가 갔다가는 아마 잡혀서 죽고 말 것이오."

"물론 저도 살아서 돌아올 생각은 하지 않습니다. 어쨌든 꼭 보내 주십시오."

제모변은 말리는 정곽군을 뿌리치고 제나라 도읍으로 올라갔다.

이 소문을 들은 선왕은 노기충천하여 기다리고 있다가 제모변을 보자마자 이렇게 허두를 꺼냈다.

"듣자하니 정곽군은 그대를 총애한다더군. 그러니 그대가 건의하는 의견도 잘 받아들여 주겠지?"

제모변이 대답했다.

"예, 전하. 신은 정곽군의 총애를 받고 있나이다. 하오나 정곽군은 신의 헌책을 받아들이지는 않사옵니다. 실은 이런 일이 있었습지요. 전하께서 아직 태자로 계셨을 때 신은 정곽군에게 이런 말을 한 적이 있었나이다. '저어, 태자는 그 인상이 좋지 않습니다. 턱은 튀어나왔고 눈은 사팔뜨기입니다. 그런 상을 가진 사람은 틀림없이 모반을 한다고 하였습니다. 태자를 폐하고 그 대신 위희(衛姬)가 낳은 교사(郊師)를 태자로 삼도록 하는 게 어떨까요?’ 그러자 정곽군은 ‘그게 무슨 말이오? 다시는 그런 말, 입 밖에 내지도 마오!’라며 반대했었나이다. 만약 그때, 신의 말을 정곽군이 들었더라면 전하의 오늘은 없으셨을 것이니이다.

또 이런 일도 있었사옵니다. 정곽군이 그의 영지인 설 땅에 간 다음의 일이옵니다만, 초(楚)나라의 대부인 소양(昭陽)이 ‘설 땅보다 몇 배나 되는 땅을 줄 테니 설 땅과 교환하자’고 제의해 왔사온데, 그때 신은 ‘어서 바꾸십시오’라고 권했사옵니다만 정곽군은 ‘이 땅은 선군께서 나에게 주신 것이오. 아무리 금상(今上)께서 나를 미워하신다 해도 이 땅을 내놓을 수야 없지. 더구나 이 설 땅에는 선왕을 제사지내는 사당이 있지 아니한가. 이런 땅을 초나라에게 주다니 그런 말은 두 번 다시 하지 마오’라고 말하며 신의 말을 또 받아들이지 아니하였나이다.”

선왕의 얼굴에는 감동의 빛이 떠올랐다.

“그랬던가? 그토록 과인을 생각하고 있단 말이지……. 과인은 아직 미숙하여 그런 것을 전혀 모르고 있었구려. 그대는 곧 정곽군을 불러들여 주오.”

“예, 분부 받들어 거행하겠나이다.”

이렇게 해서 제모변은 정곽군과 선왕 사이를 화해시키는 데 성공했다. 그래서 정곽군은 다시 재상의 지위에 오르게 되었다고 한다.

이 일화는 역공을 한 설득법의 본보기로서 이따금 인용되는 이야기인데, 그와 동시에 인간관계의 기미도 멋지게 나타내 주는 것이라 할 수 있겠다.

《전국책》에는 원저자인 듯한 사람의 코멘트가 첨가된 대목이 더러 있는데, 이 일화에도 그 코멘트가 붙어 있다. 그것은 대략 다음과 같은 것이다.

"이렇게 볼 때 정곽군은 사람을 잘 보았고 이해했던 사람이라고 해야 할 것이다. 그처럼 이해했기에 비난하는 자가 많았어도 제모변을 계속 신뢰했던 것이 아니겠는가. 제모변이 생명의 위험을 무릅쓰면서까지 기꺼이 그 어려운 일을 해냈던 이유는 바로 그런 점에 있었다."

이해해 주고 신뢰해 주는 것이야말로 상대방에게 하고자 하는 마음을 불러일으키는 열쇠라고 해도 좋을 것 같다.

《전국책》에 대하여

합종(合從)·연횡(連衡)

합종·연횡은 현재는 정치의 임기응변식 흥정이란 의미 정도로 쓰이고 있는데, 원래의 뜻은 서로 다른 두 가지 외교전략의 총칭이었다.

전국시대 후반부터 서쪽에 있었던 진(秦)나라가 차츰 강성해졌는데, 다른 6개국, 즉 초(楚)·연(燕)·제(齊)·한(韓)·위(魏)·조(趙)나라 등은 진나라에 대처하기 위하여 고심하게 된다. 그래서 6개국이 동맹하여 진나라에 대항하자고 하는 외교전략이 생겼다. 이것이 '합종'이다. 예컨대 대기업에 대한 중소기업의 연합과 같은 것이었다.

이것에 대하여, '연횡'이란 진나라가 6개국과 각각 손을 잡고, 그 밖의 나라를 하나하나씩 각개격파시켜 나가는 전략이다.

'합종'을 추진한 세객은 소진, '연횡'의 입안자는 장의로서, 이들은 각각 그 시대를 대표하는 '세객'이었다.

세객과 식객

춘추시대까지는 천자—제후—경(卿)—대부—사(士)—서민이라는 신분제도가 고정화되어 있었는데, 전국시대가 되자 실력본위의 하극상 풍조가 두드러졌으며, 그에 따라 지배계급의 말단에 위치했던 '사' 계급이 대두하기 시작했다.

그들은 각기 정치위기의 대처 방안을 내세우며 정치에 참가할 것을 목적으로 활발한 유세 활동을 폈다. 이들이 '세객' 또는 '유세객'으로 불리던 사람들이다.

'세객' 중에는 소진·장의와 같이 국제정국을 휘두르고 다녔던 거물급의 책사도 있었지만, 그 반면 인정받을 기회조차 없었기에 항간에서 그대로 늙어 간 사람도 적지 않았을 것이다.

그들은 생활고를 면하기 위하여 일시적으로나마 권문세가에 기식(寄食)하여 출세할 찬스를 기다렸었다. 이런 사람들이 '식객'으로 불려진 사람들이다.

식객 중에는, 예컨대 범수(范雎)와 같이 대국의 재상의 자리까지 오른 인물도 있지만, 이렇다 할 재능도 없이 그런대로 연명만 하고 있던 사람도 있다. 그런가 하면 '계명구도(鷄鳴狗盜)'란 성어가 생길 만큼 보잘것없는 재능을 가진 사람들도 많았던 듯하다.

계명구도(鷄鳴狗盜)

전국시대도 중반에 접어들자, 식객을 수천 명씩이나 거느린 유력 정치가가 여러 명 나타나게 되었다. 제나라 맹상군(孟嘗君)도 그 중의 한 사람이다.

그 맹상군이 진(秦)나라의 초청을 받고 진나라를 방문했을 때의 일이다. 맹상군을 맞은 진왕은 처음에는 후대를 하였으나 갑자기 무슨 변덕이 났던지 맹상군을 감금했다. 그래서 맹상군은 진왕의 애첩에게 도움을 청했다. 상대방은 호백구(狐白裘 : 여우의 겨드랑이털로 만든 최고급 코트)를 주면 구해 주겠노라고 했다.

그러나 선물용으로 한 개를 가지고 갔던 호백구는 이미 진왕에게 바친 후였다. 난감하게 된 맹상군은 동행했던 식객들에게 의논했지만 명안이 나오지 않았다. 이때 말석에 있던 좀도둑[狗盜]의 명수가 나서더니 왕궁의 창고에 숨어들어가서 그 호백구를 교묘하게 훔쳐냈다. 호백구를 진왕의 애첩에게 바친 맹상군은 무사히 석방되었다.

맹상군 일행은 그 즉시로 탈출하였고 서둘러 국경인 함곡관(函谷關)으로 향했다.

한편 진왕은 맹상군을 석방하기는 했으나 곧 후회하고 그를 추격시켰다.

당시 관소의 규칙으로는 닭이 울기 전에는 관문을 열지 않기로 되어 있었다. 한밤중에야 관소에 도착한 맹상군은 굳게 닫혀 있는 관문을 보자 안절부절 못했다. 이때 말단 식객으로서 닭의 울음소리를 기가 막히게 흉내내는 사나이가 나왔다. 그 사나이가 닭의 울음소리를 내자, 사방에서 닭들이 울어댔다. 마침내 관문이 열렸고, 맹상군 일행은 무사히 탈출할 수가 있었다.

한마디로 식객이라고는 하지만 그 중에는 좀도둑도 있었고, 건달들도 있었다는 이야기이다.

먼저 괴를 써주소서

무슨 일이든 시작할 때에는 먼저 가까운 것부터 시작하라는 의미로 '먼저 괴(隗)를 써주소서'란 말이 있다. 이 말의 출전은 《전국책》이다.

연(燕)나라 소왕(昭王)은 패전의 치욕을 씻기 위하여 곽괴(郭隗)를 초빙하고 대책을 물었다. 곽괴는 그러려면 널리 인재를 구하는 것이 급선무라며 이렇게 말했다.

"신은 이런 이야기를 들은 적이 있나이다. 옛날 어떤 왕이 천금을 주며 천리마를 구해 오라고 명령을 내렸다 하옵는바, 2년이 걸려도 천리마를 구하지 못했습지요. 그러자 '신이 구해 오겠나이다'라며 나서는 자가 있었다 하옵니다. 왕은 그 사나이에게 그 일을 맡겼습지요. 그로부터 석 달이 지난 후 그 사나이는 천리마가 있다는 소문을 듣고 그곳으로 달려가 보았지만 말은 이미 죽었더라지 뭡니까.

사나이는 죽은 말 뼈다귀를 5백 금에 사가지고 돌아와서 왕에게 보고했더랍니다. 그러자 왕은 크게 노하며, '과인이 찾던 것은 말이야! 죽은 말 뼈다귀를 5백 금이나 주고 사오는 멍청이가 이 세상에 어디 있단 말이냐?'라고 말했습니다. 그러자 사나이는 태연하게 대답했습지요. '전하, 죽은 말까지도 5백 금을 주고 샀다는 소문이 나면, 산 말이야 얼마나 많은 돈을 주겠느냐며 천하의 준마가 다 모여들 것이오니, 그렇게 되면 가만히 앉으시어 천리마를 구하실 수 있을 것이니이다' 라고요.

이런 일이 있은 지 1년도 채 안 되어서, 과연 그 왕은 천리마를 세 필이나 구할 수 있었다고 하옵니다. 전하, 그러하오니 전하께오서도 인재를 구하시고자 하면, 먼저 이 괴(隗)부터 높이 써보소서. 신과 같이 어리석은 자가 전하로부터 후대를 받는다는 소문이 나면, 신보다 훌륭한 인재가 천리 길을 멀다 않고 구름처럼 모여들 것이옵니다."

소왕이 곽괴의 진언에 따랐던바 과연 연나라에는 천하의 인재들이 속속 모여들었다고 한다.

삼국지(三國志)

우리나라 속담에 '호랑이도 제 말 하면 온다'란 말이 있다. 설명할 필요도 없겠지만 '어떤 사람의 말을 하면 그 사람이 모습을 나타낸다'는 뜻으로서 실제로 이런 일이 적지 아니하다. 중국에서도 이것과 거의 똑같은 의미의 속담이 있다. 즉,

"설조조(說曹操), 조조도(曹操到)."

가 그것이다. 직역을 한다면 '조조 이야기를 하자 조조가 온다'란 의미이다. 이 조조란 사람은 《삼국지》의 걸물인데 서민적인 인기라는 점에서는 유비(劉備)라든가 제갈공명(諸葛孔明)에게 미치지는 못한다. 아니, 오히려 미움을 받는 자의 대명사가 될 정도이다. '조조 이야기를 하자, 조조가 온다'라는 말에도, '싫어하는 자가 온다'는 뉘앙스가 섞여 있다.

왜 조조는 이처럼 미움받는 사람이 되었을까? 그것은 아마 당시의 역사를 소설화한 《삼국지연의(三國誌演義)》, 혹은 그것에 앞서 있었던 강담(講談)의 영향이 컸던 것으로 생각된다. 왜냐하면 이런 것들 속에서 조조는 철두철미한 악역으로 그려져 있기 때문이다.

그러나 역사적인 사실을 들추어 보면 이 삼국시대를 리드해

238

나갔던 사람은 누가 뭐라고 해도 조조였다. 그러므로 여기서는 조조에게서 악역의 이미지를 떼내고, 그가 어떻게 해서 그런 재능을 발휘했는지를 알아보기로 하겠다.

── 형장(刑場)에서의 기지

조조는 소년시절부터 약삭빨랐다고 한다. 그 무렵의 에피소드로서 《세설신어(世說新語)》에 다음과 같은 이야기가 소개되어 있다.

조조와 원소(袁紹)는 소년시절 함께 어울려 방탕하고 무뢰한 생활을 했었다.

어느 때 혼인잔치가 있다는 소문을 듣고, 두 사람은 그 집에 숨어들었다. 그리고 밤이 되기를 기다렸다가,

"도둑이야! 도둑이 들었다!"

고 외쳐 댔다. 그 집안 사람들은 깜짝 놀라서 밖으로 뛰쳐나갔다. 그 틈을 타서 신방에 들어간 그들은 신부에게 칼을 들이댔다.

이렇게 해서 두 사람은 신부를 들쳐 업고 도망을 쳤는데 원소가 그만 발을 헛디뎌서 탱자나무 숲에 떨어지고 말았다. 원소는 탱자나무 가시에 찔려서 몸을 움직일 수가 없었다. 그러자 조조가 소리쳤다.

"도둑은 여기 있다!"

이 말을 들은 원소는 어찌나 다급했던지 아픈 것도 잊은 채 벌떡 일어나서 달렸다. 이렇게 해서 두 사람은 무사히 도망칠 수 있었다고 한다.

　조조의 이러한 기지에는 놀라지 않을 수 없다. 인간은 궁지에 몰리게 되면 엉뚱한 힘을 발휘하게 마련이다. 소년 조조는 이미 그것을 알았다. 그랬기에 탱자나무 가시에 찔리어 움직이지 못하는 원소를 '도둑은 여기에 있다!'고 소리쳐 궁지에 몰아넣음으로써 죽을 힘을 다해서 일어나 도망칠 수 있게 했던 것이다. 나이에 걸맞지 않게 엉뚱한 재치를 발휘했다고 보아야 할 것 같다.

　조조는 어렸을 때부터 상당히 교활한 면이 있기는 하였으나, 이런 에피소드를 보아도 알 수 있듯이, 모든 것이 깊은 인간통찰 위에서 행해진 것이었다.

　그 후 조조는 수많은 전쟁터에서 활약하는데, 천부적인 기지로 여러 차례나 위기를 모면한다. 예를 들면 복양(濮陽)에서 진을 치고 있던 여포(呂布)의 군단을 공격했을 때의 일이다.

　때마침 성안과 내통하고 있던 자가 있었는데, 그 사람의 말을 믿은 조조는 야음을 틈타 총공격을 감행했다. 그 순간 성안에서는 큰 불이 일어남과 동시에 여포의 군단이 반격전을 펴왔다.

　"속았구나!"

　조조가 이렇게 생각했을 때는 이미 늦었고 조조군은 산산이 무너지고 말았다. 당황하는 조조 곁으로 적군의 기마가 쇄도했고 창부리가 코앞에서 번득였다. 그리고 소리쳤다.

　"조조가 여기 있다!"

　그 순간 조조는 앞을 가리키며,

　"저기다! 저 붉은 말을 탄 자가 조조다!"

라고 외쳤다. 기마는 조조가 가리키는 붉은 말을 쫓았다. 조조는 이렇게 해서 위기를 넘길 수가 있었다.

순간적인 기지로 위험한 고비를 넘긴 것이다. 한문으로는 이런 것을 '권(權)'이라든가 '권변(權變)'이라고 한다. 태어날 때부터 이런 점에 빼어났었던 조조는 그것을 최대한 잘 이용함으로써 난세를 이겨 낼 수 있었던 것이다.

—— 비정한 결단

먹느냐 먹히느냐의 난세에서 살아 남기 위해서는 엉거주춤한 인정 따위는 금물이라고 조조는 생각했던 것 같다. 그는 이따금 범인으로서는 상상도 할 수 없는 비정한 결단을 내리곤 했다. 이런 이야기가 있다.

동탁(董卓)의 군단에게 쫓겨서 도읍을 탈출했을 때, 도중에서 여백사(呂伯奢)라는 친구집에 들렀는데 그만 실수로 그 집 사람들을 목베어 죽이고 말았다. 그때의 양상을 정사 《삼국지》는 다음과 같이 기록하고 있다.

주인 여백사는 집에 없었다. 그런데 그 집에 있던 여백사의 아들과 동거인들이 조조를 협박하며 말과 짐을 뺏으려고 했다. 조조는 칼을 휘둘러서 몇 사람을 목베어 죽였다.

이것은 정당방위로는 좀 지나쳤다는 생각도 든다. 그런데 정사 《삼국지》의 주(注)에는 다음과 같은 이설도 실려 있다.

조조는 그 집 사람이 식기 꺼내는 소리를 듣고 그만 착각했다.

'무기를 꺼내는구나. 나를 죽일 셈인가 보다.'

그래서 밤이 되자 선수를 쳐서 그 집 사람들을 죽였다. 죽이고 난 다음에야 그는 자신이 착각했다는 것을 깨달았다. 비통한 마음에 조조는,

"나는 천하 사람을 등질지라도 천하 사람이 나를 등지게 해서는 안 된다. 이것이 나의 방침이다."

라고 말하고 그곳에서 떠났다고 한다.

이 에피소드는 후일 소설 《삼국지》에도 채용되어 조조라면 '교활한 악질'로 매도하게 되는데, 사실 여부야 어떻든 이런 비정한 면도 조조에게는 있었다.

다음의 에피소드도 조조라는 인물의 비정함을 단적으로 나타낸다.

어느 때 적과 대치하고 있던 중, 군량이 바닥나게 되었다는 보고가 들어왔다. 초조해 하던 조조는 은밀히 군량을 담당했던 장교를 불러놓고 대책을 강구했다.

"군량을 배급하는 되를 작은 것으로 바꾸면 어느 정도 보급 시일을 끌 수 있을 것 같습니다."

"좋아, 그렇게 하도록 하지."

곧 되가 작은 것으로 바뀌었고 그것으로 식량을 배급했다. 그러나 이런 조치는 이윽고 장병들에게 들키고 말았다. 군진 안에,

"우리는 대장군(조조)에게 속고 있는 것이야."

라는 소문이 파다하게 퍼져 공기가 험악해졌다. 그러자 조조는 다시 군량 담당관을 불러놓고,

“장병들의 분노를 가라앉히기 위해서는 그대가 목을 내놓아야
겠어.”
라며 그 자리에서 목을 쳤다. 그리고 그 목을 효수했으며 이렇게
포고했다고 한다.
“이놈은 되를 작은 것으로 바꾸어서 장병들의 군량을 적게 배
급하고 남는 식량을 훔쳤기에 참죄에 처했다.”

필요하면 이처럼 비정한 짓도 서슴지 않았던 점에 조조의 ‘강
함’이 있었다고 보아야겠다.

—— ‘사(詐)’의 명인(名人)
《손자(孫子)》라는 병법서에,
‘용병한다는 것은 적을 속이는 일이다(兵者詭道也).’
‘전투란 적을 속임으로써 성립된다(兵以詐立).’
라는 말이 있다. 위도(詭道)건 사(詐)건 모두 상대방을 속이는
것, 즉 사기를 치는 것이다.
조조의 또 한 가지 재능이 바로 이 ‘사(詐)’이다. 위에서 소개
한 군량 담당관의 에피소드에서도 이미 그 일단이 나타나 있지
만, 그 밖에도 조조에게는 이 ‘사(詐)’와 관계되는 이야기가 많이
있다.
그러나 사람을 잘 속인다는 것은 바꾸어 말하면 그 사람을 깊
이 이해하고 있다는 말도 된다. ‘사(詐)’란 술수는 원래 상대방의
심정이라든가 욕망을 철두철미하게 읽지 못하면 성공할 수가 없
는 법이다. 사기꾼들이 장사를 할 수 있는 것은 상대방이 무엇을

바라고 있는지를 숙지하고 있기 때문이다.

조조는 적을 속이는 것은 물론이었고 아군까지도 속였다. 다음의 에피소드를 보면 그것을 알 수가 있다.

조조의 군세가 행군을 하던 중 물을 발견하지 못하여, 전군이 갈증으로 괴로워했다. 그때 조조는 전군에게 이렇게 전달하라고 명했다.

"저 앞에는 큰 매화나무 숲이 있다. 달고 시큼한 매실이 주렁주렁 매달려 있지. 그곳까지만 참고 견디며 가자."

그 말을 듣는 순간 병사들의 입안에는 군침이 돌기 시작했다. 그리고 샘을 발견할 때까지 그들은 참고 견디며 행군할 수 있었다고 한다.

이 에피소드를 읽으면 조조의 기지에 감탄하지 않을 수 없다. 조조는 매화나무 숲을 들먹임으로써 목이 타서 괴로워하며 물을 찾는 병사들의 욕망을 일시적이나마 가라앉혔다. 더구나 매실이라고 하는 말을 꺼냄으로써 병사들의 입에 군침이 돌도록 하여 순간적이기는 하지만 갈증을 해소시켜 주었다. '사(詐)'도 이쯤 되면 고등기술의 하나이다. '사(詐)'를 활용한 조조의 이런 발상에는 고개가 숙여진다.

—— 유비와 손권(孫權)

이 조조의 라이벌이 유비와 손권이다. 이 세 사람이 비술을 총동원하여 서로 다투는 데에 《삼국지》의 흥미가 있는 것인데, 그럼 유비와 손권 등 두 사람은 무엇을 무기로 삼아 조조에게 대항했던 것일까?

유비는 소설 《삼국지》에서는 간교한 조조를 응징하는 선인으로 미화되어 있다. 소설이니 그야 이럴 수도 있고 저럴 수도 있겠지만, 현실의 인간을 악인과 선인으로 구별지으려는 것은 무리이다. 실상(實像)의 유비는 스스로 살아 남기 위하여 신의에 어긋나는 짓도 했었으니 결코 훌륭한 인물이라고 말할 수 없다.

예컨대 군웅의 한 사람이었던 여포란 난폭자도,

"그 유비란 놈이야말로 사기꾼이다. 그놈부터 해치워야겠어."

라고 욕한 것으로 보아 유비란 사람의 일면을 짐작할 수 있다.

유비는 수완가인 조조와는 달라서 무능한 인물이었다. 전략 전술에도 어두웠고 정치흥정에도 서툴렀던 사람이다. 모든 면에서 조조와는 대조적인 인물이었다고 보아야 할 것이다.

그러므로 조조가 떠오르는 태양처럼 그 세력을 확장해 나갔던 것에 비하여 유비라는 인생은 부침(浮沈)의 연속이었다. 어쩌다가 싹이 나오는 것처럼 보이다가는 금방 다시 시들어 버리고, 그래서 제로로부터 재출발하지 않으면 안 되었다.

그러나 조조는 그러한 유비를 최대의 라이벌로 인정하고 항상 경계를 게을리하지 않았다. 왜 그랬을까? 그것은 유비에게는 무능을 보충하고도 남을 만한 아주 강력한 무기를 갖추고 있었기 때문이다. 그 무기란 무엇이었을까? 그것은 '인덕'이라든가 '인간적 매력'이라고 말할 수 있을 것이다.

다른 말로 표현한다면 '겸허한 태도'라고 해도 좋을 것이다. 그래서 유비는 사람들로부터 지지를 얻게 되었고, 부하들로부터 헌신을 짜낼 수 있었던 것이다. 만년에 그가 촉(蜀) 땅에서 자립하여 세력을 구축할 수 있었던 것도, 제갈공명이라든가 관우 등의 부하가 '이 사람을 위해서라면'이라며 유비를 받들고 용전분투했기 때문이다. 그들로 하여금 그런 마음을 갖게 만든 것은 유비가 몸에 지니고 있던 '인덕'이라고 말해도 좋다. 그리고 그것은 유능한 조조에게는 결여되어 있던 요소이기도 했다.

또 한 사람 손권은 어떠했는가?

이 사람은 소설에서도, 그리고 정사에서도 다른 두 사람의 라이벌에 비하여 박력이 부족한 것으로 묘사되어 있는데, 그야 어쨌든 일국의 지도자로서는 두 가지의 뛰어난 장점을 가지고 있었다.

첫째로 유연한 외교전략을 구사했던 점이다. 즉 조조의 대군단에게 공격당한 '적벽대전(赤壁大戰)'에서는 유비와 손을 잡고 이를 막았으며, 유비와 싸웠던 '이릉지전(夷陵之戰)'에서는 일전하여 위(魏)나라 조비(曹丕)와 동맹을 맺고 전쟁에 임하는 등, 종래의 상황에 구애됨이 없이 그때그때에 최선이라고 생각되는 외교전략을 채용하며 임기응변으로 대처했었다.

둘째로는 인재의 등용에 힘을 기울였다는 점이다. 예(禮)를 후하게 하여 제국에서 인재를 모아들였으며, 이 인재들을 사용함에 있어서도 '그 단점은 보지 않고 그 장점을 신장시켜 주는 데 힘썼다'고 말한 것처럼, 상당한 노력을 했던 사람이 손권이다. 손권의 휘하에서 주유(周瑜), 제갈근(諸葛瑾), 여몽(呂蒙), 육손(陸遜) 등, 일류 인재들이 배출되었던 것은 톱(Top)인 손권의 이런 태도에서 비롯된 것이다.

손권도 결코 범용한 그릇은 아니었음을 짐작할 수 있다.

──── 제갈공명(諸葛孔明)과 사마중달(司馬仲達)

《삼국지》의 클라이맥스는 제갈공명과 사마중달의 대결이다.

제갈공명은 소설 《삼국지》에서는 신(神)과 같은 기책을 여러 차례 쓰는 지모의 군사(軍師)로 그려져 있다. 그러나 이것은 작가의 픽션에 지나지 않는다.

실제의 제갈공명은 돌다리도 두드리며 건너는 식의 아주 견고한 용병을 했던 사람으로서, 결코 이판사판이라든가 이 일전에 모든 승부를 거는 식의 전투는 하지 않았다. 비유컨대 한 방 홈런으로 전세를 뒤집는 식의 전투방법이 아니라, 사구로 출루한 주자를 번트로 2루에 보내고 적시안타로 한 점을 내는 식의 안전한 전투법을 사용했던 사람이 바로 제갈공명이었다.

한편 사마중달은 어떠했는가? 소설 《삼국지》에는 제갈공명의 교묘한 전략에 우롱당하는 범용한 무장으로 그려져 있다. 그러나 이것도 작가의 픽션에 지나지 않는다.

실제의 사마중달은 '싸우지 않고 이긴다'는 중국식 병법의 정석에 입각한 전략으로 제갈공명의 대군을 맞아 싸웠고, 결국 그 전법으로 재미를 본다. 결코 소설에서 묘사한 것 같은 범용한 무장이 아니었던 것이다.

이 두 사람은 먼저 기산(祁山)에서, 그 다음 번에는 오장원(五丈原)에서 겨루는 등, 두 차례에 걸쳐 대진했는데 싸움다운 싸움은 단 한 차례 했을 뿐, 오로지 서로 대치하며 노려보는 것으로 일관했다. 그러다가 제갈공명의 진몰(陣沒)로 두 사람의 대결은 종막을 고했던 것이다.

결과를 먼저 말한다면 제갈공명은 작전 목적을 달성할 수가 없었다. 그러므로 정사 《삼국지》의 저자인 진수(陳壽)의 그 유명한 비판이 있었던 것이다.

"해마다 대군을 동원했으면서도 결국 작전 목적을 달성할 수 없었다. 제갈공명이란 사람은 임기응변적인 군략에는 그다지 밝지 못했던 것 같다."

그러나 이런 견해는 제갈공명에게는 좀 가혹한 것이 아니겠느냐는 생각도 든다. 왜냐하면 이 싸움은 국력의 차이, 보급의 어려움 등, 누가 싸웠어도 승리를 얻기는 어려웠던 싸움이기 때문이다. 그런 속에서 제갈공명은 확실하게 승리하지는 못했지만 그렇다고 해서 지지도 않았다. 제갈공명이 처해 있던 제반 상황을 고려한다면 오히려 선전을 했다고 해도 좋을 것이다.

또 이 제갈공명이 훌륭했던 점은 이처럼 큰 싸움을 하면서도 국정에 조그마한 차질도 빚지 않았다는 점이다. 군사 지도자로서의 제갈공명에게는 위에서 든 것 같은 의문을 제기했던 진수도, 재상으로서의 제갈공명에 대해서는,

"관중(管仲), 소하(蕭何)에 필적할 만큼 훌륭한 명재상이다."
라며 찬사를 던지고 있다.

실상의 제갈공명은 결코 소설에서 그리고 있는 것처럼 신(神)의 영역을 드나들 만큼 훌륭했던 군사(軍師)는 아니지만, 패하지 않는 싸움을 할 수 있는 용병술, 나아가서는 국정에 한 치의 차질도 빚지 않았던 발군의 통솔력 등을 지닌 빼어난 지도자였다고 말할 수 있겠다.

이상에서 허상과 실상의 차이를 다루면서 《삼국지》의 중요 등장인물을 소개했다. 이 밖에도 예컨대 '1만 군사에 필적한다'는

248

평을 받았던 관우, 장비(張飛) 등의 호걸들, 혹은 '적벽대전'의 입안자인 주유, '오하아몽(吳下阿蒙)'의 일화를 남긴 모장(謀將) 여몽, 조조의 참모였던 순욱(荀彧) 등 명배우들이 속속 《삼국지》의 무대에 등장한다. 격동의 시대를 살아갔던 그들의 생활방법은 혼미의 현대를 살아가고 있는 우리에게 귀중한 시사를 던져 주고 있음에 틀림없다.

우리가 흔히 대하는 것은 소설 《삼국지》이다. 소설 《삼국지》도 읽을 필요가 있겠지만 그것은 어디까지나 소설이라는 점에 유의하지 않으면 안 된다. 이미 그 일단을 소개한 것처럼, 소설에 그려져 있는 인물상과 실제의 인물상 사이에는 큰 차이가 있다. 그 분명한 실상을 알기 위해서는 역시 정사(正史) 《삼국지》까지 읽어 보아야 할 것이다.

《삼국지》에 대하여

정사(正史)와 소설

진대(晉代)의 역사가인 진수가 저술한 《삼국지》는 《사기(史記)》 《한서(漢書)》 《후한서(後漢書)》에 이어지는 네 번째의 정사가 된다. 현재 유포되고 있는 《삼국지》는, 배송지(裴松之)라고 하는 사람이 이 정사에 주(注)를 달고, 여러 가지 에피소드를 첨가한 것이다. 이 주가 있음으로써 《삼국지》는 읽을거리로서의 진가를 발휘하게 되었다고 보아야 할 것 같다.

정사인 《삼국지》와 함께 또 한 가지 잊어서는 안 되는 것이 소설 《삼국지》이다. 원대(元代) 말기의 나관중(羅貫中)이 저술한 《삼국지연의(三國誌演義)》가 그것이다. 정사보다 《삼국지》는 오히려 소설 쪽이 《삼국지》의 이미지 형성에 더 큰 영향을 주었다고 할 수 있다.

두 가지의 《삼국지》 가운데 제일 큰 차이는, 정사 쪽은 당시의 현실에 비추어 보아 조조의 위왕조(魏王朝)를 정통으로 인정하고 삼국을 공평하게 기록하고 있는 것에 비하여, 소설 쪽은 조조를 악인, 유비를 선인으로 구별짓고 그런 관점에서 이야기를 재미있게 끌고 나갔다는 점이다.

난세의 간웅(奸雄)

권모술수에 뛰어났던 조조는 남들이 두려워하던 영웅이었는데, 그러한 그의 일면을 적확하게 표현해 주는 말이 '난세의 간웅'이란 평어(評語)이다.

그가 아직 무명이었던 청년시절의 일이다. 인물평을 잘하는 허소(許邵)라는 명사를 찾아가서 자신의 인물평을 해달라고 부탁했다.

허소는 대답하기를 망설였지만, 조조가 끈질기게 조르자,

"그대는 치세(治世) 때는 능신(能臣)이요, 난세에는 간웅이라."

라고 대답했다는 것이다.

정사 《삼국지》의 저자인 진수는 그러한 조조를,

"비상(非常)한 사람, 그리고 초세(超世)의 걸인이라고 할 만한 사람이다."

라고 평했다. 이 말에는 90%는 영걸(英傑)로 인정하면서도 나머지 10%는 평가를 유보하고 있는 것 같은 뉘앙스가 섞여 있다. 이 조조는 '자모단소(姿貌短小)'했었다고 한다. 땅딸막한 몸에 사람을 위압하는 박력을 갖춘 인물이었으리라.

삼고지례(三顧之禮)

조조의 라이벌인 유비는 '덕인(德人)'이다. 이렇다 할 능력은 없었고, 싸움도 서투른 사람이었는데 '덕'만은 남보다 많이 갖추고 있었다. 그럼 '덕'이란 무엇인가? 《춘추》〈좌씨전〉에,

"비양(鼻讓)은 덕의 기초이다."

라는 말이 있다. '비양'이란 자신을 낮추고 상대방을 추켜세우는 태도를 이름이다. 유비가 몸에 익히고 있던 '덕'도 그런 것이었던 듯하다.

'삼고지례'란 유명한 이야기가 있다. 유비가 제갈공명을 군사(軍師)로 맞을 때 세 번씩이나 초려(草廬 : 오두막)를 방문했고, 출마(出馬)하기를 간청했다는 데서 나온 말이다. 이때 유비는 47세, 불우하기는 했지만 천하에 그 이름이 알려져 있었다. 이에 비하여 제갈공명은 불과 27세, 거의 무명의 젊은이에 지나지 않았다. 유비는 그러한 상대에게 '삼고지례'를 했던 것이다.

제갈공명이 유비의 사후, 유비의 유조(遺詔)를 실현하기 위해 '죽을' 각오로 매사에 임했던 것은, 그처럼 두터운 은의에 보답하기 위함이었던 것이다.

그렇다면 유비가 지니고 있었던 '덕'은 사람 위에 서서 일하는 리더의 필수요건이라 하겠는데 독자들의 생각은 어떠한가?

사공명(死孔明), 주생중달(走生仲達)

《삼국지》를 아직 읽지 않은 사람이라 하더라도 '죽은 제갈공명이 산 사마중달을 도망치게 했다'는 이 속담을 들은 적이 있을 것이다.

제갈공명이 오장원에서 진몰한 다음, 사마중달은 곧 추격에 나섰

다. 그러나 촉군이 반격할 기미를 보이자 금방 추격을 중지했다고
한다. 사마중달은 사람들이,

　"죽은 제갈공명이 산 사마중달을 쫓아 버렸다."
라고 비아냥대는 말을 했다는 소문을 듣자 쓴웃음을 지으면서,

　"살아 있는 상대라면 어떻게든 해치우겠지만, 죽은 자를 어찌 해
　치운단 말인가?"
라고 중얼거렸다는 것이다.

　노회(老獪)한 사마중달이다. 그는 처음부터 촉군을 본격적으로 공
격할 생각은 없었던 것이다. 부하들 앞에서 체면도 있고 하니, 추격
하는 시늉만 내려고 했는지도 모른다. 사마중달이라면 그런 정도의
연극쯤은 능히 할 수 있었을 것이니 말이다.

사마(司馬)와 제갈(諸葛)

　중국인의 성(姓)은 이(李)라든가 장(張) 등 한 자 성이 압도적으
로 많고 두 자 성은 극히 드물다. 그런데 《삼국지》 속에서 라이벌로
대결했던 제갈공명과 사마중달은 모두 두 자 성 즉 복성(複姓)이다.

　중달의 '사마'라는 성은 원래 '말(馬)을 맡는다(司)'라는 뜻이며,
이것으로도 알 수 있듯이 군직(軍職)을 의미하는 말이었다. 이 성을
가진 사람으로서 유명인은 사마중달 외에, 춘추시대의 명장(名將)
으로 《사마법(司馬法)》이라는 병법서를 남긴 사마양저(司馬穰苴),
한대(漢代)의 역사가로서 《사기(史記)》를 쓴 사마천(司馬遷) 등이
있다.

　공명의 '제갈'이란 성은 원래 '갈(葛)'이라는 한 자 성이었는데 제
현(諸縣)으로부터 양도(陽都)로 이사하자 그곳에 살던 갈씨와 구별

하기 위해, 그 지방 사람들이 '제갈(諸葛 : 제현에서 온 갈씨)'이라고 부른 데서 유래되었다고 한다.

제갈씨의 활약이 두드러졌던 것은 삼국시대이다. 촉나라의 공명 외에도, 공명의 친형인 제갈근(諸葛瑾)과 그 아들 제갈각(諸葛恪)이 오나라에 있었고, 위나라에는 역시 그 일족인 제갈탄(諸葛誕)이 있어서 각각 중직에 등용되어 활약했었다.

십팔사략(十八史略)

《십팔사략》은 원대(元代)의 증선지(曾先之)라는 사람이 초학 자용으로 정리해 놓은 역사책이다. 그 책 이름만 보아도 알 수 있듯이 18가지의 사서(史書)를 초략해 놓은 것인데 '삼황오제(三皇五帝)'의 신화 시대로부터 남송(南宋)이 멸망하기까지, 중국 수천 년의 역사를 간략하게 추렸고, 아주 흥미롭게 정리해 놓았다는 점에 특색이 있다.

너무 간략화(簡略化)되어서인지 실은 그 본고장인 중국에서보다도 오히려 우리나라, 일본 등 한자문화권에 속해 있는 다른 나라에서 많이 읽혀져 왔다. 지난날에는 문학 서적으로는 《당시선(唐詩選)》, 사상집(思想集)으로는 《논어(論語)》, 역사서(歷史書)로는 이 《십팔사략》을 필독서로 꼽았던 때도 있었다.

그야 어쨌든 이 《십팔사략》에는 유명한 고사와 명언 종류가 많이 채록되어 있다. 그래서 중국사의 입문서라고 해도 좋을 것 같다. 또 역대의 치란흥망(治亂興亡)을 인간의 에피소드를 중심으로 해서 묘사했기 때문에, 그 내용을 읽음으로써 현재를 살아가는 지침을 얻을 수도 있고 자기 자신을 돌아보는 자료로 삼을 수도 있을 것이다.

여기서는 그 가운데 몇몇 가지의 에피소드를 들어 보겠다.

── 폭군과 총희(寵姬)

중국 3천 년의 역사 속에서 폭군이라고 하면 제일 먼저 떠오르는 사람이 하(夏)나라 걸왕(桀王)과 은(殷)나라 주왕(紂王)이다. 이 두 사람을 합쳐서 '걸주(桀紂)'라고 하는데, 이 말은 '어찌할 수 없는 폭군'이란 뜻으로 쓰인다. 그리고 이 두 사람의 횡포한 언행과 총희와는 관련이 깊었다는 공통점도 가지고 있다.

이 두 사람 외에 또 한 사람, 주(周)나라 유왕(幽王)도 총희 때문에 몸을 망친 왕이다. 이 세 사람의 행상은 어떠했던가? 먼저 그것부터 소개하기로 한다.

── 걸왕과 말희(末喜)

하나라 걸왕은 탐욕하고 잔인한 성격의 소유자였다. 그런데다가 쇠로 만든 자물쇠를 펼만큼 힘이 셌다.

일찍이 제후의 한 사람인 유시씨(有施氏)를 토벌할 때, 유시씨는 딸 말희를 걸왕에게 첩으로 바쳤다. 걸왕은 이 말희를 총애한 나머지, 그녀가 하는 말이면 무엇이든 들어 주게 되었다. 그녀를 위해 보석을 뿌리다시피 박은 궁전과 누각을 지었고, 궁핍의 바닥에서 헤매는 백성들은 아랑곳없이 가혹한 세금만 징수했다.

고기를 산더미처럼 쌓아 놓았고, 마른고기를 숲에 매달아 놓았다. 그리고 연못은 술로 가득 채웠다(이것이 주지육림의 출전이다). 술지게미로 쌓은 둑은 10리가 넘어 그 끝이 안 보였고, 그 위에 서서 바라보면 10리 저쪽이 보일 만큼 높았다. 북소리를 신호로 하여 3천 명이나 되는 사람들이 마치 소처럼 얼굴을 연못에 파묻고 술을 마셨다.

이처럼 사치스러운 잔치를 벌이는 것이 말희의 즐거움이었다. 그로 인하여 민심은 완전히 떠나게 되었고, 마침내는 은(殷)나라 탕왕(湯王)의 공격을 받아 이 걸왕과 하나라는 멸망한다.

—— 주왕과 달기(妲己)

주왕은 태어날 때부터 변설에 뛰어났고 동작이 민첩했으며, 또 맹수를 맨손으로 때려잡을 만큼 괴력을 가진 사람이었다. 두뇌 회전이 빨랐으므로 자신에게 간언을 하는 자는 즉석에서 물고를 냈고, 자신의 비행은 그 자신만만한 언변으로 적당히 얼버무려 넘겼다.

유소씨(有蘇氏)를 공격했을 때, 유소씨는 미녀 달기를 주왕의 측실로 바쳤다. 주왕은 달기를 익애하여, 그녀가 하는 말이면 무슨 말이든 들어 주게 되었다. 백성들에게는 세금을 무겁게 매기고, 그것을 거두어들여 재보전(財寶殿)과 거교(鉅橋)의 창고에 가득하게 채우고, 사구(沙丘)의 이궁을 확장한 다음 그곳의 연못에 술을 가득 채우고 숲에는 고기를 매달아 놓았다.

그리고 밤낮을 가리지 않고 술과 여색을 즐겼다. 백성들은 모두 주왕을 원망했고 제후 중에서도 이반하는 자가 있었다.

그러자 주왕은 형벌을 무겁게 했다. 구리기둥에 기름을 바르고 활활 타오르는 숯불 위에 그 구리기둥을 걸쳐 놓은 다음, 죄수로 하여금 그 위를 걸어가게 했다. 죄수라야 모두가 주왕의 비행을 간한 사람들이다. 어쨌거나 이 죄수 아닌 죄수는 발을 헛디디거나 미끄러져서 숯불 속으로 떨어진다.

주왕은 이것을 '포락지형(炮烙之刑)'이라고 명명하고 달기와 더불어 구경하면서 크게 기뻐했다고 한다. 그 결과 주왕은 제후들의 미움을 샀고 마침내는 주(周)나라 무왕(武王)에게 멸망당하고 말았던 것이다.

—— 유왕(幽王)과 포사(褒姒)

주나라 유왕이 포군(褒君)이라고 하는 제후의 실정을 응징했던바, 포군은 포사라고 하는 미녀를 바치고 용서를 빌었다.

유왕은 포사를 익애했다. 그런데 어찌 된 일인지 포사는 결코 웃는 일이 없었다.

유왕은 어떻게 해서든지 이 포사의 웃는 얼굴을 보기 위해 온갖 수단을 다 써보았지만 효과가 없었다.

한편 유왕은 일찍부터 각 제후들과 약속한 일이 있었다. 즉 외적의 침입이 있으면 봉화를 올릴 것인즉, 그것을 보면 즉시 군사를 모아 가지고 구원하러 오라는 것이었다. 그런데 그만 실수하여 봉화가 올라갔다. 제후들은 앞다투어 군사를 이끌고 달려왔다. 그러나 외적의 모습은 그림자도 보이지 않았다. 어리둥절하는 제후들의 모습을 보자 포사는 그만 웃음을 터뜨리고 말았다.

유왕의 기쁨이 오죽했겠는가 ——. 그로부터 유왕은 심심하면 봉화를 올려서 포사의 마음을 사로잡으려고 했다. 그러나 여러 차례 속게 된 제후들은 봉화 신호를 신용하지 않게 되었다.

이윽고 유왕은 정비인 신후(申后)를 폐하고 포사를 황후로 삼았다. 신후의 아버지인 신후(申侯)는 크게 노하여 서쪽의 이민족인 견융(犬戎)과 손을 잡고 유왕을 쳤다. 유왕은 봉화를 올려 제후들의 구원을 요청했으나 누구 한 사람 달려오는 자가 없었다.

결국 유왕은 죽음을 당했고, 이때부터 주왕실은 차츰 쇠퇴해졌던 것이다.

—— 명보좌역 — 시정지심(施政之心)

이야기는 다시 거슬러 올라간다. 주왕조는 문왕에 의해 그 기초가 세워졌고, 그 아들 무왕에 의해 창업되었다가 다시 무왕의 아들 성왕(成王)에게 이어진다. 이 3대의 왕을 섬기면서 주왕조의 창업에 참여했으며, 명보좌역으로 일컬어지던 사람이 주공단(周公旦)과 태공망(太公望)이다.

태공망은 위수(渭水) 가에서 낚시를 하고 있었는데, 문왕에게 발견되어 군사(軍師)로 발탁된다. 그리고 만년에는 쌓은 공적에 의해 제(齊)나라에 봉해졌다. 한편 주공단은 문왕의 아들로 태어났는데, 형인 무왕을 도와서 주왕조의 기틀을 만들고 무왕이 세상을 떠난 후에는 나이 어린 성왕을 도와 그 후견인으로서 국정을 총괄했다.

주공단은 성왕을 지도할 때 성왕이 과오를 범하면 자기 아들인 백금(伯禽)을 채찍으로 때렸다. 이렇게 함으로써 성왕과 백금 두 사람을 동시에 지도해 나갔다고 한다.

주공단은 만년에 노(魯)나라에 봉해졌다. 그러나 자신은 국정의 최고 책임자였으므로 노나라에 부임할 수가 없었다. 그래서 대신 아들 백금을 파견하기로 했는데, 그때 이런 훈계를 했다고 한다.

"나는 문왕의 아들이고 선대 무왕의 동생이며 금상이신 성왕의 숙부이자 제후들 가운데는 고귀하기 으뜸인 몸이건만, 그런 나도 사람이 찾아오면, 머리를 감다 말고, 혹은 밥을 먹다 말고 나가서 예를 다하여 맞고 있다. 그렇건만 나는 행여 실수가 있어서 훌륭한 인재를 놓치지는 않을까 걱정스럽기 이를 데 없다. 너도 노나라에 가거든 비록 국군의 자리에 있더라도 교만해서는 안 된다."

한편 태공망은 제나라에 봉함받은 지 5개월 후, 도읍에 있는 주공단에게 시정 보고를 해왔다. 주공단은 그것을 보고 깜짝 놀랐다.

"정말로 빠르구려."

"예, 군신(君臣)의 예를 간소히 한 위에 제나라 풍속을 따르기로 했기 때문에 이처럼 빨리 보고할 수 있게 되었습니다."

태공망이 대답했다. 이것에 비해 백금은 노나라에 봉해진 지 3년이나 지나서야 주공단에게 시정보고를 해왔다. 주공단이 말한다.

"너무 늦지 않았느냐?"

백금의 대답은 이러했다.

"저는 옛 풍습을 개혁하여 예도 새로 정했습니다. 복상(服喪)의 기간도 3년으로 했기 때문에 많은 시간이 걸렸으며, 그래서 이처럼 보고도 늦게 되었습니다."

주공단은 태공망과 백금을 비교하면서 말했다.

"유감스러운 일이지만 장래에는 노나라가 제나라에 복속할는지도 모르겠다. 정치는 오로지 간단하고 평이해야 하는 법——. 간단 평이해서 누구나 부담없이 접근할 수 있으면 백성들은 스스로 정치를 지지하게 될 것임에 틀림없거늘……."

어느 때 주공단이 태공망에게 물었다.

"제나라 정치는 어떻게 하고 있습니까?"

"예, 현인을 존중하고 공로자를 중시하고 있습니다."

그러자 주공단은,

"공로자를 중시하면 신하의 힘이 커져서 장차 군주를 시해하는 자가 생기지 않을까요?"

라며 의문을 던졌다.

또 어느 때, 이번에는 태공망이 주공단에게 물었다.

"노나라 정치는 어떻게 하고 있습니까?"

"현인을 존경하는 점은 같은데 특별히 친족관계를 중시하고 있습니다."

그러지 태공망은 이런 의문을 던졌다.

"공로자보다 친족관계에 있는 분들을 더 중시한다면 앞으로는 차츰 쇠퇴해질 수밖에 없겠습니다."

후일 이 두 사람의 위구(危懼)는 현실이 되었다. 즉 제나라는 전씨에게 정권을 뺏겼고, 노나라는 초(楚)나라에 멸망했던 것이다.

—— 와신상담(臥薪嘗膽)

춘추시대 말기가 되면 강남의 넓은 땅에 오(吳)나라와 월(越)

나라 등 두 나라가 발흥하여 국제정국의 초점이 됨과 동시에 '와신상담'의 라이벌 이야기를 만들어 낸다.

오나라 왕 합려(闔廬)는 추리지전(檇李之戰 : 기원전 496년)에서 월왕 구천(勾踐)에게 대패하고 그 자신도 중상을 입었는데, 그것으로 인하여 죽고 만다. 그때 그는 태자인 부차(夫差)를 후계자로 지명하고 이렇게 말했다.

"부차야, 이 아비의 원수는 구천이다. 결코 잊어서는 안 된다."

"어찌 잊을 수 있겠나이까? 3년 안에 반드시 원수를 갚겠사옵니다."

그 후 부차는 아버지의 원수를 갚기로 굳게 맹세하고 장작개비 위에서 잠을 자며[臥薪] 방에 출입할 때마다 신하를 시키어,

"부차여, 선왕이 구천에게 죽음당한 일을 잊었는가?"

라는 말을 하게 하여, 복수의 마음을 굳게 다졌다 한다.

이렇게 한 지 2년 후, 오왕 부차는 마침내 부초지전(夫椒之戰 : 기원전 494년)에서 월왕 구천의 군사를 무찔렀다. 구천은 패잔병을 이끌고 회계산(會稽山)으로 도망쳤고 사신을 보내어 부차에게 간했다.

"대왕께서 저를 용서하신다면 저는 대왕의 하인이 되겠으며 아내와 딸을 대왕의 첩으로 바치겠나이다."

오나라의 모신(謀臣)인 오자서(伍子胥)는 구천의 이 청원을 단호히 거절해야 한다고 주장했으나, 월나라에서 뇌물을 받아먹은 중신 백비(伯嚭)는 구천을 용서해 주자고 부차에게 진언했다. 부차는 백비의 진언을 받아들이어 구천을 용서해 주었다.

이윽고 부차는 구천을 쳐부순 여세를 몰아 북쪽 여러 나라의

경략에 나섰고, 제후들을 모아서 회맹을 맺었으며 패자(霸者)의 지위에 올랐다.

한편 부차에게 용서를 받고 귀국한 구천은 자기 방에 짐승의 쓸개 말린 것을 걸어놓고 무시로 그것을 핥으면서〔嘗膽〕,

"회계지치(會稽之恥)를 잊지 마라."

라는 말을 자기 귀에 들려 주곤 하였다.

그리고 국정은 모두 중신인 문종(文種)에게 맡기고, 자신은 모신(謀臣) 범려(范蠡)와 함께 군사를 조련하며 부차에 대한 복수에 전념했던 것이다.

이렇게 하기 16년——. 구천은 마침내 부차를 쓰러뜨리고 패자의 지위에 올랐다. 그런데 이 오월(吳越)의 싸움에서 잊어서는 안 될 사람이 구천의 모신인 범려이다.

범려는 구천을 도와 간난신고(艱難辛苦)를 견뎌내며 자복(雌伏) 십수 년——. 마침내 오왕 부차를 무너뜨리고 회계지치를 말끔히 씻었다. 그러나 구천이 패자의 지위에 오르는 때와 같이 하여, 깨끗이 벼슬자리를 내놓고 구천 밑을 떠났다. 그는 이렇게 생각했던 것이다.

"득의만면한 군주 밑에 오래 머무른다는 것은 위험하다. 구천은 함께 고생은 할 수 있어도 부귀를 함께 나눌 위인이 아니지. 그는 남을 많이 의심하는 자니까……"

범려는 월나라를 떠날 때, 운반이 가능한 보석들을 배에 싣고 일족과 함께 수로(水路)로 제나라를 향해 떠났다. 제나라에 가서는 이름을 바꾸어 치이자피(鴟夷子皮)라 하고, 아들들과 함께 축재에 힘을 써서 금방 수천만의 거금을 벌어들였다. 제나라 왕은 그의 소문을 듣고 재상으로 취임해 주기를 청했다.

범려는 크게 한숨을 내쉬었다.

"야(野)에 있으면서 천금의 부를 쌓고, 한 나라의 재상 자리에 오른다. 필부의 몸으로 이 이상의 영달은 없을 것이다. 그러나 영달이 오래 계속된다면 그것은 곧 화가 될 것이야."

범려는 제나라 왕의 청을 거절하는 한편 재산을 가까운 사람들에게 나누어 준 다음, 특별히 값비싼 재보(財寶)만 챙겨 가지고 살던 곳을 떠나 도(陶) 땅으로 이사를 갔다. 그리고 그 이름을 다시 도주공(陶朱公)이라고 고쳤다.

그 땅에 있으면서 범려는 또다시 거만의 부를 쌓았다. 어느 날 노(魯)나라의 의돈(猗頓)이란 사람이 범려, 아니 도주공에게 물었다.

"부자가 되려면 어떻게 해야 됩니까? 그 방법을 가르쳐 주십시오."

"먼저 송아지를 다섯 마리만 기르도록 하게나."

의돈이 의씨(猗氏)라는 곳에 가서 도주공이 시키는 대로 했던 바 10년 후에는 왕후(王侯)와 어깨를 나란히 할 만큼 큰 부자가 되었다. 그 후 천하 사람들은 부자라고 하면 도주공과 의돈의 이름을 들게 되었다고 한다.

—— 항우(項羽)와 유방(劉邦)

중국은 진(秦)나라 시황제의 출현에 의해 일단 통일되었으나, 그가 죽은 후 각지에서 반란이 일어났고, 다시 동란의 시기를 맞게 된다. 그 계기를 만든 사람은,

 "왕후장상(王侯將相)의 씨가 따로 없다."
라며 외치고 일어섰던 농민 출신의 진승(陳勝)과 오광(吳廣)이
었다. 그리고 뒤이어 이 반란에 호응하며 양대 세력을 형성해서
사투를 벌인 사람이 초(楚)나라의 항우와 한(漢)나라의 유방이다.
이 한·초의 싸움은 유방과 항우의 대조적인 성격이 엮어 낸 싸
움이기도 했다.

 항우는 초나라의 명문 귀족 출신으로, 강용무쌍(剛勇無雙) 하
며, 빼어난 재기(才氣)의 소유자로서 적에 대해서는 가차없이 제
재를 가하는 과격한 성격의 소유자였다. 이에 비하여 유방은
이름없는 농민 출신으로서 마음이 넓고 부하를 잘 쓰는 인물이
었다.

 두 사람은 젊었을 때 따로따로이긴 했지만 시황제의 행차를
구경한 적이 있다. 이때 그들이 각각 중얼거렸던 말은 두 사람의
성격을 아는 데 도움이 된다.

 항우는 '저놈의 자리에 내가 대신 앉겠다'고 말함으로써 함께
있던 숙부를 당황케 만들었으며, 유방은 '아아, 대장부로 태어났
으면 저 정도는 되어야지'라며 한숨을 크게 내쉬었다고 한다. 격
렬한 항우, 유연한 유방, 이 두 사람의 성격 차이는 이때 이미
드러났다고 보아도 과언이 아니다.

 그들의 싸움을 보면 처음에는 항우 쪽이 압도적으로 우세했다.
유방은 싸움에 패하고 자주 곤경에 빠지곤 했던 것이다.

 우리가 요즈음 흔히 관람하는 스포츠 세계에는, 장타를 얻어맞
으면 강해지는 야구 피처가 있는가 하면, 좌우 강타를 얻어맞아
야 힘이 난다는 프로복서가 있다. 그들은 상대방이 지치기를 기

다렸다가 반격으로 나와서 승리를 거둔다.

유방의 경우도 그러했다. 날이 감에 따라서 어느 사이에 형세는 역전되었고 승리는 마침내 유방의 손에 들어왔던 것이다.

이 유방이 역전승을 거두게 된 열쇠는 무엇이었을까? 그 해답이 될 만한 것이 바로 《십팔사략》에 실려 있다.

고조(高祖 : 유방)가 낙양(洛陽)의 남궁에서 주연을 베풀었을 때 그는 신하들에게 이런 질문을 했다.

"짐은 그대들에게 한 가지 묻고 싶소. 짐이 천하를 얻게 된 이유는 무엇이겠소? 그리고 항우가 천하를 잃은 이유는 무엇이겠소?"

중신인 고기(高起)와 왕릉(王陵)이 일어나서 아뢰었다.

"폐하께오서는 도성과 영토를 공략하시어 얻으시면 그것을 부하 장수에게 나누어 주셨지 결코 혼자서 차지하신 일이 없으셨나이다. 하오나 항우는 그러하지 못했습지요. 그는 인색하고 시의심이 강했기에, 능력 있는 부하와 수완을 발휘하는 부하는 도리어 적으로 간주했었나이다. 그리고 수중에 들어오는 것은 모두 혼자서 독차지하고 부하에게 나누어 주는 일이 없었사웁니다. 이것이 천하를 잃게 된 이유이옵지요."

고조가 껄껄 웃으며 말했다.

"그대들은 하나만 알고 둘은 모르는구려. 들어 보오. 진영에서 모계를 꾸미되 천리 밖에서 승리를 거두는 점에서는 짐은 장량(張良)을 따를 수가 없소. 또 내정을 충실히 하고 민생을 안정시키며 군량을 조달하고 보급로를 확보해 나가는 일이라면 짐은 소하(蕭何)를 도저히 따르지 못하오. 그리고 또 백만 대군을 자유자재로 지휘하여 승리를 거두는 점에서 짐은 한신(韓信)에 미치지 못하오.

이 세 사람은 모두 걸물이라고 해도 좋소. 짐은 그 걸물들을 얻었고 쓸 수가 있었소이다. 이것이야말로 짐이 천하를 얻게 된 이유요. 그러나 항우에게는 범증(范增)이라는 걸물이 있기는 하였지만 그는 그 한 사람도 부릴 수가 없었소. 이것이 항우가 멸망한 원인이오.”

유방은 인재를 충분히 부릴 수가 있었다. 바꾸어 말하면 ‘장수의 장수’였다. 이에 비하여 항우는 유능한 부하들로부터 차례로 버림받았고 끝내는 혼자서 유방의 군세와 맞서지 않을 수 없었다. 혼자의 능력에는 한계가 있다. 유방이 천하를 얻게 되고 항우가 멸망한 이유는 바로 여기에 있다.

—— 창업(創業)이냐? 수성(守成)이냐?

시대는 흘러 당(唐)나라 때——.

당나라는 서기 618년, 당공(唐公) 이연(李淵)이 수(隋)나라를 뒤엎고 세운 왕조이다. 이 혁명전쟁을 실제로 지휘하여 싸웠던 사람은 이연의 둘째아들인 이세민(李世民)이었다. 그는 아버지의 뒤를 이어 2대 황제가 되었는데 이 사람이 후세에 명군으로 추앙받는 태종(太宗)이다.

태종은 수나라 양제(煬帝)의 실정을 교훈삼아 이상적인 정치를 실현했다. 그 결과 그의 치세는 후세 사람들로부터 ‘정관지치

(貞觀之治)'라 하여 떠받듦을 받게 된다. 그가 정치를 잘한 가장 큰 원인은 신하들의 간언에 귀를 기울인 점에 있다.

태종과 신하들의 대화는 《정관정요(貞觀政要)》란 책으로 엮어져서 후세의 정치가들의 귀감이 되었는데 현대의 독자들에게도 많은 시사를 주는 책이다. 《십팔사략》에서도 이 태종과 신하의 대화를 많이 싣고 있다.

일찍이 태종은 측근을 모아놓고 이런 질문을 한다.

"천하 국가의 경영을 처음 시작하는 일과, 이미 세워 놓은 국가를 지켜나가는 일 중 어느 쪽이 더 어려울 것으로 생각하오(創業이 어려운가, 守成이 어려운가)?"

그러자 방현령(房玄齡)이 먼저 나서며 대답했다.

"패권의 귀추가 아직 정해지지 않은 세상에서는 영웅들이 일제히 기치를 들고 힘을 다하여 상대방을 굴복시키며 패권을 장악하려고 하나이다. 따라서 창업 쪽이 더 어려운 것으로 사료되옵니다."

다음에는 위징(魏徵)이 대답했다.

"예로부터 제왕들을 볼 것 같으면 한결같이 간난신고 끝에 천하를 얻었사온데, 안일에 빠져들어 그것을 잃었었나이다. 따라서 창업보다 수성이 더 어려울 것으로 사료되옵나이다."

그러자 태종은 이렇게 말했다.

"방현령은 짐과 함께 고생을 하며 천하를 얻었소. 백 번 죽을 고비를 넘기며 천하를 얻었으니 창업이 어렵다고 생각하는 것도 무리가 아니외다. 한편 위징은 짐과 함께 천하를 태평하게

다스리기 위해 부심하고 있소. 부귀에 빠지다가는 교만한 마음
이 생기고 긴장을 푸는 것이 곧 화란(禍亂)의 씨라며 경계해
왔으니, 위징으로서는 수성이 더 어렵다고 하는 것도 당연하구
려. 그러나 창업의 어려운 고비는 이미 지나갔소. 수성의 난제
야말로 장차 닥쳐올 과제인즉, 제공들은 모두 마음을 긴장하고
뜻을 모아 이 일에 임해야 할 것이오.”

이것은 ‘창업’과 ‘수성’의 어려움에 대하여 나눈 유명한 문답
이다.

창업에는 어쨌든 화려한 면도 없지 않다. 특히 한나라 고조와
같이 일개 농민에서 황제의 자리에 오른 경우는 더욱 그러하다.
그리고 창업자의 대부분은 그 넓은 중국 땅을 자기 집 앞마당처
럼 뛰어다니며 강력한 적을 상대로 하여 깜짝깜짝 놀랄 만한 전
술과 전략으로 싸워 이긴 사람들이다. 선천적인 스타라고나 할까,
강운(强運)의 소유자임에 틀림없다.

이에 비하여 수성 쪽은 변변치 못하다. 축구경기에 비한다면
풀백진이라고나 할까? 풀백은 시합 때 상대방에게 점수를 내수
지 않았다는 소극적인 면에서 평가를 받는다. 이와 마찬가지로
수성도 이미 존재하는 국가를 존속시킨다는 소극적인 일이다. 여
기에는 창업 때 보여 주는 화려함이란 찾아볼 수 없다.

태종은 ‘수성의 어려움이야말로 금후의 과제외다’라고 말한 다
음, 이 일을 신하들과 더불어 극복해 나감으로써 당왕조 3백 년
의 기초를 다졌던 것이다.

《십팔사략》에 대하여

책이름 《십팔사략》은 무슨 뜻인가?

'십팔사(十八史)'는 18개의 정사(正史), '약(略)'이란 다이제스트란 뜻이다. 즉 《십팔사략》이란 18개의 정사를 다이제스트한 것이란 의미이다. 그 십팔사의 정사는 다음과 같다.

1. 《사기(史記)》 130권. 사마천(司馬遷). 전한(前漢).
2. 《한서(漢書)》 120권. 반고(班固). 후한(後漢).
3. 《후한서(後漢書)》 120권. 범엽(范曄). 남조(南朝)·송(宋).
4. 《삼국지(三國志)》 65권. 진수(陳壽). 진(晋).
5. 《진서(晋書)》 130권. 방현령(房玄齡). 당(唐).
6. 《송서(宋書)》 100권. 심약(沈約). 양(梁).
7. 《남제서(南齊書)》 59권. 소자현(蕭子顯). 양(梁).
8. 《양서(梁書)》 56권. 요사렴(姚思廉). 당(唐).
9. 《진서(陳書)》 36권. 요사렴(姚思廉). 당(唐).
10. 《후위서(後魏書)》 114권. 위수(魏收). 북제(北齊).
11. 《북제서(北齊書)》 50권. 이백약(李百藥). 당(唐).
12. 《주서(周書)》 50권. 영호덕분(令狐德棻). 당(唐).
13. 《수서(隋書)》 85권. 위징(魏徵). 당(唐).
14. 《남사(南史)》 80권. 이연수(李延壽). 당(唐).
15. 《북사(北史)》 100권. 이연수(李延壽). 당(唐).
16. 《신당서(新唐書)》 225권. 구양수(歐陽修). 송(宋).
17. 《신오대사(新五代史)》 75권. 구양수(歐陽修). 송(宋).

18. 《속자치통감장편(續資治通鑑長編)》 520권.　이도(李燾).　송
　　(宋).
　　《속송편년자치통감(續宋編年資治通鑑)》 15권.　　유시거(劉時
　　擧). 송(宋).

　맨끝의 18은 이 시대의 정사인 《송사(宋史)》가 미완성이었기 때
문에 이 두 책이 사용되었다.

《십팔사략》의 어록(語錄)

• 고복격양(鼓腹擊壤)

　중국의 전설시대에 요(堯)라는 천자가 있었다. 이 요와 다음 천
자인 순(舜)은 이상적 정치를 하여, 후세에 '요순시대'로 칭송을 받
게 된다. 그중에서도 《십팔사략》에 실려 있는 요제(堯帝)의 에피소
드는 이상정치의 극치라고 할 수 있는 것으로서 예로부터 널리 알
려져 있다.

　요제는 천하를 다스리기 50년에 이르렀는데, 대체 천하가 잘 다스
려지고 있는지 어떤지 알 수가 없었다. 측근자에게 물어 보아도 자
세한 얘기를 해 주지 않았다. 그래서 변장을 하고 몰래 거리에 나가
보았다. 그러자 노인이 고복격양(배를 두드리고 발로 박자를 맞추면
서)하며 노래를 부르고 있었다.

　　해뜨면 나가서 일하고
　　해지면 집에 돌아간다

> 우물을 파면 물을 마실 수 있고
> 밭 갈면 먹을 수가 있다
> 천자의 힘이 무엇에 필요할까?

이처럼 백성들에게 지배자의 존재를 의식시켜 주지 않는 정치가 요제의 정치였으며 이것이야말로 이상적 정치라는 것이다.

절대군주제 밑에서 지배자의 횡포에 고통을 받아야 했던 백성들이 이런 에피소드를 만들어서 지배자를 견제했던 것일까.

• 아불위오두미절요(我不爲五斗米折腰)

동진시대(東晋時代)에 저명한 시인 도연명(陶淵明)이 있었다. 그는 은일시인(隱逸詩人)으로 이름이 높은데 처음부터 은자의 생활을 했던 것은 아니다. 《십팔사략》의 도연명 조(條)를 읽어 보면 다음과 같다.

도잠(陶潛), 자(字)는 연명(淵明)이라고 한다. 심양(潯陽) 출신으로 도간(陶侃)의 증손(曾孫)이다. 젊었을 때부터 고매한 정신의 소유자였다. 팽택현(彭澤縣)의 현령이 된 지 80여 일——. 때마침 상급행정기관인 군(郡)의 감독관이 시찰차 팽택현에 왔다. 하급관리의 설명에 의하면 예장(禮裝)을 하고 출영하지 않으면 안 된다는 것이었다. 도연명은 길게 한숨을 내쉬었다.

"몇 푼 안 되는 급료 때문에 시골 관리에게 꾸벅꾸벅 고개를 숙여야 하다니!(我不爲五斗米折腰)"

그날 그는 현령의 인수를 내어 놓고, 《귀거래사(歸去來辭)》와 《오류선생전(五柳先生傳)》을 지었으며 두번 다시 벼슬길에 나가지 않았다고 한다.

　월급쟁이를 하노라면 때로는 도연명과 같은 말을 하고 싶어지는 때가 있다. 그러나 그는 고향에 땅이 있었다고 한다. 땅도 돈도 없는 사람으로서는 술이나 몇 잔 마시고 마음을 푸는 길밖에 없을는지 모르겠다.

● 측천문자(則天文字)

　측천문자는 측천무후(則天武后)에서 유래한다. 중국 역사상 유일한 여제(女帝)였던 측천무후는 서기 690년, 역(曆)을 주력(周曆)으로 바꾸고 측천문자를 제정했다. 이처럼 개혁을 하여 새시대가 되었음을 백성들에게 알렸고, 국호를 당(唐)에서 주(周)로 바꿀 준비를 했던 것이다.

　이 측천문자는 모두 17자였으나 지금 사용되는 것은 한 자도 없다고 한다.

송명신언행록(宋名臣言行錄)

《송명신언행록》은 요즈음에 와서는 일반인에게 그다지 낯익은 책이 아니지만, 얼마 전까지만 해도 꽤 널리 애독되었던 책이다. 이 책은 그 제목으로도 알 수 있듯이 송나라 때 명신(名臣)들의 언행을 통하여, 사람 위에 서서 일하는 리더들은 어떻게 해야 하는지를 설명해 놓은 것인데, 그 구체적인 이야기들은 아주 재미있다. 그 점이 이 책의 특징이며 또 널리 읽혀지게 된 이유 가운데 하나이다.

동시에 또 한 가지의 매력은 이 책을 편찬한 주자학(朱子學)의 원조인 대학자 주자(朱子)의 명성도였다. '주자학이 아닌 학문은 학문이 아니다'라고 말할 정도로, 많은 사람이 배웠던 이 주자학은 그 융성이 날로 더해 감에 따라 주자의 명성도 높아졌고, 그의 손에 의해 편찬된 《송명신언행록》도 중국은 물론 우리나라에도 널리 침투되었던 것이다.

이 책에는 도합 97명의 '명신'들이 등장하고 있다. 그 대부분이 송대(宋代)의 정치가 혹은 관료들인데, 한결같이 강한 책임감과 왕성한 사명감에 불탔고 그런 정신으로 정치에 임했던 사람들이다.

　걸출한 한두 사람의 리더에 의해서가 아니라 1백 명에 이르는 정치가와 관료들이 기개를 불태우며 정치를 하여 나라를 바로잡아 나갔다는 것은 송대 정치의 큰 특징이다. 그랬기에 '송대의 사풍(士風)'이란 유명한 말까지 생겨났던 것이다. 《송명신언행록》에서 말하는 '명신'이란 '송대의 사풍'을 담당했던 중신들, 바로 그 사람들이다.

　그럼 왜 송대에 이러한 현상이 생겨났던 것일까? 그 큰 이유로 두 가지를 꼽을 수 있다.

　첫째는 '과거(科擧)'라는 고급관료의 등용시험이다. 이 제도가 생겨났던 것은 수(隋)나라 시대인데, 사회에 완전히 정착된 것은 송대에 접어든 이후이며, 이 송대에는 고급관료 거의 모두가 이 과거 급제자들이었다.

　더구나 송대의 과거는 그 이전의 과거에 비해 다른 점이 있었다. 즉 황제가 스스로 최종시험의 감독관이 되어서 시험을 치렀던 것이다. 이에 따라 시험의 비중은 높아질 수밖에 없었다. 다시 말해서 응시자들은 황제를 친히 뵙는 기회가 부여되었고, 황제에게 선발된다는 자각이 높아지게 되었으므로 어떻게든 그 은혜에 보답하려는 기풍이 생겨났던 것이다.

　두 번째 이유는 그들에게 베푼 특별대우이다. 과거에 급제하면 고급관료로 승진할 길이 트이게 될 뿐 아니라 서민들의 생활보다 훨씬 풍요로운 생활이 보장되었다.

　이와 같이 송대의 관료들은 물심 양면에 걸쳐 황제의 은혜를 강하게 의식하지 않을 수 없는 위치에 있었다. 그 정도의 후대(厚待)를 받게 되면 어느 누구도 으스대지 않을 수 없을 것이

다. 당연한 일이지만 관료들에게는 엘리트로서의 자각과 책임감
이 일게 되었다. 이것이 '송대의 사풍'을 낳은 큰 이유이다.

예컨대 이런 이야기가 있다.

명신 중에 한기(韓琦)란 재상이 있었다. 이 한기는 나라에 이
익이 된다고 생각하면 사람들에게는 피해가 가더라도 그런 일에
는 상관치 않고 실행에 옮겼다고 한다. 그것을 보고 어떤 사람이
충고했다.

"그렇게 하다가는 자신의 몸도 위험할 뿐 아니라 당신의 가족
에게도 화가 미치게 될 것입니다. 왜 좀더 현명하게 처신하시
지 않는 것입니까?"

그러자 한기는 무슨 쓸데 없는 말을 하느냐는 표정으로 이렇
게 대답했다고 한다.

"힘이 있는 한 군주를 섬기고 언제든지 죽을 각오를 하고 있
소이다. 이것이 신하된 자의 의무가 아니겠소? 문제는 그것이
옳은 일이냐 그른 일이냐인데 일의 성패는 하늘이 정하는 법
이오. 성공하기가 어렵다고 해서 실행하지 않는다면 어디 그게
신하겠소"

이러한 기개를 가졌던 사람은 비단 한기 한 사람뿐만이 아니
었다. 다소의 차이는 있었지만 당시의 명신들은 모두 가지고 있
었던 것이다.

그렇다고 해서, 이 명신들이 수신(修身)의 권화(權化)와 같은
인물이었다고 생각하면 잘못이다. 그들도 우리와 같은 인간이었

으니 욕망도 있었을 것이요, 인간의 냄새가 물씬 나는 감정도 가
지고 있었던 것이다.

더구나 거대한 관료 조직 속에 몸을 두고 있었으니 상하 좌우
의 인간관계에도 역시 신경을 써야 했었을 것이다. 그런 점에서
도 오늘날 우리가 놓여 있는 정황과 흡사했었다.

적어도 현대의 리더라든가 관리직이 지니고 있는 고민을,《송
명신언행록》에 등장하는 인물들도 똑같이 지니고 있었다는 말
이다.

이 책에서 다루고 있는 인물들은《사기》와《삼국지(三國志)》
등, 중국 고전에서 흔히 다룬 영웅들, 그래서 우리의 귀와 눈에
익은 그런 호걸들이 아니다. 그렇건만 우리의 신변 가까이에 있
는 이야기로 우리에게 많은 교훈을 주고 있다는 것이 특징이다.

── 선우후락(先憂後樂)의 마음가짐

《송명신언행록》에 등장하는 명신 중 범중엄(范仲淹)이란 인물
이 있다. 그는 어려서부터 돈이나 명예 따위에는 일체 관심이 없
었고 오로지 천하의 정치에만 마음을 쏟고 있었다 한다. 그 범중
엄이 좌우명으로 삼았던 말이,

"선비는 천하에 근심이 있을 때는 먼저 근심하고, 천하에 즐거
  움이 있을 때는 나중에 즐거워하라."
였다.

사(士), 즉 남의 위에 서서 일하는 리더는 나라에 걱정거리가
생기면 제일 먼저 걱정하고 자신의 즐거움은 제일 나중에 즐기라
는 말이다. 이를 생략하여 '선우후락'이라고 한다.

이런 마음가짐을 가져야 하는 것은 비단 범중엄뿐이 아니다. 현대의 경영자나 관리직에 있는 사람들도 마찬가지이다. 위에 서는 자가 책임은 부하에게 돌리고 공적만 자기 것으로 한다, 즉 '일장공성만골고(一將功成萬骨枯)'라면 그 조직은 금방 허물어지고 말 것이다. 어느 시대, 어느 경우에도 위에 서는 리더는 '선우후락'의 마음가짐을 가져야 한다.

역시 명신의 한 사람에 조보(趙普)라는 사람이 있었다. 송왕조의 기초를 굳힌 명재상이었는데, 그가 송나라 초대 황제인 태조(太祖)를 섬기고 있을 때의 일이다.

한 부하가 승진하기에 충분한 공적을 올렸다. 그런데 태조는 이전부터 그 사람을 미워했기 때문에 승진을 허락하지 않았다. 재상 조보는 태조에게 계속 그의 승진을 청했다. 그러자 태조는,

"이 자의 승진을 끝까지 거절하면 그대는 어떻게 할 셈이오?"

라고 물었다. 어지간히 화가 났었던 모양이다. 그러자 조보는 이렇게 대답했다고 한다.

"형(刑)이란 악을 응징하고 상(賞)은 공적에 보답해 주는 것이온데, 이는 고금의 상도이니이다. 그리고 이 형상(刑賞)은 천하의 것이옵지 폐하 개인의 것이 아니옵니다. 개인적인 감정으로 형상을 바꾸실 수는 없나이다."

실로 당당한 변론이다. 이 말에 감동되었음인지 태조는 그 사람의 승진을 마침내 승낙했다고 한다.

조보의 주장은 감정을 배제하고 공평한 인사를 단행하라는 충고인데, 이것 또한 금일성(今日性)을 가진 말이라 하겠다. 위에 서서 일하는 리더로서, 중요한 일 가운데 한 가지가 인사인데,

이것을 그만 잘못하게 되면 조직 속에 균열이 생기게 되고 활력을 잃어가게 된다. 당시의 명재상들은 모두들 이 문제의 중요성을 인식하고 있었다. 예컨대 여몽정(呂蒙正)이란 재상에 대해서는 이런 이야기가 전해 온다.

어느 때, 여몽정이 부하들을 모아놓고,

"재상으로서의 내 평판은 어떠한가?"

라고 물었다. 그러자 그들은,

"예, 대감께서 재상의 자리에 오르신 이후로는 나라가 잘 다스려지고 주변의 이민족들도 모두 복속해 온다며 좋게들 말하고 있습니다. 다만 사람에 따라서는 대감께 한 가지 흠이 있다고 말들을 하더군요. 관리들이 서로 싸우는 것은, 대감께서 적극적인 자세를 보이지 않기 때문이라고 비난을 하는 사람들도 있습니다."

라고 대답했다. 그 말을 들은 여몽정은 이렇게 말했다고 한다.

"맞았어. 나는 확실히 무능한 사람이야. 다만 나에게는 한 가지 재주가 있지. 그것은 선인을 쓸 줄 안다는 점이야."

나는 무능하지만 한 가지 자랑할 것이 있다. 그것은 다른 게 아니다. 부하들을 적절히 쓸 줄 아는 재주라는 것이다.

자기 말대로 여몽정은 평소에 늘, 조직 속의 인재를 파악하는 데 주력했고 신경을 써 왔었다. 《송명신언행록》의 말을 빌린다면, 다음과 같다.

"여몽정은 언제나 주머니 속에 수첩을 넣고 다녔다. 그리고 인사 발령 문제로 각 지역의 인재들과 면접할 때마다 반드시 그들의 재주를 묻고, 상대방이 나간 후에는 그것을 수첩에 재능의 부문별로 기록하여 분류해 두었다. 또 어떤 특정인을 가리켜 몇몇 사람들이 칭찬을 하면 그 인물을 유능하다고 판단했다. 그 결과 조정에서 인재를 필요로 하게 되면 그 즉시 적당한 인재를 뽑아들일 수 있었다.”

이처럼 부단히 준비를 쌓아 나갔기 때문에 그가 재상이 된 이후로는 조정의 인사가 스무드하게 이루어질 수 있었다고 한다.

조직이 조직으로서 그 기능을 다하기 위해서는 공평한 인사, 적재를 적소에 쓰는 인사가 전제조건이 된다. 조보와 여몽정의 고사는 그 신변의 사례를 통하여 그것을 우리에게 가르쳐 주고 있다.

—— 능력이냐, 인격이냐

후배들 속에서 뛰어난 인재를 발견해 내고 그들을 등용하여 일을 맡기는 것이, 위에 선 사람의 큰 책임 중 하나라고 말했는데, 송나라 때의 명신들도 이 문제에는 굉장히 고심을 했던 듯하다. 여기서 인재 등용과 관계되는 몇 가지 에피소드를 소개하면서 좀더 그 고충을 알아보기로 한다.

구준(寇準)이라는 명신이 있었다. 그는 부하인 정위(丁謂)의 재능을 높이 평가하면서, 당시 재상의 자리에 있던 이항(李沆)에게 정위를 발탁해서 쓰자고 여러 번 진언했다. 현대식으로 말한다면, 사장인 이항에게 구준 상무가 그 직속 부하인 정위 부장을,

“재능이 있는 사람이니 어서 이사(理事)로 승진시키십시오.”
라며 천거한 것이다.

그런데 이항이 이를 받아들이지 아니한다. 구준은 어느 날, 이

항과 마주 앉아 담판을 지으려고 하였다.

"대감, 제가 여러 번 정위를 추천했습니다만 대감께서는 받아들이지 않으셨습니다. 그에게 어떤 불만이라도 가지고 계십니까? 제가 보기에는 재능이 있을 것 같습니다만……."

"아니오. 그 사람은 분명 재능이 있소이다. 그러나 인격에 대해서는…… 글쎄……, 신통치가 않단 말이외다."

"하지만 그 사람…… 그 자리에 오래 머물게 하시는 것은 좋지 않을 것 같습니다."

그러자 이항은 쓴웃음을 지으며,

"그래요? 그러나 그대도 언젠가는 내가 지금 한 말을 생각하면서 후회할 때가 있을 것이오."

라고 말했다는 것이다.

이윽고 이항은 은퇴했고, 구준이 재상의 자리에 올랐으며 구준은 정위를 부재상(副宰相)의 자리에까지 끌어올렸다. 그러자 문제가 일어났다. 구준은 그토록 믿어 왔던 정위의 획책에 의해 실각되어 지방으로 좌천당하게 되었던 것이다. 사태가 여기에 이르러서야 구준은 후회하며 이항의 높은 식견에 감탄했다고 한다.

이 에피소드가 가르쳐 주는 교훈은 사람을 평가하는 기준을 어디에 둘 것이냐 하는 문제이다. 이항의 본의는 능력만이 그 인간을 평가하는 기준이 될 수는 없고, 인격까지 합쳐서 검토할 필요가 있다는 말이다. 그리고 인격이 비열한 사람은 중요한 자리에 등용해서는 안 된다는 것을 시사하고 있다. 물론 이것은 높은 수준의 인사에 대한 이야기인데, 현대에도 어느 정도 적용되는 이야기일 것으로 생각된다.

똑같은 예를 한 가지 더 들어 보겠다. 왕안석(王安石)과 사마광(司馬光) 두 사람은 모두 송대를 대표하는 재상인데, 왕안석은 발본적(拔本的)인 행재정(行財政)의 개혁을 단행했고, 사마광은 그 일에 적극 반대했던 라이벌로 알려져 있다. 이 두 사람은 어느 때 인재의 등용에 대하여 격론을 벌였다. 먼저 사마광이 왕안석에게 힐문했다.

"개혁을 실시함에 있어 당신은 소인을 발탁하여 중요한 자리에 앉혔는데 그 이유를 말해 보시오."

"지금 벼슬자리에 있는 사람들은 한결같이 적극적인 의욕이 없어요. 그래서 능력 본위로 인재를 등용했소이다. 개혁이 궤도에 오르면 그 사람들을 빼고 다시 경험이 풍부한 사람들을 등용할 생각이외다."

이 말에 대하여 사마광은 '안석(安石), 과오를 범하다'라며 다음과 같이 반론을 폈다.

"군자는. 권력에 집착하지 않으며 함부로 높은 지위에 오르려고 하지 않는 법이오. 오히려 깨끗이 은퇴하지요. 이와는 반대로 소인은 지위와 권력을 일단 손에 잡으면 그것에 집착하여 내놓지 않소이다. 뺏으려고 하면 이쪽을 해치게 마련이지요. 틀림없이 후회할 날이 올 거외다."

여기서 말하는 소인이란, 능력은 있지만 인격이 결여되는 자, 그리고 군자란 능력은 좀 모자란다 하더라도 인격이 뛰어난 사람이라고 이해하면 되겠다.

이 두 사람의 논쟁에서도 능력이냐, 인격이냐라는 문제가 대두되고 있는데, 어느 것이 옳으냐에 대해서는 간단히 대답할 수 없다. 단, 업적을 올리기 위해서라면 왕안석과 같이 능력 본위의 등용을 해야 한다. 다만 그 경우 사마광이 지적한 마이너스 면도 있다는 것을 사전에 계산해야 할 것이다.

한편 조직의 안전 운영을 기대한다면 사마광이 말한 것처럼 어느 정도 능력면에는 눈을 감고, 인격이 훌륭한 인물을 등용하는 편이 무난하다. 그러나 이 경우 업적의 확대는 그다지 기대할 수가 없다. 조직의 운영만을 생각한다면 인격을 갖춘 자가 낫겠지만……

이것을 다른 각도에서 말한 것이 '사람을 쓸 때는 모름지기 물러나기를 좋아하는 자를 쓰라'는 말이다. 이 말은 장영(張詠)이란 사람이 했는데 '물러나기 좋아하는 사람'이란 쓸데없는 제스처 없이 깨끗하게 물러나는 사람을 가리킴이다.

이것과 반대인 것이 경쟁심을 발로시키는 타입이다. 이런 사람은 반드시 문제를 일으키어, 조직 속에 쓸데없는 파문을 일으킨다고 했는데, 그것은 일리가 있는 말이다.

결국 능력이냐, 인격이냐라는 문제는 당연한 말이지만 양쪽을 겸비하는 것이 가장 이상적이다. 즉 조직 속에 이런 사람이 단 한 명이라도 더 있어야 하며, 그런 인재를 기르는 것이 바람직하다 하겠다.

—— 인간관계에서의 배려

인간은 사회적 동물이라고들 한다. 좋건 싫건 간에 인간은 여러 인간들과 어울리는 관계 속에서 살아가지 않을 수 없다. 그러므로 당연히 그 사이에서는 마찰이 일어나게 마련이다.

이런 고민거리는 조직 속에서 일하는 사람일수록 심각한 문제가 된다. 조직은 또 인간의 집단인 이상, 당연한 일이지만 경쟁도 있고 중상과 모략도 있다. 그리고 상하 좌우의 인간관계도 복잡하게 얽혀진다. 그러한 상황 속에서 자기 자신을 살려 나간다는 것은 보통 일이 아니다.

그런 점에서 볼 때 송대 명신들이 살아가던 세계도 역시 치열한 경쟁사회였다. 엘리트의 집단이었던 만큼 오히려 경쟁은 더 심했다. 그런데다가 정책을 둘러싸고 벌어질 수밖에 없는 대립, 군자와 소인의 싸움 등도 끊이지 않는다. 중상과 모략도 항상 있었다. 그런 일들이 관료사회라는 무대 위에서 벌어지는 것이니, 인간관계 면에서도 신중한 대응을 해야 한다. 조직 속에서 자신을 억제하며 동시에 자신을 성장시켜 나가야 한다——이런 처세의 지혜를 송대의 조직사회 속에서 발휘하며 살아간 사람들은 갖가지 모양으로 우리에게 교훈을 준다. 다음에 그 일단을 소개하기로 한다.

재상 여몽정의 이야기는 앞에서도 했는데, 그는 이례적인 발탁에 의해 재상의 자리에 올라서인지, 처음부터 주변의 바람이 거세었다. 그러던 어느 날, 궁궐에 들어갔는데 한 내시가 그를 가리키며,

"저런 사람도 재상이 되다니……."

라며 중얼거렸다. 여몽정은 듣고도 못 들은 척하고 지나갔는데 여몽정과 동행하던 관리가 화를 낸다.

"저놈을 잡아와야겠습니다."

그러자 여몽정은 그를 말리며,

　　"상대의 이름을 알거나 얼굴을 알게 되면 나는 평생을 두고
　그 자를 잊지 못하게 될 것이야. 차라리 모르는 게 낫지. 그걸
　모른다고 해서 나에게 손해될 것도 없지 않나."
라고 말했다고 한다.

　소신대로 살아가노라면 욕도 먹게 마련이다. 그런 일에 일일이
신경을 쓰다가는 도리어 웃음거리가 되고 만다. 여몽정처럼 차라
리 흘려 버리는 것이 대인의 지혜임을 알아둘 필요가 있다. 이
이야기가 소문나자 과연 여몽정의 평판은 한층 더 높아졌다고
한다.

　한기라는 재상도 앞에서 잠깐 소개한 바 있는데, 그는 인간관
계에 대하여 실로 함축성 있는 이야기를 한 적이 있다.

　　"인간은 군자와 소인을 가리지 말고 공히 성의를 가지고 대할
　일이다. 소인이라고 해서 배척만 할 것이 아니라 그저 적당히
　대해 주면 된다."

　어느 사회에나 인격이 비열한 사람은 있게 마련이다. 그런 소
인에 대해서도 굳이 혐오감 따위를 보이지 말고, 다만 일정한 거
리를 두면서 적당히 응대해 주면 된다는 말이다.

　공자도 《논어》 속에서 비슷한 말을 하고 있다.

　　"여자와 소인은 다루기가 어렵다. 이들을 가까이하면 불손해지
　고 이들을 멀리하면 원망한다."

　소인은 가까이하면 기어오르고, 멀리하면 이쪽을 헐뜯는다. 그
런 까닭에 '가까이도 하지 말고 멀리도 하지 말라'는 것이 한기가
훈계하는 말이다.

　역시 명신의 한 사람에 두연(杜衍)이라는 재상이 있었다. 이

두연은 항상 후배들에게 이런 말을 했다고 한다.

"자신의 존재를 알리려고 해서는 안 된다. 두드러지게 그 존재를 나타내려고 하면 동료들의 원망을 사게 되고 여러 가지로 중상을 당하게 된다. 그런데 상사들이라고 해서 모두 사람을 꿰뚫어보는 눈이 있다고는 할 수 없으므로 이쪽을 인정해 주지 않을는지도 모른다. 그러므로 주어진 일을 묵묵히 하면서 자기 자신을 있는 그대로 보이면 되는 것이다."

어느 때, 두연이 눈길을 주고 있던 한 후배가 어느 현의 현령으로 임명되었다. 그때 두연은 일부러 그 후배를 불러놓고 이렇게 말했다.

"자네의 재능과 기량으로 본다면 현령으로 만족하지 않을 것으로 생각하네. 그러나 얼마 동안은 그 재능을 돋보이도록 애쓰지 않는 것이 좋을 것이야. 가급적이면 남의 눈에 띄지 않게 그저 범인인 것처럼 행동하도록 하게. 재능을 내세우면 쓸데없는 싸움이 생기게 되고 무용한 화를 자초하게 될 것이야."

젊은 후배로서는 납득이 가지 않는 이야기였다. 그래서,

"어째서 그렇습니까?"

라고 물었던바 두연은 이렇게 대답했다고 한다.

"잘 듣게. 지금의 지위에 오르기까지 나는 긴 세월에 걸쳐 여러 직무를 경험해 왔었지. 그 사이에 폐하와 상사의 인정을 받게 되었고, 주위의 신뢰를 받은 덕택에 오늘날에는 이처럼 자신의 신념을 백성을 위한 정치에 반영시킬 수 있게 된 것이야.

그런데 자네의 경우는 이제야 겨우 현령으로 임명된 것이며, 앞으로 있을 승진은 상사의 고과(考課)에 달려 있네. 현령 위

의 주지사(州知事)가 되려면 그렇게 간단히 되는 것이 아니야. 상사에게 인정을 받지 못한다면 어느 때까지나 현령으로 머물러 있게 돼. 그뿐 아니라 쓸데 없는 화를 자초하게 될 것이야. 가급적이면 남보다 두드러지게 행동하지 말고 그저 범인처럼 지내는 것이 좋아. 알아듣겠나?”

조직 속에서 신장해 나가려면 먼저 상사에게 인정을 받지 않으면 안 된다. 그러기 위해서는 주어진 업무를 빈틈없이 해내야 하는 것은 당연한 일이고, 그와 동시에 인간관계에 대하여 주도 면밀하게 신경을 쓸 필요가 있다. 더구나 그것은 지위가 오르면 오를수록 더 철저하게 하여야 한다.

—— 관맹(寬猛)의 밸런스

한편 송나라의 명신들이 가장 마음을 쏟았던 일은 정치였다. 나라를 어떻게 다스리면 좋을 것인가, 이것이 그들의 최대 관심사였다. 그러므로 《송명신언행록》에도 그런 면에 대한 고심담이 제일 많이 기록되어 있다.

그 중에서도 흥미있는 것은 태종(太宗) 황제가 말한,

“나라를 다스리는 도(道)는 관맹(寬猛)의 중도(中途)를 얻는 데 있다.”

라는 말이다. ‘관(寬)’이란 너그러운 면, ‘맹(猛)’이란 엄격한 면이란 뜻이다. 이 두 가지가 적당하게 섞여서 밸런스가 잡혀 있는 것, 즉 ‘관’에도 치우치지 않고 ‘맹’에도 치우치지 않는 것, 그것이 나라를 다스려 나가는 비결이란 말이다.

이 말을 한 태종은 송왕조 제2대의 황제로서 중국 3천 년 역

286

사 속에서도 명군의 한 사람으로 꼽히는 인물이다. 이 태종의 말을 좀더 구체적으로 설명한 것이 재상 여몽정과 나눈 다음의 문답이다.

어느 날, 태종에게 상소문이 올라왔다. 수운(水運)에 종사하고 있는 자가 정부의 물자를 빼돌려서 팔아먹었다는 내용의 상소였다. 이른바 물자 횡령이다. 보통 군주라면 그 상소문을 읽고 큰 소동을 벌였을 터인데, 태종은 이렇게 대답했다.

"맛있는 먹이가 있으면 그것을 먹으려는 무리는 끝없이 모여드는 법——. 쥐구멍을 모두 막아 버리기란 어려운 일이야. 뱃사공이 다소 횡령했다 하더라도 공무에 큰 지장이 없는 한 엄격히 추궁하지는 마라. 정부의 물자가 원활히 수송만 되었다면 그것으로 만족해야 돼."

그 옆에 있던 재상 여몽정도 이렇게 말하며 찬성했다.

"물이 지나치게 맑으면 물고기가 없다고 하였나이다. 인간도 너무 지나치게 경계하고 살피면 친구가 없는 법입지요. 군자가 보기에는 소인들의 행위란 실로 보잘것이 없사옵니다. 그러나 큰 도량으로 대처하면 오히려 일은 잘 처리되는 법이니이다. 만약 그런 일을 엄하게 추궁하면 악인들은 몸둘 바가 없어져서 무슨 짓을 저지르는지 모르옵지요. 그저 주의를 주시는 정도로 끝내심이 좋을 듯하여이다."

적당히 꾸짖는 정도로 끝내자는 말이다. 중앙 정부가 말단 조직의 사소한 문제에까지 개입하면 조직의 활력을 해치게 된다. 대략적인 것만을 간섭하고 그 다음 일은 하부의 창의(創意)와

조처에 맡기는 것이 현명한 방법인지도 모른다. 이것을 다른 각
도에서 말한 사람이 구양수(歐陽修)라는 명신의 정치 태도였다.

구양수는 일찍부터 재상의 그릇으로 인정되었던 걸물인데 사
정이 있어서 끝내 재상의 자리에까지는 오르지 못했다. 그러나
그가 부임했던 모든 지방에서 정치를 잘하여 명관이란 소리를 들
었었다. 그 구양수의 정치 태도는 '관간(寬簡)하되 소요치 않는
다'였다고 한다. '관간'이란 온화하고 간소하게 한다는 것이다. 그
렇게 온화하고 간소하게 정사를 베풀면서도 시끄럽지 않게 다스
렸던 사람이 바로 구양수였다.

하급 관리가 어느 날,

"사또께서는 온화하고 간소하게 정치를 하시면서도 문제 하나
일어나지 않게 조용히 다스리시니 그 이유가 어디에 있는 것
인가요?"

라고 묻자 구양수는 이렇게 대답했다고 한다.

"관간이라 하더라도 제멋대로 하게 내버려 둔다거나, 해야 할
일을 하지 않는 자를 용서하지는 않네. 만약 그런 것을 묵인했
다가는 관의 기강은 무너지고, 백성들에게 폐해를 주게 되지.
내가 마음쓰고 있는 온화한 정치란 가혹한 짓을 하지 않는 것
이고, 간소한 정치란 번잡한 일을 시키지 않는다는 뜻일세."

당시의 식자들은 이 말을 듣고 크게 감복했다고 한다.

태종이 말한 것은 '관맹의 중도에 나라를 다스리는 도가 있다'
는 것이다. 구양수의 말은 '관간하되 소요치 않는다'는 것이다.
모두 국가의 정치에만 국한된 것이 아니다. 기업의 조직관리에도
일맥상통하는 아주 중요한 어드바이스일 것이다.

── '관(寬)하되 엄(嚴)하다'의 밸런스

앞에서 소개한 구양수는 정치의 요체에 대하여 '백성을 다스리는 것은 질병을 고치는 것과 같다'고 말했다. 정치의 비결은 질병의 치료와 같다는 말이다.

이 말의 의미를 그 자신의 말을 통해서 좀더 자세히 알아보기로 하자.

"돈 많은 의원이 환자의 집에 갈 때는 수레에 높이 타고, 하인을 데리고 가기 때문에 그럴 듯하게 보인다. 그리고 환자의 맥을 짚어 본 다음, 의학서에 따라 무슨 병인지를 살피고 도도하게 설명하면 듣는 쪽에서는 감탄하고 만다. 그러나 병이 든 아이가 그 약을 먹고도 효과가 전혀 없으면 그 의원은 가난한 의원을 따를 수가 없다.

한편 가난한 의원은 수레도 없고 하인도 없다. 그런데다가 동작도 서투르고 인사조차 제대로 하질 못한다. 그러나 병든 아이가 그 의원의 약을 먹고 나았다면 그 의원은 명의가 되는 것이다. 백성을 다스리는 것도 이와 마찬가지이다. 관리의 능력이라든가 정치 방법이야 어찌 되었든 간에 백성들이 불만을 품지 않는다면 그것이 곧 좋은 정치인 것이다."

인기를 얻기에 급급하고 화려한 공약을 난발하는 정치가 아니라 일반 사람들은 우습게 받아들일는지도 모르지만, 긴 안목으로 볼 때는 이런 정치가 인심을 장악해 나간다. 당시의 사람들은 구양수의 정치를 다음과 같은 말로 평했었다.

"공(公)의 정치는 진정(鎭靜)으로 본을 삼고, 명(明)하지만 찰(察)에까지는 이르지 않으며, 관(寬)하면서도 종(縱)에 이르지는 않는다.”

‘진정’이란 분쟁이라든가 시끄러움이 없다는 것, ‘명하지만 찰하지 않고 관하지만 종하지 않는다’란 힘은 가지고 있으나 지나치게 사소한 일까지 간섭하지 않으며 관용하면서도 단속할 것은 틀림없이 단속한다는 의미이다.

‘명’도 ‘관’도 지도자에게는 빼놓을 수 없는 조건인데 자칫하다가는 ‘명’의 소유자는 자질구레한 일에까지 손을 대게 되고, ‘관’의 소유자는 지나치게 관대해져서 긴장감 없는 사람이 되어 버린다. ‘명’하고 ‘관’하면서도 그런 마이너스 면을 보이지 않았다는 점에 구양수의 위대함이 있다. 그와 같은 절묘한 밸런스 감각도 리더로서 갖춰야 할 중요한 조건이다.

밸런스 감각이라고 하면 역시 이 시대의 명신인 소식(蘇軾)이 한 말 중에 의미심장한 말이 있다. ‘관(寬)하되 두려워하게 하고 엄(嚴)하되 사랑받게 하라’가 그것이다.

일반적으로 ‘관’, 즉 관용하는 태도로 임하면 사랑받게 되고, ‘엄’, 즉 엄격한 태도로 임하면 두려워하게 마련이다. 그런데 소식에 의하면 그 반대가 이상적이라는 것이다. 즉, 관용한 태도로 임하면서도 상대방이 두려워하도록 한다. 그리고 엄격한 태도로 임하면서도 상대방이 사랑토록 한다. 이것이 이상적인 방법이라고 했던 것이다.

정치가 ‘관’으로만 흐르게 되면 긴장감이 풀어지고 해이해진다. 그것을 막기 위해서는 일면적(一面的)이나마 엄하게 대할 필요가 있다. 그렇게 하면 소식이 말한 ‘관하되 두려워하게 한다’는 수준에 가까워지는 것이 아닐까.

반대로 '엄'하게만 다루면 명령에 따르도록 할 수는 있지만 심복시킬 수는 없다. 심복시키기 위해서는 '엄'하게 임하면서도 동정과 사랑의 요소를 섞을 필요가 있다.

요컨대 '관'과 '엄'의 밸런스를 어떻게 잡느냐, 이것이 포인트가 된다. 이것은 정치의 자세뿐만 아니라 기업의 조직관리에 있어서도 그대로 적용되는 이야기이다.

단, 그 사람의 성격에 따라 '관'하기 쉬운 사람과 '엄'하기 쉬운 사람 등 두 가지의 타입이 있을 것이다. '관'으로 흐르기 쉬운 사람은 의식적으로 '엄'의 요소를 갖추도록 한다. 또 '엄'하기 쉬운 사람은 가급적 '관'의 요소를 갖추어 보는 것이 바람직할 것이다. 그러려면 먼저 자기 자신을 알아야 한다. 겸허한 마음으로 자기 자신의 참모습을 바라보면서 부단한 노력을 경주해야 할 것이다.

《송명신언행록》에 대하여

송대(宋代 : 960~1126년)에 배출된 명신들의 언행을 집대성한 책이다. 등장하는 인물은 97명 —— 모두가 당대를 대표하는 정치가들로서 그들이 정치에 임했던 자세를 여러 가지 에피소드를 통하여 설명해 놓았다. 편집자는 주자(朱子) —— 남송시대의 유학자이며 '주자학'의 완성자로 알려져 있다.

송대는 '과거'로 불리는 시험제도에 의해 선발된 고급 관료들이 정치의 전면에 나서서 활약한 시대이다. 그들은 엘리트로서의 자각과 왕성한 사명감에 불타는 자세로 정치에 임했었다. 그것을 '송대의 사풍'이라고 한다. 여기에는 한 시대를 구축해 나간 그들의 자세가 공사(公私) 양면에 걸쳐 활사(活寫)되어 있다.

이 책은 예부터 위정자의 필독서로 널리 읽혀져 왔다. 그 이유는 두말할 것도 없이 내용적으로 정치의 지혜와 처세의 요체가 많이 있기 때문인데, 편집자인 주자의 이름이 너무나 유명했던 까닭도 무시할 수 없다.

《송명신언행록》의 어록(語錄)

• 소리(小吏)를 접하는 데 있어서도 반드시 예(禮)를 갖추라. 〈曹彬〉
• 나라를 다스리는 도(道)는 관맹(寬猛)의 중도(中途)에 있다. 〈呂蒙正〉
• 물이 지나치게 맑으면 물고기가 없고 사람이 지나치게 살피면 따르는 자가 없다. 〈呂蒙正〉
• 도회(韜晦)하며 규각(圭角)을 나타내지 마라. 〈杜衍〉
• 선비는 천하에 근심이 있으면 먼저 근심을 하고, 천하에 즐거움이 있을 때는 나중에 즐겨야 한다. 〈范仲淹〉
• 일에 임할 때에는 모름지기 술(術)이 있어야 한다. 〈文彦博〉
• 일을 깊이 생각만 하면 우(迂)에 가까워진다. 〈司馬光〉

채근담(菜根譚)

—— 고전의 매력

훌륭한 고전이란, 그 책을 읽는 연령에 따라서 여러 가지로 광망(光芒)을 발하고, 인생 경험을 더해 감에 따라서 그 맛을 더 깊이 음미하게 되는 것이다. 《채근담》 역시 그런 고전 중의 하나이다.

필자가 《채근담》을 처음으로 읽은 것은 20대 초반이었다. 솔직히 고백한다면 그 당시는 그다지 감명을 받지 못했었다. 그런 후 10년 세월이 지나 30대가 된 다음 다시 읽어보니, 공감되는 바가 적지 아니했다. 그리고 40대에 세 번째로 읽을 기회가 있었는데, 그때는 한 구절 한 구절이 모두 가슴에 와닿는 것이었다.

이러한 필자의 경험에 의하면 《채근담》이란 책은 젊은이보다 오히려 중년층 이후의 사람들이 읽으면 좋겠다는 생각이 든다.

《채근담》의 매력은 유불도(儒佛道), 즉 유교·불교·도교 등 세 가지 철학을 융합시키고, 그 바탕 위에 서서 처세의 도를 기록했다는 점에 있다.

중국에서는 예로부터 공자(孔子)·맹자(孟子)에서 유래되는 유교와 노자(老子)·장자(莊子)를 원류로 하는 도교, 이 두 가지의 가르침에 따라 인간의 도덕과 의식이 규정되어 있었다. 이 두 가지는 서로 대립하고 서로 보완하면서 중국인의 생활방법에 확고한 규범을 제공해 왔었던 것이다.

유교에는 자신을 먼저 수양하고 가정을 바로 이끈 다음에야 나라를 다스릴 것[修身齊家治國平天下]을 설파한 엘리트 사상이며 '표(表 : 겉)'의 도덕이다. 또 널리 인간의 규범을 제시했다는 점에서는 표준적 도덕이라고 해도 좋다.

그러나 이 '표'의 도덕만으로는 세상 살아가기가 답답하고 괴롭다. 그래서 필요한 것이 그것을 보완하는 '이(裏 : 안)'의 도덕이다. 그 역할을 해온 것이 도교이며, 그 원류가 되는 것이 노장사상(老莊思想)이다. 유교가 경쟁장(競爭場)의 이면(裏面)에서 공명을 구하는 철학이라고 한다면, 도교는 스스로의 인생에 여유 있게 자족(自足)하는 철학이라고 해도 좋다. 또 유교가 표준적 도덕이라고 한다면 도교는 참도덕이라고 해도 좋을지 모르겠다.

유교와 도교는 이와 같은 관계를 유지하면서 중국인의 도덕과 의식을 지배해 왔다. 그러나 유교에 있어서도 도교에 있어서도 중국의 고전은 이른바 '응대사령(應對辭令)'의 학(學)이었다. 따라서 사람들의 마음에 관한 문제까지는 못 다루고 있다. 중국인들의 관심은 일관하여 치열한 현실을 어떻게 살아 나가느냐였다. 고뇌에 가득 찬 마음의 구제에는 그다지 관심을 나타내지 않았었다.

그런 흠을 보충한 것이 인도에서 들어온 불교이며, 특히 그것을 바탕으로 하여 중국에서 독자적인 전개를 보인 것이 선(禪)이다. 선은 한때 재래(在來) 유교라든가 도교를 압도하는 세력을 보이며 중국 전역에 퍼져 나갔다.

《채근담》은 이상과 같은 유교·도교·불교 등 세 가지의 교를 융합시켰다는 점에 특징이 있다. 그런 점에서 다른 고전에는 없는 독특한 맛을 내고 있다.

예컨대 유유자적하는 심경을 말하는데, 그렇다고 공명부귀를 반드시 부정하고 있는 것은 아니다. 또 치열한 경쟁 속의 현실을 살아 나가는 처세의 도를 설명하면서, 마음의 구제에 대해서도 많은 교훈을 곁들이고 있다. 은사(隱士)의 심경에 공명하면서도 실사회에 서게 되는 엘리트의 마음가짐을 설파하는 것도 잊지 않는다.

그러므로 《채근담》이라는 책은 읽는 이의 경우에 따라 받아들이는 감동도 다를 것임에 틀림없다. 그러나 각 개인의 경우에 따라 반드시 많은 것을 얻게 될 것이다.

경쟁이 치열한 현실 속에서 고전하고 있는 사람들은 적절한 조언을 찾아낼 수 있을 것이고, 불우한 상황 속에서 고민하고 있는 사람들은 위로와 격려를 받게 될 것이다. 또 초조한 마음으로 안절부절 못하는 사람들은 안정을 되찾을 수 있을 것이다.

읽는 사람의 경우에 따라 이처럼 여러 가지 도움이 된다는 것이 《채근담》의 매력이다. 《채근담》은 모두 합쳐서 360개의 짧은 문장으로 되어 있는 잠언집이다. 그런 의미에서 볼 때 아주 읽기가 쉽다. 여기서는 인간관계, 처세, 인생관으로 나누고 그부분에 해당되는 글만을 골라서 소개하기로 한다.

—— 한 걸음 양보하는 인간관계의 지혜

벼랑길 좁은 곳에서는 한 걸음 양보하여 남으로 하여금 먼저

지나가게 할 일이요, 맛좋은 음식은 서푼(三分) 덜어서 남에게
사양함으로써 즐기게 하라. 이것이 곧 살아가는 데 가장 안락한
방법이다(徑路窄處는 留一步與人行이며 滋味濃的은 減三分讓
人嗜라 此是涉世에 一極安樂法이니라).

세상을 살아가는 데는 한 발짝 사양함을 높다 하고, 한 발짝
물러섬은 곧 몇 발짝 나아가는 바탕이다. 남을 대접함에는 조그
만 너그러움도 복이라고 하나니 남을 이롭게 함은 바로 저 자신
을 이롭게 하는 바탕이 된다(處世엔 讓一步爲高이니 退步는
卽進步的張本이요, 待人엔 寬一分이 是福이니 利人은 實利己
的根基니라).

남의 허물을 책망하는 데 너무 엄하지 말아라. 그가 감당할 수
있는 말인지를 생각해 보아야 한다. 남을 가르침에 너무 높게 하
지 말아라. 그가 행할 수 있는 것으로 해야 한다(攻人之惡에 毋
太嚴하여 要思其堪受하며 敎人以善에 毋過高하여 當使其可從
이니라).

세상에 처함에는 꼭 공(功)만을 찾을 것이 아니라 허물이 없
게끔 하는 것이 오히려 공이 되는 것이요, 남에게 덕을 베풀되
자기의 은덕에 감사하기를 바랄 것이 아니라, 원망을 듣지 않게
끔 하는 것이 오히려 은덕이 된다(處世엔 不必邀功하라 無過면
便是功이요 與人엔 不求感德하라 無怨이면 便是德이니라).

남의 허물을 꾸짖지 않고, 남의 사사로운 비밀을 드러내지 않으며, 남의 지난날의 잘못을 생각하지 말아라. 이 세 가지는 가히 덕을 기르며 또한 가히 해(害)를 멀리하게 된다(不責人小過하고 不發人陰私하며 不念人舊惡하면 三者는 可以養德이며 亦可以遠害니라).

간악한 자를 뿌리뽑고 요망한 무리를 막으려면 한 가닥 달아날 길을 열어 주어야 한다. 만약 한 군데도 몸둘 곳을 용납하지 않으면 비유컨대 쥐구멍을 막는 것과 같아서, 달아날 길을 모조리 막을 경우 모든 소중한 기물을 다 물어뜯기게 된다(鋤奸杜倖엔 要放他一條去路니라 若使之一無所容하면 譬如塞鼠穴者하여 一切去路를 都塞盡하면 則一切好物을 俱咬破矣리라).

몸가짐의 자세는 너무 교결(皎潔)히 할 것이 아니다. 일체의 오명(汚名)과 치욕도 받아들여야 할 것이다. 남과 사귐에는 너무 분명히 할 것이 아니다. 선인이거나 악인이거나, 어진 사람이거나 어리석은 사람이거나 모두 감싸주어야 한다(持身에 不可太皎潔이라 一切汚辱垢穢를 要茹納得이요 與人에 不可太分明이라 一切善惡賢愚를 要包容得이니라).

—— 처세의 극의(極意)

무슨 일에 있어서든지 다소의 여지를 남겨두는 마음이 있으면 조물주도 시기하지 못할 것이요, 귀신도 해치지 못할 것이다. 그러나 만약 일마다 반드시 가득함을 구하고 공(功)마다 가득함을 구한다면 안으로부터 변란이 생기지 않으면 밖으로부터 환난을 자초하는 것이다(事事留個有餘不盡的意思면 便造物도 不能忌我며 鬼神도 不能損我리라 若業必求滿하며 功必我盈者는 不生內變이면 必召外憂리라).

　인정은 반복되고 세상 길은 기구하다. 쉽게 갈 수 없는 곳은 모름지기 한 걸음 물러서는 법을 알아야 할 것이요, 쉽게 갈 수 있는 곳은 서푼(三分)쯤은 공(功)을 양보하도록 노력하라(人情은 反復하며 世路는 崎嶇로다 行不去處면 須知退一步之法하며 行得去處면 務加讓三分之功하라).

　복은 일이 적음보다 복됨이 없고, 화는 마음이 많음보다 화됨이 없는지라. 오직 일에 힘겨운 자라야 비로소 일 적음의 복됨을 알고, 오직 마음이 편안한 자라야 비로소 마음 번거로움이 화가 된다는 것을 안다(福莫福於少事하고 禍莫禍於多心이라 唯苦事者라야 方知少事之爲福하고 唯不心者라야 始知多心之爲禍니라).

　복이란 구한다고 해서 오는 것이 아니다. 즐거운 마음을 길러, 복을 부르는 근본을 삼을 따름이요, 화란 피하려고 해서 피해지는 것이 아니다. 제 마음속의 살기를 버려서 화를 멀리하는 방도를 삼을 따름이다(福不可徼라 養喜神하여 以爲召福之本而己요 禍不可避라 去殺機하여 以爲遠禍之方而己니라).

시작도 하지 않은 사업에 공(功)을 도모하는 것은 이미 이루어 놓은 사업을 보전하는 것만 못하고, 지난날의 과실을 뉘우치기보다는 앞으로 있을지도 모르는 잘못을 막으려고 조심하는 편이 낫다(圖未就之功은 不如保已成之景이요 悔旣已往之失은 不如防將來之非니라).

늘그막에 생기는 병은 모두 젊었을 때 불러들인 것이고, 쇠(衰)한 뒤에 생기는 재앙은 모두가 성(盛)했을 때 지어 놓은 것이다. 그러므로 군자는 가장 성할 동안에 미리 조심하는 법이다(老來疾病은 都是壯時招的이요 衰後罪孽은 都是盛時作的이니 故로 持盈履滿을 君子尤兢兢焉이니라).

사람이 일생 중 무슨 일이고 한 푼을 덜어 적게 하면 그만큼 한 푼을 벗어나는 법이니, 만약 교유(交遊)를 줄이면 시끄러움을 면하고, 말을 줄이면 허물이 적어지고, 생각을 줄이면 정신이 소모되지 않고, 총명을 줄이면 본성을 완전케 할 것이니, 날로 덜함을 구하지 않고 날로 더함을 구하는 사람은 참으로 이 생명을 속박하는 것이다(人生이 減省一分하면 便超脫一分하나니 如交遊減하면 便免紛擾하고 言語減하면 便寡愆尤하고 思慮減하면 則精神不耗하고 聰明減하면 則混沌可完이니 彼不求日減而求日增者는 眞桎梏此生哉인저).

—— 인생관(人生觀)

세파에 부딪침이 얕으면 그 더러움에 물들음도 또한 얕을 것이고, 세사(世事)를 겪음이 깊으면 그 속임수의 재간도 또한 깊을 것이다. 그러므로 군자는 세상살이에 능란한 것보다 순박하여 꾸밈새 없는 태도가 낫고, 지나치게 예절바르고 지나치게 겸손한 것보다는 소탈한 자세가 낫다(涉世淺하면 點染亦淺하며 歷事深하면 機械亦深이라 故로 君子는 與其練達로는 不若朴魯하며 與其曲謹으로는 不若疏狂이니라).

귓속에 항상 귀에 거슬리는 말을 넣고, 마음속에 언제나 꺼리는 일을 지니면 비로소 이것이 덕행을 닦아 빛내는 숫돌이 된다. 만약 말 따라 귀를 기쁘게 하고 일마다 마음을 기쁘게 한다면 이야말로 생명을 그대로 짐독(鴆毒)에 빠뜨리는 소치이다(耳中常聞逆耳之言하고　心中常有拂心之事면　纔是進德修行的砥石이니 若言言悅耳하며 事事快心이면 便把此生하여 埋在鴆毒中矣니라).

배우는 자는 항상 한결같이 조심하는 마음이 있어야 할 것이며 또 서글서글한 멋도 있어야 할 것이다. 만일 외곬으로 졸라만 매고 깔끔하기만 하면 이는 싸늘한 가을 기운만 있고 따스한 봄기운은 없음이니 무엇으로 만물을 발육할 수 있겠는가(學者는 要有段兢業的心思하며　又要有段瀟灑的趣味니　若一味歛束淸苦하면 是는 有秋殺無春生이라 何以發育萬物이리오).

역경에 처했을 때는 그 몸의 주변이 모두 침(鍼)이요 약(藥)이라, 저도 모르게 절조를 갖고 행실을 닦게 되거니와, 순경(順

境)에 처하게 되면 눈앞이 모두 칼이요 창이라, 명치 끝을 후비고 뼈를 깎아도 알지 못한다(居逆境中하면 周身이 皆鍼砭藥石이라 砥節礪行而不覺하며 處順境內하면 眼前이 盡兵刃戈矛라 銷膏靡骨而不知하나니라).

천지는 만고에 있으되 이 몸은 두 번 다시 얻지 못한다. 인생은 다만 백년이라, 이 날이 가버리기 쉽다. 다행히 그 사이에 태어난 몸이 살아 있는 즐거움을 모를 수 없을 것이며 또한 헛되이 시름을 품지 않을 수 없을 것이다(天地는 有萬古하되 此身은 不再得이요 人生은 只百年에 此日이 最易過라 幸生其間者는 不可不知有生之樂하며 亦不可不懷虛生之憂니라).

오래 엎드려 있던 새는 높이 날 수 있고, 먼저 된 꽃은 일찍 지나니, 이를 알면 발을 헛디딜 염려와 초조한 마음이 사라질 것이다(伏久者는 飛必高하고 開先者는 謝獨早하나니 知此면 可以免蹭蹬之憂하고 可以消躁急之念이니라).

《채근담》에 대하여

《채근담》은 명나라 만력(萬歷) 연간 말기에 만들어진 것으로 추정되므로 지금으로부터 약 370여 년 전에 씌어진 것이 된다. 저자는 홍응명(洪應明), 자를 자성(自誠), 호를 환초도인(還初道人)이라 칭했는데 자세한 경력은 알려지지 않았다.

젊었을 때 과거에 급제하여 관계에 투신하였으나 도중에 벼슬을 내놓고 오로지 도교의 연구에 몰두했다고 한다.《채근담》이라는 제목은 송나라 때의 유가(儒家)인 왕신민(汪信民)의 글에,

　"사람이 항상 채근(菜根)을 씹고 먹을 수 있다면 곧 백사(百事)를 가(可)히 이루리라."

라고 한 데서 유래된 것이다. 여기서 채근이란 보잘것없는 식사(食事)란 뜻으로서 그렇게 곤경 속에 처한 경우를 참아내는 사람만이 크게 성공할 수 있다는 뜻을 우의(寓意)로 표시한 것이라고 한다. 그리고 '담(譚)'이란 '담(談)'과 같은 의미이다.